我當道士那些年

仐三　著

高寶書版集團

卷六．林深藏秘(下)

目錄

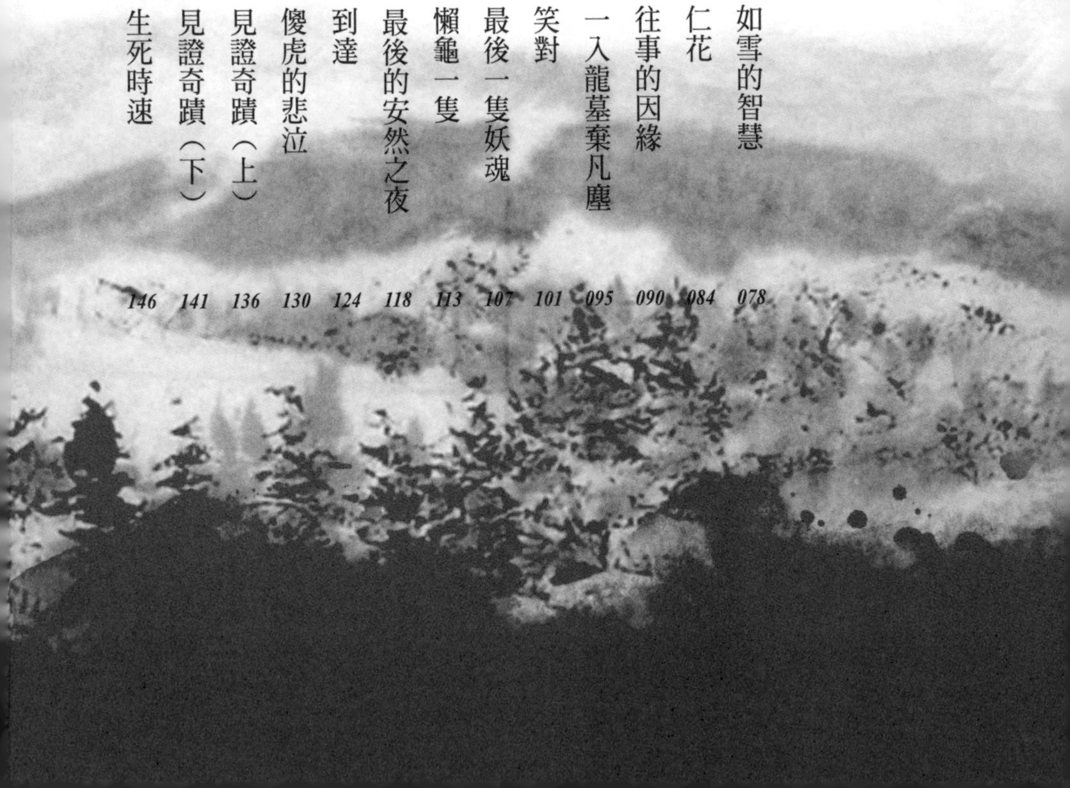

第六十章　各方出手，激鬥

或許是我剛才張狂的大笑引起了何龍的注意，又或者是剛才又有一個人下馬，在何龍耳邊說了點什麼，忽然何龍放出的鬼頭剛才還氣勢大盛，此刻卻忽然收斂了氣勢，或趴或纏繞在何龍的身上。

這是一個什麼意思？不打了？

但下一刻，我就明白何龍是什麼意思了？他竟然接過了手下一個人手中的望遠鏡朝著我們看來，他終於是發現不對勁兒的地方了。

可在這時，承心哥已經交給了吳老鬼兩根泛著藍光的金針，在低聲對吳老鬼耳語著什麼，肖承乾和他手底下的人也散開了，開始各自掐訣踏罡。

比起邪修來，其餘人和他們鬥法總是吃虧，因為其餘人的法術需要準備得太久，習慣養「鬼」仰仗外物的邪修可不同，可是瞬間就放出攻擊力極強的存在來。

自然承心哥和肖承乾都不願意吃這個虧！

只有我，暫時按兵不動，因為我放出傻虎幾乎用不了多長的時間，我倒想看看何龍是要準備做什麼？

顯然，我們這邊紛紛開始行動的樣子，何龍是看在了眼裡，他很快就放下了望遠鏡，然後手一揚，他的手下，大約十幾個人立刻開始行咒，掐起了手訣！顯然，他也不是一個傻子，任由我們先行一步！

「果然是你呵，陳承一，看資料上你的樣子，可就讓我『朝思暮想』呢，不過，馮衛叔可是和我們師門關係很好，你辱他，也就等於辱我師門，我只能朝思暮想地和你打一架了，呵呵呵……」何龍又翹起蘭花指，笑得前俯後仰，擺得跟個柳條似的，估計他已經陷入了他很「嫵媚」的自我幻想裡。

「閉嘴！」我終於忍不住大喝了一聲，那句朝思暮想都已經讓我全身一冷，何況還笑成這種樣子，換誰受得了啊？

可是他也是個人物，那麼快就從暴怒的情緒中冷靜了下來！

我大喝閉嘴的同時，他已經大喊了一聲：「去！」頓時，他身上纏繞的七、八個鬼頭就陡然又升起了那駭人的氣勢，朝著我呼嘯而來！

接著，他的那些手下也快速完成了施術，原本大雪紛飛的天空頓時出現了密密麻麻的鬼頭，全部跟著何龍的鬼頭朝著我們衝來！

於此同時，肖承乾這小子竟然先行一步完成了術法，大喊了一聲：「困靈之力！」接著，在天眼的狀態下，我親眼看見他的背後浮現出了一個山神模樣的虛影，此刻雙手環抱，青筋鼓脹的樣子，就像在努力抱住什麼東西。

而與之對應的，是肖承乾也很吃力的樣子，他忽然就望著我笑著說了一句：「在這裡，借助山神之力可要輕鬆很多，用強大的精神力形成牢籠，困住這些鬼頭，我是不是很天才？說打不贏你，我還不服氣。」

但只是說完這句話，肖承乾就全心投入了他的術法之中，而神奇的一幕發生了，那些衝過來的鬼頭，忽然就被擠壓在了一起，像是天空中有個無形的牢籠關住了它們。

而牢籠很窄，以至於最週邊的鬼頭，那一張猙獰的臉都被擠壓得變形了！

可是，鬼頭豈能束手待斃？它們開始劇烈掙扎，肖承乾脹紅了一張臉，大喝道：「你們快點兒，給我用術，或者隨便用什麼方法，狠狠地砸！」

此時，何龍也早已帶著他的人衝了下來，離得近了，我看見他分明是在冷笑，根本不在乎肖承乾的術法的樣子。

可我還是很佩服肖承乾，在第一時間用最省力，也最有效的術法，也是對一個人修為的考驗！

而我此刻也開始掐訣，之所以等待了一會兒，第一是想看何龍想做什麼，第二個原因才是最重要的，我在等傻虎到一個憤怒的臨界點，傻虎是靈體，憤怒自然能提升靈體的氣勢和力量，在合適的時機放出傻虎，才是最好的。

這個時候差不多了！

閉上雙眼，掐動手訣，我和傻虎本就是共生，幾乎是不用耽誤任何的時間溝通，我只需要給它打通一條出來的「通道」！

只是短短幾秒鐘，一聲震天的虎吼響起，一頭威風凜凜的白虎忽然就出現在了天空之中！

「哈，傻虎！好久不見！」承心哥擺擺手，語氣輕鬆地對著傻虎打了一個招呼。

吳老鬼又開始團團飄了，大吼道：「陳承一，你怎麼會有這個……這個……這個……」

老張倒沒有什麼反應，他看不見天空中那驚人的一幕，只是覺得忽然兩方人就激動了起來，然後天空變得暗沉，有一種風雲變色的感覺。

至於小喜和小毛看見這個，頓時呈「石化」狀態，臉上流露出了明顯的畏懼，不，確切的說應該是敬畏！

我不知道傻虎在這片老林子裡，有沒有留下什麼傳說，我能憑藉的只是那一塊石板上雕刻的嫩狐狸與傻虎待在一起的畫面，可是嫩狐狸這種二貨都是大妖了，傻虎應該是大妖中的戰鬥妖嘛！

很好，很好！肖承乾說我是大爺中的戰鬥爺，傻虎自然就是大妖中的戰鬥妖了！

而傻虎總是有個毛病，喜歡保持王者的風範，它出來怒吼了一聲之後，既然擺出了一副不疾不徐的樣子，衝著承心哥和如雪點了點頭，然後才邁動起優雅的虎步，觀察起天空中的鬼頭！

這一次，傻虎醒來，我有了一個明顯的感覺，它的魂魄，竟然再次恢復了一魄，連魂我也有模糊的感覺，其中一魂，恢復了三分之一的樣子。

看來這麼多年的滋養，不如它吞噬靈體！

恢復得多，這傢伙的自主動作也就越來越多，再不是以前那個傻乎乎、呆愣愣的樣子了，知道衝承心哥和如雪打招呼！

如雪不太認識傻虎，但是我愛著如雪，我和傻虎情緒是互通的，雖說不是它會愛著如雪，但是它對如雪的好感是天生的。

傻虎一出，讓所有人都目瞪口呆，連專心施術的肖承乾都忍不住回頭看了一眼，幾乎是無意識地在說：「我×，傳說中你的大老虎！」

而此刻，天空終於不再是老張眼中的清淨，有人大喊了一聲，忽然天空中某一個地方的雪花竟然化成了點點雨水，雨水帶著一絲絲微微黃亮的反光，借雪成雨，這是五行之術較為簡單的一種，畢竟說到術法，還是五行之術居多，只不過練到古人那種水準，能夠呼風喚雨的較少。

但藉助這裡的水行之氣，就要容易許多。

這樣的術法沒什麼值得稱道的，但是這個第一個出手之人還是有不凡之處，竟然在術法中加了一層變化，就是以自己的陽氣為引，引了一些陽氣夾雜在雨中，這對完全陰邪的鬼頭無疑是有傷害的。

天空中的鬼頭掙扎得更厲害了，並且發出了鬼哭狼嚎一般的嚎叫，把老張嚇了一跳！不明白為什麼這一小部分雪花就變成了雨水，也不明白那恐怖的鬼嚎之聲是從哪兒來的？

而就以這個人為開端，肖承乾那邊的人紛紛手段盡出，不管是用符的，還是用各種法器的，總是天空中一下子變得異常熱鬧。

還有一個人，竟然引出了一道雷。

反觀何龍那邊，我才注意到，那邊的人竟然站成了一個奇怪的造型，如果我沒猜錯應該是陣法，以何龍為陣心，他們也開始念念有詞，我看見何龍的臉色變得嚴肅起來，看了一眼傻虎，然後毫不猶豫地劃破了自己的小指！

這時，承心哥也出手了，他說了一句：「小喜助我。」

而我望著天空，看見傻虎終於如離弦之箭一般的衝了出去，帶起了陣陣呼嘯的怪風，我只是在想，這傢伙為什麼那麼憤怒？

我沒注意到，這時，嫩狐狸忽然出現在了承心哥的肩膀。

第六十一章　虎虎生風

肖承乾青筋鼓脹，看樣子已經到了受力的極限，但是肖承乾帶來的人施展的各種術法，對那些鬼頭的打擊無疑是很有效果的。

只是短短一分鐘，那些鬼頭就變得萎靡，甚至消失了兩個。

看樣子，戰場的勝利是往我們這邊傾斜的，但實際的情況遠遠不是這樣，只因為這些鬼頭雖然萎靡，但被消滅的只有兩隻而已，由於搶了時間，第一輪的打擊是最有效果的，一旦肖承乾的術法被破，鬼頭得到了自由，戰場的局勢就會起很大的變化。

「快！」看明白這一點的，不只我，還有肖承乾，因為處於受力的極限，他連說話都困難，只能喊著快！

而他手底下的人也是拚了命地施展術法，在這種情況下，那邊的鬼頭轉眼又被消滅了三隻，我是清楚地看見在何龍那邊有兩個人一下子吐出了一口鮮血，畢竟鬼頭和他們是性命相連的，鬼頭被滅，主人遭到反噬也是正常。

何龍的表情依然不見沉重，直到傻虎衝出來的那一瞬間，何龍終於嚴肅了起來，翻手把割破的小指朝地，然後一滴鮮血滴在了地上。

如同一場慢動作的展示，我清楚看見那滴鮮血落在了雪地裡，化開在一片白色中，那抹紅色豔麗得刺眼，一切忽然安靜了下來。

而在那一瞬間，傻虎已經逼近了那一群鬼頭，伸出利爪，一抓就拍「暈」一隻萎靡的鬼頭，然後一口叼在嘴裡，還未吞下去。

我還看見小喜開始在戰場的下方飛速奔跑起來，在奔跑的過程中，它化形為了黃鼠狼，慢慢越變越大，我也分不清楚是虛影還是實體，只是感覺有一絲絲不正常的微風拂面。

這一切的一切都像電影中的慢鏡頭，也如同一個個分鏡頭，全部映入我的眼簾。

在安靜破碎的最後一剎那，我看見何龍咧嘴朝我冷笑了一下，我當時腦海中能浮現的唯一一個念頭，極其不靠譜，哦，這個嬌滴滴的大男人，其實長得挺粗獷啊！

在下一刻，隨著何龍的嘴唇微動，天地間的安靜陡然被打破，就如同一道雷電劃破萬里晴空，那些原本萎靡的鬼頭忽然發出了瘋狂的嚎叫，在下一刻淡黑色的鬼頭額頭上忽然多了一抹刺眼的紅色，原本黑色的眼珠也忽然變得通紅，在那之後，它們彷彿打了雞血一般，一下子「振奮」起來。

肖承乾狂吼了一聲，腳一跺地，連太陽穴都高高鼓起，腮幫子咬得死緊，盡力維持著「禁錮」鬼頭的狀態，可是還有用嗎？

只是堅持了不到兩秒，肖承乾忽然看著我，黯淡一笑，然後猛地倒退了三，四步，一屁股跌坐在了地上，喘著粗氣，他身後的山神虛影，陡然破碎！

「嗷嗷嗷嗷……」鬼頭們就如同在最殘酷的監獄裡關了數十年的犯人終於越獄成功了一

般，一個個帶著發洩般的瘋狂，集體興奮地狂叫了一聲，然後朝著這邊衝來。

這時候，老張忽然變得驚恐，是驚恐到極限那種，一個大男人竟然緊緊拉著如雪的手臂，才能得到力量站住，他的聲音發抖：「雪丫頭，那……那天上的是什麼？」

「別怕，承一會贏的。」如雪回答得淡然，可老張明顯好了一些。

我望了一眼老張，笑了，比了個大拇指，表示他很強悍，至少看見樣子如此猙獰，數量如此眾多的鬼頭，還能站著，比很多男人強悍了。

我沒有去看身在戰場中間的傻虎的情況，因為通過感覺，我就知道傻虎心裡透著一股霸氣的自信，並不用我過多的擔心。

果然在一片鬼頭的瘋狂嚎叫中，忽然一聲虎吼在一片嚎叫聲中響起，如同一片密密的草叢中，忽然長出了一棵粗壯的大樹，瞬間壓過了所有的綠草！

那一聲嚎叫就是王者的嚎叫，傻虎曾經就是這裡的王。

吃了興奮劑一般的鬼頭在那一刻流露出了微微的畏懼，但是何龍雙手掐訣，引領著陣法，在瞬間，鬼頭們的畏懼就已經淡去，變成了一片迷茫的瘋狂，那抹額頭上的紅色在擴散，瞬間脹紅了鬼頭們的整張臉。

所有人都看著這變化的戰場，拚命施展著術法，眼中的擔心流露無遺，可是剛才還極其有效的術法，已經對這些鬼頭沒有多大的作用了。

何龍此刻也停止了施術，想必他們這個祕陣已經開始正常運轉，何龍帶著一絲冷笑，對著肖承乾比了一個大拇指朝下的動作，肖承乾沒有憤怒，只是說道：「犧牲鬼頭換來的暫時提升，何龍還真的打算藉著我們兩個一戰成名。」

說話間，肖承乾已經站了起來，望著我的眼神有一絲詢問，彷彿是在詢問我為什麼還不出手，我平靜地看了肖承乾一眼，我也不知道該如何給肖承乾解釋，傻虎的意思是現在不需要我出手，它能感應，還有一個厲害的傢伙！

我的平靜彷彿就是對肖承乾最好的解釋，他沒再多問，而是深吸了一口氣，掏出一個小瓶子，灌了一口小瓶子裡的液體，我聞著有一股子藥酒味兒，但具體是什麼，我也不知道。

一口吞下了那彷彿極其「辣口」的藥酒，肖承乾微微皺了皺眉頭，下一刻，閉眼，踏起了步罡，我很熟悉這個步罡，下茅之術，肖承乾認真了！

不過敢在這樣的戰場中，就這樣的施展施術時間極長的下茅之術，這小子對我是有多信任？萬一我是裝B、裝深沉、裝高手呢？

但也容不得我多想，何龍在鄙視了一番肖承乾以後，下一刻就揚起了雙手，比了一個怪異的手勢，然後口中依然在行咒，隨著他那個怪異的手勢陡然張開，那些鬼頭終於瘋狂了，開始如同饑餓的人衝去食堂搶飯一般，瘋狂朝著這邊飛馳而來。

術法擋不住了，它們根本不計較傷害！

肖承乾帶來的人不淡定了，眼神中開始流露出絕望的神情，只有肖承乾淡定閉著眼，踏著步罡，我看得出來，這小子的下茅之術已經極其熟練，在踏步罡溝通的表情沒有任何一絲吃力的表現，誰又不是在成長？

我想起了荒村村口那一戰！

那時的他見我施展下茅之術的震驚！

小喜的身形已經膨脹到了一個極限，這時，在場中忽然刮起了怪異的旋風，揚起地上的積雪，隨著積雪飛舞空中，我看出來了，小喜召喚出了一股「龍捲風」，威力不大，但對於它這種化形未成的妖修，已經是很了不起的成就了！

旋風沒有朝著鬼頭前行，而是朝著承心哥的方向刮來，看得出來，小喜那眼神，非常吃力，是在極力控制著這股旋風。

承心哥依然帶著笑容，還是如春風一般，一個黃褐色的紙包在他的手指間反覆變換著各種花樣，他很淡定，也有一種醫字脈要出手，揚眉吐氣正名的張揚！

可是絕望的人依然絕望，肖承乾的人一退再退，可是肖承乾沒有說話，他們又怎麼敢逃跑？能帶來這裡的都是菁英！

距離越來越近，轉眼已是即將到眼前，在那個時候，我看見傻虎吞下了第二隻鬼頭，傳來的情緒是一種滿足！

只是下一刻傻虎的身影就已經不見，一直望著傻虎，神色中帶著貪婪、不忿、緊張、防備的何龍神色陡然變得詫異，傻虎到哪裡去了？

只有我平靜看著天空的戰場，心裡非常清楚這一個過程，傻虎和小喜一樣，是玩風的，只不過虎虎生風，傻虎對風的親近是天生，小喜是不能比的。

所以，傻虎是利用了風的速度，瞬間就讓自己的速度達到了一個可怕的極限，如果是生前，傻虎也到不了這種速度，可是此時它是靈體！

我的感受，在下一刻就得到了證明！

一隻威風凜凜的白虎，在何龍詫異的神色還沒退去的時候，就出現在了瘋狂鬼頭們的前方。

「吼」，這一次的吼聲可不是示威，而是真正帶上了大妖的和王者的精神力，實質的威壓，那些亢奮的鬼頭，竟然在一瞬間被沖得七零八落。

「嗚嗚」，一聲脆嫩的聲音也忽然響起，彷彿是在應和著傻虎，沒多少人注意，只有我和承心哥陡然轉頭。

嫩狐狸？

第六十二章　嫩狐狸吹氣球

無疑，嫩狐狸此刻是興奮的，可是它那雙眼睛太靈動了，我一眼就能看出，這隻小傢伙在興奮中分明有些更深的迷茫，或者說它自己也不知道在興奮什麼？

我以為只有我和承心哥注意到了嫩狐狸，卻不想我感受到了傻虎的情緒，有些親切，更深的也是迷茫，那一刻，我回頭看向傻虎，它也正在看向嫩狐狸。

傻虎的這一眼注視彷彿是給嫩狐狸注入了強烈的興奮劑！

此刻，我和承心哥的周圍，忽然風起，被捲起的雪花迷濛了我們的雙眼，我下意識的想閉眼，可是還未來得及閉眼，一幕驚人的變化震驚了在場的所有人！

嫩狐狸忽然從承心哥的肩膀一躍而下，在躍下來的過程中，忽然那陣龍捲風都遠離了我們一些。

我的腦子根本來不及反應這是怎麼了？下一刻，我只覺得呼吸都變得有些不暢，一抹不存在的，可是又能明顯感覺到的陰影覆蓋了我！

我抬頭一看！

一隻巨大的、優美的、帶著慵懶神情的白色碧眼狐狸忽然就這麼突兀地出現在了我和承心哥頭上的天空中，它此刻的眼神充滿著犀利，卻又滿不在乎，只是甩動著身後的三根毛絨絨蓬鬆的大尾巴！

三尾狐？

我彷彿聽見自己的心在咚咚咚地跳動，我想起了師祖手箚上的一段記載，大意是人們總愛以訛傳訛，什麼九尾狐就有九條尾巴，三尾狐就有三條尾巴，其實事實根本不是如此，有幾尾的確代表了狐狸這一種特殊妖修的功力，可事實上這種尾巴的表現形式根本不會表現在實體上，而是表現在靈魂上！

那是狐狸一旦開了靈智，靈魂的優勢幾乎可以和人類平起平坐，修出來的澎湃靈魂力就會化形為尾巴表現出來，所以才有了幾尾狐的說法。

當然，為什麼要表現在尾巴上這個無解，狐狸要是樂意，表現在腿上也行的，只是想起來，六腳狐，八腳狐，最後變成「蜈蚣」狐，那確實有些那啥？

怪不得這隻嫩狐狸要在老窩的長廊上「歌功頌德」，原來人家是堂堂的三尾碧眼狐啊！

「呼呼呼」，整個戰場陡然安靜了下來，包括亢奮得已經無意識的鬼頭，也在這一瞬間安靜了，因為嫩狐狸化形的氣勢，是徹底壓制了它們。

承心哥衝我小聲說道：「承一，不許後悔！」這傢伙當然也發現了這隻嫩狐狸的了不得之處，絕對不是什麼小可愛，生怕我反悔。

我哪裡又會反悔，我家傻虎更厲害，再說狐狸這種東西，也只能承心哥帶著比較合適吧，我還是帶著男人的標誌——傻虎好了！

肖承乾沒看見這一幕，他還在踏動著步罡，可是彷彿也是受到什麼影響，我看見他眉頭微微一皺，接著就睜開了雙眼，自然也就看見了漂浮在空中那巨大的三尾狐狸。

他的眼中閃過一絲震驚，接著又恢復了那種迷濛的平靜，閉上了雙眼，這小子是不敢想，否則等著施術的時候走火入魔吧。

至於小喜在極力控制著龍捲風，可是它那寫滿了狂熱崇拜、激動、震撼、感激的眼神已經出賣了它，它有些心緒不穩，連風勢都有散去的可能。

而小毛早已跪伏在了地上，那虔誠就如看見了神。

老張沒弄明白，可是看見狐狸的雙眼他就明白了一切，他有些麻木地問如雪：「等一下，他們再打下去，我是不是有可能看見孫悟空了？」

「嗯，應該不會，豬八戒都不可能出現。」如雪微笑著，我明白，她是為承心哥得到嫩狐狸而開心。

最後是吳老鬼，從戰鬥一開始，聽從了承心哥吩咐，小心翼翼地搬動著兩根金針，走路只走邊緣，跟個賊似的吳老鬼，此刻也張大了嘴巴，嘴巴裡快能塞進兩個雞蛋了，可就是這樣，它還不忘張著嘴，不忘說話：「哈（還）熬（要）不熬（不要）哦豁（我活）了！」來表示它的震驚。

傻虎盯著嫩狐狸，嫩狐狸也盯著傻虎，我感受不到嫩狐狸的情緒，卻感覺傻虎的迷茫更重了，可是對嫩狐狸確實是親切的。

嫩狐狸此刻搖動著尾巴，忽然低低嚎叫，看那樣子，我瞬間就明白了，它是想參戰。

回望一下何龍，此刻他的臉已經開始抽搐了，寫滿了瘋狂的妒忌和不安。

可是下一刻，突變再生，嫩狐狸忽然就快速地變小了，那過程幾乎是一秒鐘之內就完成了，要知道這傢伙維持這個形態，也不過才幾秒鐘啊。

「嗚」，嫩狐狸出現在承心哥的腳邊，一雙靈動的大眼睛，彷彿是蒙了一層水霧，委屈地看著承心哥，我真是嫉妒啊，這嫩狐狸還沒收呢，就那麼會表達情緒，我家傻虎對比起來，就是一個二貨智障！

承心哥好笑地看著嫩狐狸，拍拍肩膀，示意它上去，然後說道：「還以為你個小丫頭威風了一把，結果是吹了大氣球呢，然後啪的一聲沒了。」

「嗚嗚嗚嗚」，嫩狐狸氣憤了，繞著承心哥的腳邊打轉，張開嘴，露出一口嫩嫩的牙齒，就要咬承心哥，但是哪裡咬得到。

最後，氣哼哼地爬上了承心哥的肩膀，頭一別過去，不理承心哥了。

我差點脫口而出：「回來我的懷抱吧。」但下一刻就看見承心哥那要殺人的眼光！

失去了嫩狐狸的壓制，那些鬼頭又開始囂張了起來，朝著這邊衝了過來，明明是二十秒不到的事情，戰場已經變化了幾番。

在這時，傻虎終於出手了！

每一個衝在最前面的鬼頭，都會在第一時間被傻虎攔截住，然後一巴掌拍昏，毫不猶豫地吞下去！

傻虎的眸子冰冷，在戰場上不帶絲毫的感情，可是我慢慢就清楚了，傻虎經過了沉睡，恢復了一點點本事，就如此刻的速度，就是它的本事之一，暫且稱為虎虎生風吧。

這一招，應用在靈體身上是極其強悍的，因為在短距離內幾乎等於瞬移了，這些愚蠢的鬼頭怎麼可能衝過傻虎的防線？

我就算不是邪修也能看出來，除了何龍的幾個鬼頭，他帶來的人養出的都是最低級的鬼頭，根本跟傻虎不是一個檔次，或者說天差地別，有何抵擋的可能？

傻虎和我合魂以後，就算是讓整個修者界都忌諱的小鬼我們都能硬抗一番，並取得一個階段的勝利，這些鬼頭不夠看。

我望著嬌滴的何龍笑了，他的一張臉頓時扭曲，就如肖承乾所說，他的確是一個重名重利的虛榮之人，他不接受這時的失利！

忽然間，他就掐起了另外一個手訣然後行咒，他周圍的下屬紛紛流露出了痛苦心疼的表情，但也無奈地跟著行咒了。

何龍要出什麼大招？但我看著肖承乾此刻已經踏完步罡，開始掐動手訣了。

龍捲風再次吹到了承心哥的跟前，承心哥此刻卻很怪異的手持劍指，對著他那一包藥粉念念有詞！

靈藥之術，把自己的精神力加諸於藥丸、藥粉之上，提高藥性！我腦子裡忽然就閃過了那麼一個念頭！

只不過，一般人的精神力根本不足以支撐這個傳說中的術法，因為人的精神力都是有限的，一般懂這種術法的醫字脈傳人，都是提前一段時日，把藥品供在某個神像跟前，然後日夜祈禱，用自己的精神力為引，得神之祝福，然後提升藥性。

我沒想到，承心哥單憑自己一個人，就要完成這種玄而又玄的傳說中的術法！很想大喊一聲，老李一脈威武啊！看來出色的遠遠不只是我啊！

第六十三章　三人激鬥，承一躺槍

承心哥支撐得有些費力，在這冰天雪地的天氣裡，竟然有豆大的汗珠從他的臉上滾落，他和小喜真是一對「強撐」組合啊！

這個樣子看得我有些擔心，不勉強嗎？

在那一邊，由於傻虎的存在，以一虎之力，擋住了鬼頭前進的步伐，戰場呈一種膠著的狀態，當然勝利的局勢還是朝著我們傾斜得比較多。

何龍那邊依舊在行咒，我發現一個有趣的現象，肖承乾和何龍彷彿是在搶著行咒，趕時間一般。

反觀整個戰場只有我和如雪最悠閒，老張忙著被「驚嚇」，只是吳老鬼舉著金針緊張地站在戰場的邊緣，挺可憐的，這紛亂的戰場硬是找不到讓它出手的機會！

我呵呵地衝著吳老鬼笑，吳老鬼滿臉幽怨地望了我一眼，我老神在在地攏起手來，心說這到底是肖承乾先完成了，還是何龍先完成呢？

再看看傻虎這傢伙，彷彿不知道什麼是吃飽，這戰場中的鬼頭轉眼就被它吞下去了三分之一，那一身白色的皮毛，泛出的銀色光澤更加亮眼，讓我想起了在洞中看見的碧眼狐狸的真身，那一身皮毛，嘖嘖……如果拿去給如雪做一身狐狸皮袍子，應該很美吧？

彷彿是感應到了我的想法，嫩狐狸齜牙咧嘴地衝我哼哼，我對著它做了一個兇惡的「鬼臉」，這傢伙立馬眼淚汪汪地看向了它的主人，無奈承心哥忙著完成靈藥術，沒空搭理它。

我悠閒地呼喚了一下傻虎，給它傳達了一下我的想法，大概意思是別吃撐了，估計過不了多久就會有比較殘酷的戰鬥，你吃撐了睡了，我咋辦？

然後我很冷汗地收到了傻虎的精神回應，大概意思就是「有飯不吃是傻B，撐死總比餓死好！」

這丫的，還知道反抗？得好好收拾收拾它了，我剛冒出這個想法，就看見傻虎的身形在天空中猛地一愣，然後轉過頭來望著我，眼神中全是討好！

估計這丫還想咧嘴一笑，無奈那張虎臉只能擺擺威風，不適合「笑」這種高級動作，一咧嘴，看起來就像臉抽抽了，齜牙咧嘴的！

我冷汗了一下，示意它去忙吧。

可這想法剛冒出來瞬間，那邊何龍已經停止了施術，用一種得意的眼光看看肖承乾，又看看我，我在心裡暗罵，老子還沒出手呢，關我啥事兒？

但我心裡的想法雖然悠閒，可事實上，我也察覺出來了不對勁兒的地方，首先就是何龍那些屬下，臉色難看，都快哭了，是什麼讓他們那麼沉痛？

這個想法很快就得到了解答，因為下一刻，那些吃了「興奮劑」還在亢奮中的鬼頭猛然停住了瘋狂前衝的步伐，然後緊急後退收縮在了一起。

接著那些鬼頭的眼神也變得徹底迷濛起來，圍繞在了其中七個鬼頭的身邊，而那七個鬼頭的眼中分明流露出一絲喜悅的貪婪，然後開始一個接一個地吞噬起那些已經失去意識的鬼頭！

它們吞噬的過程極快，而且在吞噬的過程中，陣法的作用也顯露了出來，一層若有似無的黑氣始終圍繞在它們的周圍。

我從傻虎那裡瞭解到了一些情況，就是那些黑霧有纏人的古怪，它一時半會兒也不能突破，為了保留實力，只能傻乎乎地看著那七個鬼頭吞噬其餘的鬼頭。

那七個鬼頭在快速的吞噬下，一張臉變得越來越紅，頭上竟然慢慢長出了角來，那角呈黑色，看一眼，就覺得彷彿集中了一切的負面情緒。

我不懂鬼頭的等級，更不懂其中更細節的東西，但我是傻子也知道，這意味著什麼！意味著鬼頭應該是短時間的晉級了！

不到一分鐘，鬼頭就結束了吞噬，而護住它們的黑霧彷彿也是承受到了極限散開了，剛剛得以提升的鬼頭極其興奮，而這一次它們全部朝著傻虎衝去，估計這就是何龍憤怒之下的命令吧。

在他看來，我有什麼好厲害的？贏了傻虎就是贏了我！

我為傻虎擔心，卻收到的是傻虎不服輸的意志，和堅決不許我出手，必須一戰的堅定！

七個鬼頭圍繞著傻虎，而這一次，鬼頭凝實了很多，它們的負面情緒竟然也能影響到傻虎，讓傻虎變得焦躁而暴戾起來，偏偏它們的速度也得以提升了，雖然不如傻虎，但七個鬼頭呈包圍之勢，一時間竟然困住了傻虎。

當然，我也有提升傻虎的祕術，可是使用了對傻虎沒有好處，看來是應該出手了，畢竟傻虎的意見只是我的參考。

這樣想著，我掐動了一個手訣的起手式，卻聽見旁邊傳來一聲暴喝：「陳承一，我來！」

我一看是施術完成的肖承乾，此刻他終於完成了下茅之術，也不知道請來的是哪位，但是那股子厚重力大的氣勢就從肖承乾的身上流露了出來！

肖承乾開始極快地踏起步罡，畢竟借來了力量，再次施術，自然是比自己施術快了許多。

我看肖承乾的身影看得眼花繚亂，只因為他踏步罡的速度太快，只是不到半分鐘就已經完成，傻虎仍然在支撐，我看見有鬼頭給了傻虎一口，但同時有一個鬼頭被傻虎咬掉了半邊腦袋，很快恢復了，可是那紅色就黯淡了許多。

此時的肖承乾已經掐好了手訣，下一刻，他大喝了一聲：「擊靈之術！」

再一次的，一個山神的虛影浮現在了肖承乾的身後，而和上次眼中流露著「憨厚」的山神不同，這次的山神虛影明顯是那種暴力傻大個，整個眼睛裡一邊寫了兩行字，左邊「我愛」，右邊「打架」！

上一次是困靈之術，這一次的擊靈之術又咋樣？肖承乾這小子真是一根筋，今天是要請山神請到底了！

我這樣想著，看著肖承乾已經踏了一個馬步，力沉下腰，拳頭緊握，後面的山神是一樣的動作，接著他大概蓄勢了兩秒，然後暴喝一聲，朝著天空中的某一個鬼頭用力擊打了一拳，背後的山神也是如此！

當然，肖承乾是碰不到虛無的靈體的，就算能碰到，他的手也伸不到天上去。

可是，對於普通人來說，神奇的事情就那麼發生了，肖承乾所擊打的鬼頭，竟然就像被重槌砸中了一樣，吱哇亂叫的，一下子滾到了一邊。

肖承乾得意地望了我一眼，又看了一眼何龍，我頓時覺得我又躺著中槍了。

也就在這時，承心哥的聲音終於傳來了：「小喜，快！」

說話間，承心哥終於撕開了那個藥包，然後朝著天空拋灑，那席捲而來的龍捲風立刻呼嘯著捲走了承心哥拋灑出來的藥粉，朝著那七個鬼頭衝去。

承心哥望著我，「羞澀」的一笑，然後扶了扶眼鏡，靦腆地說道：「你也別誇我，醫字一脈用到精神力的地方很多的，我能被師傅收下，也就是精神力拿得出手。」

我眨巴了兩下眼睛，望著承心哥，我有要誇你嗎？我咋覺著我是第三次躺槍了呢？

但我知道，承心哥這一出手，那七個鬼頭恐怕就是塵埃落定的事兒了！

事實上也是如此，當那帶著承心哥藥粉的龍捲風刮過七個鬼頭之後，效果立刻就出來了，那七個鬼頭忽然就詭異地開始無力起來，和剛才的萎靡不同，那是真的無力！

所有的動作就像是變成了慢動作，一副非常力不從心的樣子，早已被我打招呼憑藉速度退到一旁的傻虎，看著這個場景，眼中充滿了虎的好奇，試探性地過去，一爪子拍向了鬼頭，那鬼頭竟然從剛才能硬抗的強悍，變成了「咕嚕咕嚕」滾一邊的軟弱。

傻虎的眼中流露出意興闌珊的表情，推開了去，一雙虎眼狠狠盯著何龍。

至於肖承乾幽怨地看了一眼承心哥，人家好不容易準備好的大術啊，你就這麼給我毀了，醫字脈的，果然是……不帶這麼玩的。

承心哥笑咪咪的，又開始跟如雪說別誇他的事兒了，至於肖承乾只能當著苦力，懶洋洋的開始清理天空中的鬼頭。

而何龍的臉徹底扭曲了，下一刻，望著何龍的傻虎，忽然背上的毛炸起，何龍要做什麼？

我的眉頭也皺了起來！

第六十四章 術法帶來的危機

對比我和傻虎的反應，何龍顯得雲淡風輕，因為他只是放出了一個顯得很奇怪的鬼頭，是一隻青色的鬼頭。

他用一種必然勝利的眼光看著我，顯然是對這隻鬼頭充滿了巨大的信心。

奇怪的是，傻虎看見這隻鬼頭，那種憤怒的情緒一下子到了一個臨界點，我感覺到它在呼喚我快一些與它合魂戰鬥！

而這種合魂戰鬥並不是它覺得對手難以對付，而是它極需要憤怒地發洩。

我沒有選擇和傻虎合魂，而是安撫了一下傻虎的情緒，畢竟合魂戰鬥是我最強的底牌，我能預見在那以後，我將會有連番的戰鬥，我不想那麼快使用合魂，而且何龍他也不至於讓我合魂。

傻虎自然是選擇尊重了我，回到我身後，對著何龍低聲咆哮，這個時候通過傻虎，我才知道了一個資訊，那就是何龍的那隻鬼頭吞噬了這片老林子裡兩隻妖物的魂魄。

傻虎之所以知道，是因為何龍的鬼頭並沒有完全把兩隻妖物的魂魄消化掉，還有妖物的殘存的意志在吶喊，被傻虎聽見了。

我瞇起眼睛，我能感受到傻虎的一種它自己也說不清楚的在意，所以引發的憤怒，這種憤怒同樣蔓延在了我的心中！

何龍輕鬆放出了那隻鬼頭，可是在鬼頭放出以後，他的神色就變得嚴肅起來，他忽然衝著我大喊：「陳承一，今天怕是形勢已定，以我一個人的能力怕也是搶不到這地下的大妖遺物。可你讓我如此退去也是絕不可能，陳承一，我問你，可敢同我公平一戰？」

我望著何龍，沒有說話，其實我心裡明白何龍看形勢不可逆轉，絕對是想和我一戰，一是為了那個飄渺虛無的名頭，二就是為了得到全身而退的機會吧。

別看他嬌滴滴的，其實他不傻，見過我沒說話，何龍忽然又蘭花指掩嘴，呵呵的笑了，然後說道：「陳承一，你該不會是怕了嗎？剛才我放出鬼頭，你放出你的老虎，大家也未盡全力，只是試試水溫而已，為何不能公平一戰？再說了，我的人馬雖然敗了，可是要拿走你們一兩條人命，麻煩騷擾你們一下也是可以的，我答應你，我輸了，我二話不說，轉身就走。」

「你要贏了呢？」何龍是在威脅我，可是不得不承認他的威脅很有效果，我必須應承著。

「贏了？贏了能如何，肖承乾大公子可是在這裡啊，我還是只能轉身就走啊。」何龍「嬌笑」著說道。

說明白了，如果我們趁勝追擊，他們也會付出慘重的代價，顯然何龍是愛惜自己羽毛的人，他說輸說贏，都逼著我們放他全身而退，如果他贏了，自然就有人會幫他宣揚這一場勝利。

這算盤倒是敲得霹靂巴拉響啊。

「那就戰吧。」我淡淡地說道。

話一落音，傻虎就發出了低聲的咆哮，一下子竄到了我的身前，虎眼死死看著何龍的一舉一動。

我看了一眼何龍，發現那個鬼頭彷彿和他並不是心意相連那種，他有些吃力的感覺，此刻他劃破了手腕，而那鬼頭衝上去，就咬住何龍的手腕，是在「吸食」什麼我不清楚，只是我看見何龍手腕流出的紅色鮮血，經過了鬼頭，就變成了淡黑色的血液。

如果是普通人看來，那就是何龍的手腕流出了鮮紅色的血液，落到雪地裡就變成了觸目驚心的黑色。

此刻，肖承乾已經收拾完了那七個鬼頭，在最後一個鬼頭破滅之際，何龍噴出了一口鮮血，怨毒地看了肖承乾一眼，我更加明白了，那七個鬼頭才是何龍這個邪修的本命鬼頭，那個青色的並不是。

肖承乾看著我，說道：「承一，完了，何龍這個小器的人盯上我了。」

我對肖承乾說道：「沒事兒，看我用你的法術，狠狠抽他一頓。」

肖承乾幽怨地看了我一眼，嘀咕了一句：「你他媽這是在打擊我嗎？」

事實自然不是如此，說完肖承乾自己也笑了，傻虎見我輕鬆，就去找承心哥的「麻煩」了，因為承心哥那威力十足的藥粉「玷污」了傻虎的食物，而嫩狐狸也在旁邊瞎起哄。

我暗想這是嫩狐狸和傻虎在雙雙失憶以後的「重新開始」嗎？

我搖了搖頭，拋開了這些無聊的想法，然後閉眼開始踏起步罡，下茅之術我是多久沒有動用了？如今的我動用下茅之術，又該是怎麼樣的場景？

不要以為下茅之術沒有威力之分，用得好，下茅之術比上茅之術更具威力！

我摒棄了五感，隨著步罡的開踏，我開始溝通天地借力，而這個步罡我是熟悉之極，加上靈覺和靈魂的成長，溝通也是分外順利，這個步罡踏來完全沒有「阻礙」之感。

只是踏到一半，我就感覺到一股強烈的，充滿了陰性力量之感的力量籠罩了我，這是以前動用下茅之術從未有過的感覺。

在這種溝通的時候，我「看」不見所請之鬼的樣子，但我必須承認這股力量也讓我震撼。這也算是進步了嗎？我心中充滿淡淡的喜悅。

步罡還在繼續，儘管我摒棄了五感，可是也切不斷我與傻虎的聯繫，在步罡將行踏完之時，我忽然感受到了傻虎出擊的資訊，是何龍那邊的鬼頭已經放了出來！

所以說，邪修鬥法充滿了優勢，就是如此！但換個角度，他們長年累月培育鬼頭，或者各種戰鬥助力，為的也不是這樣嗎？付出和收穫也是成正比的！

一步，兩步，三步，當我最後的三步步罡踏完之際，那股力量終於完全籠罩了我，在下一刻如同一股激烈的瀑布，猛然落進了我的身體。

我眉頭一皺，在那個瞬間，我驚異地看見，我的下茅之術請來的竟然，竟然是一隻——鬼王！

而凡是能被稱之為王的，無一不是桀驁難馴的，畢竟讓它們放下王者的驕傲，為你助力，根本就不是一件容易的事情，所以這股力量進入我身體的第一件事情竟然是選擇「奪舍」！

或者不該叫做「奪舍」，而是強行壓迫我的靈魂，在這個時候我一個不小心，可能就會因為這個下茅之術變成白癡，這也可以叫做走火入魔！

手訣的作用，就是讓力量「歸位」！

我脹紅著一張臉，幾乎是調動了大半的靈魂力來壓制這股力量，然後艱難地掐動著手訣，以至於手訣的掐動都顯得生澀而不連貫。

我的耳中傳來了肖承乾擔心的聲音：「這陳承一怎麼掐動手訣都如此困難？不應該啊？」這聲音充滿了疑惑，顯然他是絕對聯想不到，我請到了鬼王，連我自己都不敢相信。

可這是值得驕傲的事情嗎？在這一瞬間，我的生命靈魂都如同在鋼絲上跳舞，危急之至！更不要說與何龍鬥法了！

唯一知道我情況的就是傻虎，我收到了它擔心，但同時也感受到了傻虎有些狼狽……是對手太過強大了嗎？我現在根本無法知道場中的情況，可是能想像，可以讓傻虎如此狼狽的存在，應該是怎樣了不得的存在！

無奈我根本不敢分心，還在全力掐動著手訣，我調動大半靈魂力去壓制的力量，竟然在這個時候蠢蠢欲動，就快要衝出了限定的位置。

我的手訣已經掐動到了最後，而最後一個訣法，最後一根小指怎麼也落不下去，那股力量在拚命反抗著，我在這一時間幾乎是陷入了使用術法以來最艱難的境地！

第六十五章 最後的掙扎

「師傅，我已經能用下茅之術了，很厲害吧？」

「哼哼……」

「臭老頭兒，你笑什麼啊，你沒看見我用下茅之術的時候，那夥人的老傢伙都坐不住了，出來阻止我，你是不是怕我比你厲害了，所以冷笑？」

「比我厲害？你可知道下茅之術請的是陰魂之力，然後藉助二力合一，強大靈魂力，讓自身用出更高級的術法。」

「我知道這個啊，你別轉移話題，你誇我一句厲害要死嗎？」

「不會死，但是違心地誇你厲害，我會吐！你既然知道是請陰魂之力，那麼陰魂都是一樣的嗎？你覺得普通的靈體能和厲鬼相比嗎？就如請來的地下之魂，也有普通之魂、鬼卒、鬼將、鬼王，甚至鬼帝！你現在請的是什麼雜魚？」

「我……鬼還分那麼多等級？師傅，它們在哪兒啊？」

「在哪兒？我不知道！我只是想告訴你，別瞧不起下茅之術，雖然它為下，但如果它請來了鬼帝，對上只是請來天兵的上茅，你說誰厲害？」

「師傅，我知道了。那你用下茅之術，一般請來的是什麼啊？」

「我，不是特別用心的情況下，那就是鬼將，如果有心，是百分之百能請來鬼王的。只不過我不會輕易動用……」

「為什麼啊？那多厲害啊？」

「第一，是鬼王的力量破壞力太大。第二，是因為壓制困難。對了，我得提醒你，茅術有很多未解之謎，我們可以摸清楚的規律是，靈覺越強大，靈魂越強大，能夠請來的鬼物也就越厲害，但是也不排除誤打誤撞就請來自己現在不能駕馭的存在，那個時候必須快速恭送它離去，哪怕許下代價，否則靈魂會受到損傷，輕則變成白癡，重則魂飛魄散。」

「那麼厲害啊，師傅，有一天我能請來鬼王，並控制它的力量嗎？」

「嗯，會的，我姜立淳的徒弟豈會差勁？等到你有一天，下茅之術能運用鬼王的力量，師傅就一定會誇你一句厲害！」

在迷濛中，混沌中，我看見那樣一幕畫面，在荒村即將大戰之前，師傅在布陣法，我拿著陣旗，亦步亦趨地跟在師傅的身後，那一天，天色將晚，荒屋野地，可是有師傅存在的畫面卻是那麼溫暖。

我想起了我和師傅在那個時候的對話，每一句話，每一個字都那麼清晰。

鬼王的力量在那個時候幾乎就快衝破我的靈魂力，我要壓下去的小指生生被彈回了一截，僵在那裡，我聽見如雪擔心地叫我，承心哥和肖承乾還有很多人在擔心我，我聽見了傻虎憤怒，擔心卻又吃力的嚎叫，可是我通通聽不進去了，我心中只剩下了一句話，「到那個時候，我會誇你厲害！」

這句話在心中爆開，彷彿是形成一股堅定的執念，帶著無窮的意志，師傅，今天你要誇我一句厲害！

我仰天，大喊了一聲，就在那個忽然間，壓下了那根小指！

「轟」的一聲，反抗的力量退去，那股絕大的力量一下子變得乖順起來，柔和的布滿了我的全身，我睜開了眼睛。

這是我第一次，請來了鬼王，並且成功動用了它的力量，師傅，你看見了嗎？漫天的白雪中，我忽然就有一些心傷。

連肖承乾驚呼之聲都沒有在意，是的，只要是請到了能稱王的傢伙，背後都會浮現所請之虛影，這是常識。在我的身後，立著一個威風凜凜的披甲虛影，只是它是青面，懂的人一眼就能看出是鬼王。

我抬頭看了一眼傻虎的情況，此刻的傻虎很是狼狽，就如同在黑岩苗寨拖住嬰靈鬼母那一次一般，身上布滿了傷口，這個鬼頭不見得比得上嬰靈鬼母，何況傻虎有成長。

關鍵的情況是，我望著何龍大吼了一聲：「你用獻祭之法，刺激鬼頭，然後用你的靈魂意志來操縱鬼頭，二打一來打我的老虎，很爽是不是？」

何龍警惕地望著我，臉色難看，同是修者，他不可能沒看見我身後的虛影，那虛影意味著什麼，少用茅術的邪修可能並不知道，可是鬼王的威壓，他哪能感受不到。

「傻虎，再撐一下。」我大吼了一聲，傻虎用虎嘯來回應我。

接著，我快速掐動起手訣，然後陷入了存思，那無盡的思和念，進入了這蒼茫的老林子，山神來見，山神來見！

藉助鬼王的力量，這一次的術法分外順利，隨著我聲聲的呼喚，一股新的力量一下子融合了鬼王。

「唔……」在我身後發出了一聲震撼靈魂之聲，不用想我也知道我身後和剛才的肖承乾一樣，浮現出了山神虛影。

只不過同時肖承乾也在驚呼：「出聲，接近實質，你小子竟然請來了這片山之神五成以上的力量。」

我看了肖承乾一眼，然後同肖承乾一樣，以腳踏地，雙臂環圈，大喊了一聲：「困靈之力！」

在那一瞬間，我彷彿能夠實際性的接觸到了那個青色的鬼頭，我能感覺到它那澎湃磅礴的力量，我一下子就知道了，這等威力的鬼頭，不是簡單吞噬了兩個妖物之魂就能形成的，如果不是培育了很長的歲月，根本不可能有這等威力，怪不得傻虎會狼狽，對上這等威力的鬼頭，原本就是實力和只是一縷殘魂的傻虎半斤八兩，加上有何龍的幫助，可想而知。

在下茅之術的借力下，困靈之術起到了絕大的威力，那個鬼頭一下子是死死困在了一定的範圍內。

「傻虎，有仇報仇，有冤報冤。抽它丫的！」我大吼了一聲！

而傻虎回應了的是一股洶湧而興奮的戰意，外帶一點點我終於可以出手幫它了的委屈，不再是二打一的痛快衝了過去！

面對那個被困的鬼頭，傻虎自然是毫不客氣，用爪子、牙齒、尾巴衝撞，無所不用其極，終於，它一口咬下了那個青色鬼頭的一大塊能量，搖頭擺尾卻並不吞下，而是凌空一甩，直接扔到了嫩狐狸的面前。

我的嘴角勾起了一絲笑意，這隻傻虎還能知道分吃的，這和嫩狐狸的感情倒是挺好啊！

嫩狐狸也不客氣，從承心哥的肩膀上一躍而下，開始大口大口吞噬那一團能量，傻虎也不客氣，又再次咬下了一大團能量，這一次是自己吞噬。

「不，你不能，你竟然敢毀壞我師叔的鬼頭。」何龍尖細驚恐的聲音從那邊傳來，顯然他是恐慌了，原來這是他門派長輩的鬼頭，而不是他自己的所有之物。

鬼頭在劇烈掙扎，顯然不能接受這種被動挨打的局面，卻又不能掙脫，開玩笑，在鬼王之力加持下的困靈之力，不是一個連真正主人都未親至而來的鬼頭能掙脫的。

何龍的臉上出現了痛苦難以決定的神色，可是望著掙扎嚎叫，身體變得越來越小的鬼頭，終於使何龍痛下了決心，他拿出了一隻黑色的尖銳鉤子，忽然朝著自己的心口扎去，望著這一幕，老張驚呼了一聲，畢竟鬥法的殘酷老張感覺不到，或許在他看來，還沒有拿刀砍人來的血腥。

見到何龍的舉動，他終於忍不住了，接著就喊了一聲：「這孩子咋自殺了呢？」

但何龍哪裡是自殺，修者朝自己心口扎去，其實多半只是想取一滴心頭之血，精血中精華最多的血液，而不是為了刺傷自己。

曾經在黑岩苗寨，有一個女人的指甲就扎進了我的胸口！

果然，我的猜測沒錯，何龍的確是取出了一滴鮮紅的心頭之血，然後手掐獻祭之訣，開始念念有詞。

這是要做最後的掙扎了嗎？我大喝了一聲，繼續把鬼頭困死，並且溝通傻虎讓它抓緊時間打擊那個鬼頭，傻虎自然也是不會客氣。

但是隨著何龍的獻祭，那個鬼頭開始膨脹，漸漸的，就由青色的面容轉化了為了一種更深的青色，它狂吼了一聲，馬上就要掙開了束縛。

我知道，困靈之力是困不住青色的鬼頭了，我大喊了一聲：「傻虎，就讓我和你聯手，狠狠揍他們！」

「擊靈之力！」

第六十六章 肖承乾的情義

擊靈之力的威力跟本身的靈魂力有關係，本身的靈魂力越是強大，對目標靈體的打擊度也就越強悍，不過這種術法是激進的，比起困靈之力的消耗也大得多，且不說你要攻擊也就意味著放棄了「防禦」！

因為你已經調動了所有的靈魂力化作了攻擊力！

沒有防禦也就意味著哪怕是一個小小的靈體此刻要對我做什麼「小動作」，就比如影響我的精神，或者上身什麼的，我毫無抵禦，一定會中招。

不過，這種痛快的，一往無前的打法我卻特別喜歡，對待邪修那種「陰險」的傢伙，要的就是這種火爆的打法，才覺得夠痛快。

我爽快呼喊著，隨著那一聲擊靈之力，一拳狠狠打向了那個鬼頭，那種從自己的拳頭上彷彿都能體會到的痛快觸感，讓我心情大好！

從後面扔符、施法有什麼意思，這樣痛痛快快的戰鬥才是我小時候想當紅軍時渴望的夢想吧。

何龍以心頭之血獻祭這個青面鬼頭，當然這個鬼頭也不是那麼簡單的，竟然生生挨住了我這樣沉重的一拳，而且還能惡狠狠反咬於我的「拳頭」之上！

靈魂力與我本人相連，它咬在那個「拳頭」之上的疼痛說實話是深入骨髓，不，是深入靈魂的疼痛，根本沒辦法形容，而且那一股陰冷的氣息傳來，爆炸般的負面情緒如同潮水一樣朝我襲來。

我是完全沒有防禦，但不代表我沒有任何的辦法，高深的術法沒有，土辦法咱還沒有嗎？修者有一個規矩，不練舌尖軟肉，就算有能力讓全身身體得到很好的鍛煉，也不會練那一塊軟肉，只因為在關鍵的時候，可以使勁咬住舌尖，讓那劇痛使自己清醒。

感受到那爆炸般的負面情緒，我一邊感慨鬼頭的威力，果然不是好相與的傢伙，既可以「撕咬」別人，還能用本身的負面情緒影響別人，而一邊，我卻狠狠對著自己的舌尖軟肉咬了下去。

又是一陣撕心裂肺般的劇痛，不過那種痛苦卻有效地刺激了我，在負面情緒湧來的一剎那，精神始終是清明的！

但這接二連三的疼痛，終於把那個骨子裡一直壓抑著衝動和暴躁的我給激發了出來，我「呸」一聲吐掉了因為咬舌尖而滿嘴的鮮血，然後狂笑了兩聲，這一下就舉起了拳頭，開始不要命般的瘋狂出拳。

受我的影響，傻虎的情緒也陷入了瘋狂，我的拳頭一拳一拳落在鬼頭的身上，它也是全然不顧地衝上去撕咬！

鬼頭的速度很快，快到幾乎和傻虎持平，我每一拳都是閉著眼睛出的，因為我的肉眼捕捉不到鬼頭，能夠憑藉的只能靈覺，傻虎每「困」住鬼頭一次，我就能狠狠打它一拳。

這是一個兇狠的鬼頭，我的每一拳伴隨的絕對是它瘋狂的反抗，那一陣陣的劇痛，簡直是一種酷刑的折磨，而那負面情緒我也不能完全抵擋了，可能是我骨子裡就有暴力因數，這些情緒勾起的完全是暴躁而暴力的我。

我簡直是不要命的進攻，傻虎亦是，漸漸的，何龍的臉色變了，或者他可以面對那種有本事卻矜持的高手，不能面對的卻是我這中瘋子，他一開始獻祭出心頭血是有信心的，但是現在他的臉色卻是越來越難看。

因為鬼頭的反抗漸漸無力，鬼頭漸漸萎靡，何龍是看在眼裡的。

終於，在又一次鬼頭哀嚎以後，何龍大喊道：「不，陳承一，我認輸。你住手，你不能打散這個鬼頭，我師叔會和你不死不休的。」

我此刻的情緒也不是完全的清醒，只因為他自己放出的鬼頭，那種暴戾的負面情緒帶動了我，我只是望著他狂笑不已，嘴角還流著頻繁咬舌尖而流淌下來的鮮血，而手上的動作卻不停，簡直是瘋狂發洩般打著那個鬼頭！

什麼疼痛，什麼負面情緒，都不重要，重要是此刻我只想痛快的，狠狠砸死這個鬼頭。

因果，種一因，得一果，你放出這樣的鬼頭來影響我，自然也要承受被影響的我帶給你的結果！

何龍完全絕望了，因為他已經看出鬼頭撐不住幾個回合了，他都已經懶得控制鬼頭了，只是對我大喊：「陳承一，你會後悔的，我師叔這個鬼頭他培育了三十五年，如今才吞噬兩個妖物之魂魄大補，如果你這麼給滅了，你想想後果吧！你想想！如果不是這次我的行動，他也是不會借給我的。」

何龍幾乎是把自己的老底都掀了，只求我手下留情，可是我會聽嗎？

肖承乾卻很爽，他大聲喊道：「與其你擔心你師叔和承一不死不休，你不如擔心你自己吧？」

哈哈，是啊，擔心你自己，估計首先承受你口中所謂師叔怒火的是你吧！我望著何龍大笑了一聲，然後就這樣直面著何龍絕望的眼神，在傻虎的一撲之下，鬼頭再次頓住的瞬間，「澎」的一聲，一拳打爆了這個鬼頭。

「嘭嘭嘭」鬼頭碎裂得很是激烈，畢竟是經過了那麼多年培育的鬼頭，那蘊含的靈魂能量是極其恐怖的，才能此刻碎裂得如煙花一般。

我只是定定看著，煙火，很多年不敢看的東西了，就怕那繁華過後，帶給我是無盡的冷清和孤寂，經歷過了一次，就已經從心底抵觸。

真是矯情的我承受不來吧，我自嘲地笑道。

情之一字，師傅的當頭棒喝，總歸是沒有把我喝醒的，沉淪下去，我也總會有個自己的結果，就如師傅所說，誰告訴你什麼都沒用，總歸是要自己體驗的，沒有拿起，又哪有放下。

我自己的心，應該能體會！

當收回了擊靈之力，靈魂力湧回的時候，默運起靜心口訣，心境再次平靜的時候，我竟然看著鬼頭的爆炸想起了這些，然後就笑了，傻虎真是忙碌，忙著吞噬那些散落的靈魂力，還不忘分給嫩狐狸一大半。

這是紳士風度，在照顧女性嗎？可是嫩狐狸到底是男的是女的？我忽然發覺我還真不清楚，畢竟狐仙一般都是女的，這個想法已經深入人心了，我暗想有空的時候，我要忽悠嫩狐狸讓我看看，它到底是男的還是女的。

彷彿是感應到了我這個想法，嫩狐狸竟然朝著我這邊不滿地大叫，都說狐狸能讀人心，有這麼厲害嗎？我看了一眼嫩狐狸，它竟然用看流氓的眼神看著我！

我正想開懷大笑，卻聽見何龍的聲音，那絕望的，嘶喊的聲音在大叫：「陳承一，你完了！」

「陳承一，我保證你完了。」

我看著他，應該給他解釋我不會完嗎？我覺得沒有必要，想想邪修之間那拋除了情意，基本是靠利益維持的關係，我看他的眼神有些憐憫。

「我呸，你完一百次了，陳承一都不會完，你還是想想怎麼對你師叔交代吧！滅了又怎麼樣？難道留著這些東西，來繼續殘害無辜之人的魂魄嗎？滾開吧，你再叫一次，我不保證我不會痛打落水狗。」我沒有說話，幫我說話的是肖承乾，說實在的，做為大少爺的他倒是囂張慣了。

聽肖承乾那麼一喊，何龍果然是不說話了，竟然飛快帶著他的人馬撤了，那動作快得讓我都目瞪口呆，這是人的潛力爆發了嗎？

不說一句話，默默的，五分鐘之內消失就已經快到那邊的山頭了！

肖承乾望著何龍的身影，忽然開口對我說道：「承一，你不會怪我放他們走吧？」

我一把抹去嘴角的鮮血，再次吐出了一口帶血的唾沫，然後說道：「原本就是要放他們走的。」

「你做事太過仁慈了，如果是我，只要有機會，不說殺了他們，但是廢了他們是肯定的，反正都已經是敵人了，我沒道理留著他們以後再來害我。你們老李一脈從來都是這樣，心慈手軟，當斷不斷，只求對得起自己的良心，不解釋，也不管不顧什麼後果，真是你們師祖留給你們的好習慣。」肖承乾的語氣裡帶著一點嘲諷的意思，頗有些道不同，你不用和我爭辯的堅定。

我也不爭辯，只是笑著說：「到底還是放他們離開了？你這是在學我們這一脈的做事風格嗎？」

肖承乾歎息了一聲，說道：「我肖承乾不是好人，但只有一點，那就是敵友分得很清楚的人，是我朋友的，我不坑他，我廢了他，後面有我組織為依仗，你呢？何龍的師傅其實是何龍的叔叔，在他們那個門派影響力頗大，一個鬼頭最多讓他師叔和你不死不休，你殺了他，整個門派你都得罪了，我沒動手是因為不坑你，給你留下迴旋的餘地，懂了嗎？」

第六十七章　師門祕密

我感激地看了一眼肖承乾，忽然就想起了那一夜，這個喝著紅酒，抽著雪茄的少爺，和我們一起沒有形象坐在路邊攤，大口喝著啤酒，吃著路邊攤的食物，男人的友情有時候真的是說不清楚的。

肖承乾很誇張地發了一下抖，然後對我說道：「別用那種肉麻的眼神看著我，我該對你動手的時候，我是不會手下留情的，我有我的立場。」

我當然能理解肖承乾話裡的意思，可是我忽然就笑了，大聲說道：「你當然不會對我手下留情，因為你打不贏我，所以你只能讓我對你手下留情。」

肖承乾氣得給了我一拳！然後同時大笑，我們本該是同門的，本該！

北風依然刮著，雪就如老張的預測那樣下得越發大了，到了這個時候就已經是鵝毛大雪了，肖承乾指揮手底下的人一起幫我們挖開那個大妖之墓的入口，到了這個時候已經是全部完工了，那個黑沉沉的入口就在我們的眼前，而肖承乾也要離開了。

「我走了。」肖承乾很是乾脆地對我說道。

「嗯，你不會有什麼麻煩吧？」我也很直接地說道。

「不會，這些人是我心腹中的心腹，他們不會張嘴亂說什麼的。」肖承乾回答得也很直接。

「嗯，那就好。」我點頭認真地說道。

望著黑沉沉的洞口，我也不知道這一次進去會遇見什麼，會不會像嫩狐狸的老窩那樣詭異，但是我必須進去，我心裡太清楚，另外兩個大妖之墓，我是不要指望了，我們的優勢用盡了，接下來等著的，應該是一場大戰，搶奪妖魂，那決定著仙人墓的歸屬，拿到這個大妖之魂，也是為我手裡增加新的籌碼！

我在低頭沉思著，老張他們則忙著收拾一些東西，然後陪我入墓，這一次的戰鬥，無論老張看到了多少，也明白了修者和普通人本質的不同，或許他會把這個埋藏成一生的祕密，因為說出來了也沒人相信，會被人當成瘋子的吧。

「承一。」忽然肖承乾叫住了我，他明明就已經轉身離開了。

「嗯？」看著肖承乾氣喘吁吁的樣子，我有些不明白，有什麼重要的事值得他又忽然這樣跑回來，難道他也是想進大妖墓去見識一下嗎？

可是我的猜測錯了，肖承乾對我說的竟然是這樣一句話：「承一，你知道祕密嗎？咱們這兩脈的終極祕密，連林辰那個傢伙也不知道。」

「什麼祕密？」我覺得莫名其妙。

肖承乾抱歉地衝著老張、如雪，還有承心哥一笑，然後拉著我到了一個相對僻靜的角落，我說道：「你至於避開承心哥嗎？」

「我和你是朋友，和他又不是。」肖承乾解釋地振振有詞，這人可夠偏執的。

但是我才懶得和他爭辯這個，我的好奇心被調動了起來，直接催促他快說。

「是有這樣一個說法，其實咱們這兩脈的人真正最厲害的戰鬥力其實是本身『飼養』的靈體，是有祕法的，今天看見你的虎魂我想到了這個，我就猜測你已經知道了。其實我很疑惑，承一，你們這一脈的上一輩按說都不知道這個祕密，這個祕密是我們這一脈少數幾個核心才知道的，你實話跟我說，你是碰巧，還是知道了什麼？」肖承乾認真地說道。

我不知道怎麼回答肖承乾，這件事不是朋友之間的交情就可以隨便說的，因為已經牽涉到了師門的祕密，嗯，我一個人知道的祕密，還沒來得及和承心哥他們說。

考慮了很久，我才對肖承乾說道：「說實話，虎魂是巧合。」這的確是我能夠說的全部實話了，因為師傅予我虎魂恐怕他早已知道他要離開六年，而我容易招惹不乾淨的東西，給我護身的。

或者師傅知道虎爪的寶貴，從小就教我有意的培養，也是為了我的生命多添一道籌碼，但這確實是不涉及那個祕密的，至少師傅從來沒給我提及過這個。

我有些內疚，只能隱瞞，不能欺騙。

肖承乾望著天空吁了一口氣，說道：「你果然是瞎貓碰到死耗子，才有了那麼厲害的虎魂，我以為你已經知道了那個祕法，刻意的培養。其實，我們這一脈流傳下來的也不是很清楚，因為我師祖……突然失蹤！我們這一脈有刻意的去培養一些厲害的靈體，就如你剛才看見的厲鬼什麼的，但始終不得其法，我們甚至還參考過鬼頭的培育方法，可是完全不是一回事，好嗎？跟傳說中的境界差太遠！」

「傳說中是什麼境界？」我認真地問道，我是真不知道這個，因為師祖在傳法時，根本沒給我提過關於這個祕法的盡頭應該是什麼。

「呵呵，離譜啊！就是人和靈體合一，人能使出來的法術，靈體能使出來，靈體厲害的東西，人也能使用出來，總之我不是太清楚，這是個什麼境界，感覺挺玄乎的。」肖承乾說這話的時候，既嚮往又迷茫，還有些自己也不清楚的意思在其中。

當然，他也只是說了能說的，因為他們師門流傳下來的，一定還有更多東西，否則他們也不會按照一些方式去培養什麼。

不過，這是我們刻意不去打破點明的默契罷了！

「這境界……」我感歎了一句，不知道說什麼了，因為肖承乾不能理解，我覺得能夠理解，其實這是一種合魂的描述，到了高深的境界，我可以在和傻虎合魂的時候，就在合魂狀態下使用出我自己的道術，靈體狀態時，有些術法威力更加強大，而傻虎是有一些天賦的技能的，現在是在風方面有一些「成就」，可是白虎屬金，它一定有更高的天賦，可以應用在我的合魂上。

這是一種什麼樣的境界啊，想想就讓人覺得顫抖！

我看了一眼承心哥，他的嫩狐狸還在跟隨著傻虎吃最後的剩餘能量，望著黑沉沉的大妖之墓入口，我忽然想到了什麼！一下子心裡就激動了！

可是我忍著這激動，沒有透露什麼，對肖承乾我有些內疚，不過就正如他所說，兩脈對立，和我們私人的感情沒有關係。

送走了肖承乾，迎著茫茫的大雪，我回到了那個洞口，承心哥忽然說了一句：「承一，剛才當著外人我不好說，現在卻必須對你說，你還是好好考慮一下我們的這一次行動吧，畢竟前有狼，後有虎的，我們勢單力薄怎麼爭？說到底，不過是一根參精，一個可能關係到昆侖的墓地，剛才我也和吳老鬼說了，在這種情況下，我們怕是真的無能為力了，吳老鬼很理解，我也應承他說有機會，就幫他報仇的。承一，我的意思是你該好好考慮考慮了。」

承心哥說得很委婉，也讓我考慮，但實際上他的意思再明白不過了，在這種兩雄相爭的情況下，我們就如同一條小雜魚，能做的只有退避了。

見我沒說話，承心哥又緊跟著補充了一句：「承一，我們還有更重要的事情要做啊。」

「承心哥，就是因為有更重要的事情要做，這一次的老林子之行，我們怕是真的不能退縮了，也退縮不了的。」我歎了一口氣，對承心哥說道。

不等承心哥說話，我又強調了一句：「不僅不能退縮，我們還要務必拿到所有的妖魂，一個都不能少拿到！仙人墓什麼的，反而不是最重要的事情了。」

「你這話什麼意思？」承心哥有些反應不過來了，我的說法令他迷糊了。

我一把拉過他，這次是換我對如雪、老張、吳老鬼、小喜小毛抱歉地笑了，畢竟這是師門的祕密！

十分鐘以後，承心哥有些激動的，手顫抖了幾次，都沒有點上香菸，他對我說道：「竟然有師祖傳法這樣的事情？而且傳的還是咱們師門最重要的祕法，你那意思就是……？」

「對的，我就是那個意思，你現在知道妖魂對我們有多重要了吧？」我認真地說道。

第六十八章 巨蛇

承心哥的眼裡閃動著興奮的光芒，顯然做為醫字脈的他要有了一個和我傻虎一樣的戰鬥之靈，那就可以做到想也想像不到的很多事情了，更別提別的師兄妹，這對於我們接下來要去的江河湖海，尋找蓬萊之旅，給了太大的依仗！

那還有什麼說的，承心哥露出了土匪一樣的表情，眼鏡之下，眼睛一瞇，「兇悍」地說道：「這些大妖之魂，我是要定了，如果誰敢跟我搶的話，我就……」

我很奇怪地望著承心哥，說了句：「你就要什麼？」

「哼哼，我就毒死他們！」說這句話的時候，承心哥眼鏡底下精光一閃，我愣是起了一身雞皮疙瘩，正在吞噬最後一塊能量的小狐狸，猛地縮了一下脖子，用無辜且恐懼的眼神看了一眼承心哥。

這當然只是一個小插曲，我和承心哥對大妖之魂的狂熱，讓所有人莫名其妙，包括如雪，也是歪著腦袋想不明白，不過，我們不說，他們也沒多問，只是跟隨著我一起走入了這個大妖之墓。

關於肖承乾，我能保證這一個大妖之墓他放棄了就一定不會再來找麻煩，多半是去了下一個大妖之墓，幫助下一個大妖之墓的人去搶得那個大妖之墓了，但何龍那邊我可不敢擔保什麼，我們必須得抓緊時間。

這個洞口跟上個一樣大，也只能讓人爬著進去，我依然是爬在最前面，可是和上個洞口不同的是，這個深洞開始只能讓人爬著，到後來就慢慢變得寬敞起來，直到最後，竟然可以供幾個人併行其中。

這可比上個洞口好多了，到處還充滿了詭異的坑窪，不知道嫩狐狸生前是經歷了什麼，才會造成如此詭異的場景，可惜嫩狐狸已經失憶了，不可能滿足我這個好奇心了。

「承一，你有沒有發現，這個洞和上一個洞一樣，都充滿了那種說不清楚的黑暗啊，你看這手電筒光又打不出去了。」說話的是老張，自從鬥法以後，老張對我們說話莫名的有了一絲拘束，其實我很不喜歡這種感覺，可是我能感覺到老張已經把我們不當成一個世界的人了。

「嗯，我發現了。」我對老張回應道，語氣儘量平靜，但是心裡卻已經開始詫異起來，那麼多的大妖莫非是一個死法？都是死在那蟲子之下？

這背後到底發生了什麼？

可是我猜測是沒用的，我們只能繼續前行，雖然手電筒光穿不透這黑暗，但是還是能大致讓我們看清楚周圍的景物，我看出來了，這是一個土洞，摸著那凹凸不平的邊緣，就像是什麼東西開鑿出來的。

就這樣我們在黑暗中傾斜向上地行走了一百多米，按照這個估計，我們已經身處在某個山腹之中了。

我讓吳老鬼在前面探路，可惜在這裡它並沒有發現什麼壁燈來照亮這個山腹，就這樣，我們又前行了二十幾米，忽然前方傳來了吳老鬼興奮的喊聲：「有情況，有情況，快來！」

我趕緊快跑了幾步，卻又聽見吳老鬼說：「你們看見了別害怕啊！」

我還能有什麼害怕的？你吳老鬼都不害怕，我還能害怕？這樣想著，我跑在了最前方，卻看見了迎面飄來的吳老鬼，它有些興奮地說：「這事兒整的，就像有人幫我們一樣，前面那啥的上面，有一盞燈。」

這裡也有燈？專門穿透這黑暗的燈？我原本沒有想那麼多，可是吳老鬼那一句，好像有人幫我們的話一下子點醒了我，這些燈難道也和整個事件有什麼聯繫？

可是不容我多想，走在我身邊的承心哥已經伸出了一隻手，手上是打火機，他幾乎是喘著粗氣地對吳老鬼說道：「趕緊的，去把那燈給點亮了，我要大妖之魂，大妖之魂！」

我一頭冷汗，這承心哥是「走火入魔」了嗎？可是我也能理解他的心情，一直以來，老李一脈能打的就只有我，如果有了大妖之魂，可能在承心哥看來，我就不用那麼累了，其實在很私下的一次，我和承心哥談話，從他的話裡我隱隱能感覺出來他的意思，同時也是幾個師兄妹的意思，都覺得我身上的擔子太重，其他幾脈幫不上什麼忙的感覺。

當然，這話他沒有明說，我也不能開口勸解什麼，但是那份心情我能理解。

面對承心哥的「命令」，吳老鬼原本還想像平時一樣鬥嘴兩句，但這時，一聽承心哥那「呼哧呼哧」的喘粗氣的聲音，吳老鬼不敢爭辯了，接過打火機就去了。

火光終於在這個洞穴亮起，我們幾個人循著光亮快速走到了吳老鬼說有情況的地方，然後就真如吳老鬼擔心的那樣，直接嚇到了！

最後，最先開口的竟然是老張，他畢竟見慣了這老林子的動物，他的聲音有些顫抖，說道：「擱以前，我真的，我真的是打死也不會相信有那麼大……大的蝮蛇！」

是的，盤踞在我們眼前的是一條蛇屍，由於是盤踞著，我根本不知道這條蛇屍到底有多長，我唯一能清楚描述的就是這條蛇屍的腦袋，竟然有我半個身子那麼大，這是多麼驚人的巨大。

如果說只是這一條蛇大，還不足以讓我驚奇，在那個時候，有一部片子叫「狂蟒之災」，講的就是巨蛇，裡面的森蚺也巨大無比，可是老張竟然說它是一條毒蛇。

毒蛇可能長那麼大嗎？可能嗎？在我的常識裡，劇毒的蛇體型一般都是不大的！

這簡直顛覆了我的常識，可是我有什麼常識可言，連長年在老林子活動的老張常識不都被顛覆了嗎？

看著那條蝮蛇的屍體，我只有一個感覺，那就是可怕，它的屍體和嫩狐狸一樣，是栩栩如生的，可是嫩狐狸的屍體給人的感覺就是威壓重大而帶著詭異的精神氣息，這條巨蛇那就是純粹的可怕。

「這裡……很大。」如雪在我們身後說話了，戰鬥的時候，如雪都是一直站在我們身邊沒有動手，是的，本命蠱都被替換的如雪，應該是沒有什麼戰鬥力的，我至少是這樣認為的。

不過，也算我無趣，因為恢復了「正常」的如雪，又恢復成了那種冰冷的淡然，話很少了。

她忽然說這裡很大，我少不得仔細觀察了一下，這才發現，這條巨蛇的居所，和嫩狐狸的「華麗居所」比起來，簡單得過分。

就是一個很大很大的山腹之洞，而洞中瀰漫著一股腐朽的氣息，我仔細尋找了一下氣息的來源，竟然是來自於牆角那一堆動物的屍骨，不難猜測，這是這條巨蛇以前的食物，它是一個不怎麼講衛生的傢伙，吃的地方和睡的地方弄在一塊了！

不過，看那些屍骨，看一眼還好，仔細一看，就震撼了，竟然全部都是大型動物，而且有的屍骨色澤不同尋常，再一觀察，竟然還有淡淡的沒有完全消散的一點靈魂力在上面——妖物的屍骨！

這傢伙生前是一個「巨凶」！這樣的傢伙，如果有殘魂該交給誰？會不會被影響？

我這樣想著，如雪已經走到了前面，對我說道：「和嫩狐狸情況是一樣的，它的屍體裡滿是蟲子，讓我來處理吧，如果我得到的記憶沒有錯，它的殘魂應該藏在它的一顆『畸形』的毒牙裡。」

「畸形」的毒牙裡，這……如雪怎麼連這個也知道？她的記憶傳承有那麼詭異？

可是如雪已經很平靜了，不平靜的是吳老鬼，它喊著：「承一，有字跡！有字跡！」

字跡？我開始是不以為然的，該不會又是嫩狐狸洞穴裡發現的簡筆劃那種吧？可是，那一排字跡我沒想到……

第六十九章 師祖

除了吳老鬼，我們幾個人是不敢輕舉妄動靠近那排字跡的，只因為那條大蛇的屍體橫亙在那排字跡的前面，徹底擋住了字跡。

而過去，就意味著要靠近大蛇的屍體，在嫩狐狸的洞裡，那鋪天蓋地的蟲子，我們還記憶尤深。

如雪說要處理大蛇的屍體，而她的處理方式是那麼詭異，竟然是劃破她身上那處蟲子鑽入的地方，然後流出的竟然是一種黑色的血液。

我看著難免緊張，莫非是如雪中毒了？如雪卻望著我，用眼神示意我沒有事情，而我再仔細看去，那血液根本不是黑色的，而是深紫色的！

紫色？這個讓我敏感的顏色，讓我比看著黑色的血液還要緊張，因為只要是關於這種紫色，留給我的回憶都是極其不美好的，可如雪此刻竟然流出了紫色的血液？

那血液流淌在地上，我也不知道是不是我產生了幻覺，竟然有淡淡的螢光，又或者是此刻的燈光映照著如雪的臉，讓我有一種眩暈的不真實感，覺得如雪離我如此遙遠，又充滿著我未解的神祕。

我太過於沉溺於這種情緒，以至於承心哥在旁邊激動得大喊了一聲：「吳老鬼，你念的什麼，你敢不敢給我再念一次？」

這語氣已經激動到不正常，可那時我還在發愣，承心哥不知道我此刻的想法，一把扯過我，喊道：「承一，你是聽見了嗎？你是聽見了嗎？」

我乍一看，承心哥的雙眼通紅，那平時掛在臉上的笑容也不見了，此刻激動得嚇人，我有些迷糊，是有什麼不對勁兒的事情出現了嗎？我該聽見什麼？

而承心哥根本沒有看出我的不對勁，抓住我手臂的手是越發的用力，也恰好就在此時，吳老鬼的話語聲再次傳來：「吾徒，吾之後輩，自問心無罣礙，不染塵埃，已得道，已為道。可笑，可笑！情之一字，情之一字！」

這是什麼？前半句我能很快聽懂其中的意思，可是後半句是什麼，沒頭沒腦的，也沒什麼高深的字句，對道的解讀，我疑惑地看著承心哥，就這個能至於激動成這樣？

但是承心哥根本就不關注我，而是死死盯著吳老鬼，彷彿它此刻上下動著的嘴唇，能說出一朵花兒來。

「妖魂留予後輩，完成此生最大憾事——老李。」吳老鬼念出的就是這麼一句話。

在它念完以後，我也「瘋」了，和承心哥變得一樣，雙眼一下子發熱，通紅！我深刻覺得，比起我來，承心哥絕對是克制無比的！

因為我幾乎是不管不顧地衝向了那一排字跡。

「承一……」如雪喚了我一聲，我恍若未聞，不能怪我這麼激動，因為這是我活了三十幾年第一次在師傅流傳下來的東西以外，看見了關於師祖的東西，而且很有可能是他親筆的留字！

在很小的時候，我就聽師傅說過關於師祖的很多傳說，長大以後，我常常疑惑，師祖那麼一個神奇的人物，一定在華夏這片土地上留下了不少痕跡吧，可是沒有，我一點點也沒發現過，師傅也沒提起過。

可是師傅畢生去追尋師祖的腳步，他怎麼能想到，有一天，他的徒弟在這裡就這麼遇見了師祖的「腳步」？

我自幼就是情關難過到矯情的地步，因為太過敏感，哭鼻子，常被師傅責罵成鼻涕王，在他離開以後，我骨子裡刻意和他做對，也或者是為了證明什麼，常常約束自己的感情，不要哭，也不想輕易與人靠近，就怕心裡有了牽掛，會傷會放不下。

可我本就不是「硬漢」，這樣的偽裝太累，所以，今天，在得知了這可能是師祖的筆記以後，我邁出第一步，眼淚就跟著流下，為什麼流淚我卻根本不知道。

承心哥也跟在我的身後，眼角的餘光看見，一向溫和卻是最不愛流淚的承心哥，此刻也是兩行淚水掛在臉上，怕是他自己也不知道自己哭了。

一步，兩步，我們就這樣根本無視任何存在地靠近師祖的字跡，在某個距離範圍內，那條大蛇的屍體忽然就起了變化，腦袋開始微微立起，就如活過來了一般，我們卻視而不見。

接著，就是鋪天蓋地的蟲子從大蛇的身體中湧出，自然是朝著敢逾越雷池的我和承心哥，可我們哪裡顧及得上？

我們只是如同朝聖一般走過去，蟲海詭異地從我們身邊「湧」過，又復安靜，我才想起如雪在身後，我回頭看了如雪一眼，估計那樣子是這一輩子如雪見到我「最難看」的樣子，雙眼通紅，眼淚掛在腮邊，甚至鼻涕也沒有擦一下，但是如雪只對我說了一句話：「放心去。」

我看見，她身前，有一溜長長的紫色血痕，而蟲子全部都朝著紫色血痕湧去，接著她的身體裡有一聲怪異的鳴叫，我只知道是那蟲子……她手臂上的蟲子！

那是怎樣的存在方式？我腦子思考不過來，只是看著蟲子又在做和嫩狐狸洞裡那些蟲子相同的事情，我就放心了，帶著如雪那一句放心去，無視掉那快速「乾癟」掉的大蛇屍體，我和承心哥終於走到了那排字跡跟前。

「吾徒，吾之後輩，自問心無罣礙，不染塵埃，已得道，已為道。可笑，可笑！情之一字，情之一字！妖魂留予後輩，完成此生最大憾事——老李。」

如此簡短的一句話，如此簡單的幾十個字，我們在看過一秒鐘之後，就已經認出了這必然是師祖的字跡，因為我們每一脈人手上，都有一本師傅的手劄！

我和承心哥同時的動作就是跪下，深深叩拜，額頭撞擊在地上，發出「咚」的一聲悶響，可誰還在意？

他沒有出現在我們的生活裡，可是他是我們的偶像，師祖，還有父親般存在的師傅的師傅！

他於師傅們也是「父親」吧，所以師傅們才不惜一生追隨，那他最簡單的，最簡單的，就是我們的爺爺！磕響頭，那就是最正常的事！

三拜九叩，師祖當得起，而那一句話留流露出來的意思，我們體會不深，也估計不能完全體會，卻知道他生平最大的憾事，竟是為我們留下這個，這才是師門，來自於師祖的關愛吧？

站起來以後，承心哥竟然顧不得滿臉泥土，撫摸著那排字跡大哭，我聽見承心哥在念著：「師祖，很辛苦，我們走到哪裡都是勢單力薄，師祖、師傅走了，我們被欺負，我沒有依靠！師祖，你是不是早就料到是如此，所以留下妖魂，師祖……」

師祖！我的淚水也跟著奔湧而來。

我覺得我和承心哥此刻的表現就如同兩傻×，可是就是傻×吧，就算像瘋子也是如此，見字如見人，我們只是傾訴我們的委屈！師祖當得起我們這樣的傾訴！

也當得起我們此刻的軟弱！

但是我和承心哥兩大男人這樣的哭泣，終究還是引起了老張的驚奇，他忍不住對吳老鬼說道：「這些字，嘎哈讓兩小哥兒哭成這樣啊？」

吳老鬼連忙跑我們跟前來咳嗽，提醒我們注意一下「形象」！

這時，我和承心哥才從那種情緒中一下子抽離出來，承心哥一袖子就抹在了我臉上，吼到哽咽道：「哭啥哭？難看得很！我們還要去找師傅，瞧你那沒出息的樣兒，快掉收妖魂！」

我也同樣一袖子抹在了承心哥臉上：「你他媽好意思，年齡比我大，竟然先開始哭，這他媽我不哭，不是讓你落面子嗎？」

吳老鬼在旁邊雙手攏在袖子裡，老神在在地說道：「嘎哈啊，哭了就是哭了，還興給自己整個臺階來下啊？我告訴你們，我都已經看見了。」

「閉嘴！」我和承心哥同時吼道，再看向師祖那排字跡時，忽然就心安。

忽然就——心安！

第七十章　收魂

蟲子已經在如雪的安排下，全部進入了洞壁，詭異地安靜著，就像再次陷入了沉睡。

此刻我和承心哥的情緒也已經平靜，看著那些蟲子又如此這般，我總有有一種詭異的感覺，感覺這些蟲子就如同暴風雨前的寧靜。

我看了一眼如雪，我想得到一些什麼答案，可是她神色平靜，眼光也只是淡定地落在前方，根本不與我對視，我也看不出個什麼來。

這到底是如何的事情？一開始的親近，後來的恢復，再到現在的微微有些冷淡，這其實只是說不清，道不明的感覺，我也不能拉著如雪問，「妳為什麼又對我冷淡了？」憋在心裡很是難受，更不足以為外人道。

我平靜了一下自己的思緒，畢竟如雪已經是解釋過，或者只是我個人太過敏感，在現在這種情況下，想這些也是無益，我開始收取妖魂了。

在之前如雪就對我說過，這條巨蛇的妖魂藏在它一個畸形的毒牙中，所以當我用精神力探查大蛇屍體搜魂之時，很輕易就找到了那顆毒牙。

真是不可想像，這個大妖在上顎的地方還隱藏有一顆小小的毒牙，長度就和我隨身佩戴的虎爪差不多，和它巨大的身體比起來真是顯得小了，也不知道多一顆牙，平日裡它是不是很困惑，很自卑呢？

我承認我想多了！

那顆毒牙比起嫩狐狸的橫骨要好進入得多，只是衝擊了幾次，就進入了那獨有的空間，同樣是在寂靜黑沉的空間內，我一下子就看見了一條蜷縮著，正在沉睡的小蛇。

真的只是小蛇，和外面的巨大身軀比起來，簡直是天壤之別，小到什麼程度？我覺著我如果要戴手鐲的話，這條小蛇頭咬住尾巴，就剛好合適。

蝮蛇的形象原本是不怎麼好的，但這條小蛇兒還成，不顯猙獰，也不顯恐怖，也不知道是不是因為個人的特殊愛好，它竟然表現出來的靈魂形象是一種粉藍粉藍的顏色，莫非兇殘的外表下，有一個追求童真的心？

我懶得猜測這蛇兒是怎樣的一顆童心，還是用老辦法，精神力輕撫過這條蛇兒的身體，呼喚著：「醒來，醒來！」

讓我驚異的是，這條蛇兒的殘魂竟然還保有著蛇類特有的本質，精神力撫過，傳回來的感覺竟然是那種冰涼的冷，可是卻並不陰沉！

比起小狐狸來，這條蛇兒的反應更加的警醒，就在我呼喚了它一次以後，它忽然就醒來了，一下子立起了上半截身體，擺出攻擊的姿態，異常警惕地看著我。

頭型還是蝮蛇頭，臉也依然是蝮蛇臉，按說這個模樣應該嚇我一跳，可是精神力進入其中的我還是忍不住笑了，這條蝮蛇是有毛病嗎？蛇眼應該是陰冷，狹長的，它偏偏給自己的靈魂形象定義為「水汪汪」的圓眼，這叫個什麼事兒？

只是可惜啊，可惜！再怎麼弄，能有嫩狐狸可愛？就算是傻虎小時候也比它「萌」十倍吧？估計是我的輕笑挑動了那蛇兒敏感的神經，它的臉上竟然出現了人性化的懊惱的，不好意思的表情，只是一瞬間，它的樣子竟然變了，變成了一條真正的猙獰兇惡的蝮蛇。

估計是為了所謂的「威勢」吧，它的身體也開始越膨脹越大，畢竟這是玄而又玄的「存思世界」，「精神空間」是不受物理空間那種限制，它只要靈魂力足夠支撐，它就是想長成一截火車，也不怕把這裡撐破了。

我瞇起眼睛，敏感的就察覺到了，比起嫩狐狸和傻虎來，這縷殘魂的完整性更高，同時也在心裡歎息，看這條賣萌蛇和嫩狐狸多「靈動」，怎麼就傻虎跟著我的時候是個完全的「二貨」呢？

但於此同時，我也大喝了一句：「夠了，別變了，要跟我就就走，不跟我走，繼續在這兒睡，你變成航空母艦也嚇不倒我！」

我說的是事實，一縷殘魂，存心要對付它，辦法那就太多了。

那條賣萌蛇聽我那麼一吼，眼睛先是眨巴了兩下，估計是沒理解航空母艦到底是個啥意思？然後又愣了一下，也不知道在想什麼。

這時，再一次是吃飽喝足，又在沉睡的傻虎忽然吼了兩聲，那條賣萌蛇一下子激靈了一下，然後那巨大的身軀，就玩起了和嫩狐狸一樣的把戲，戳破了氣球似的，一下子又變成了一條小蛇兒，接近粉藍的顏色兒，又是那雙圓眼。

這到底是何等境界的「惡趣味」啊，我無奈地看著這條賣萌蛇，我發覺還是別干涉「別人」的愛好好了。

和嫩狐狸一樣，這條蛇兒「嗖嗖」地爬到我的腳邊，然後圍著我的腳繞了兩圈，接著它懶洋洋地爬上我的手臂，滑溜到手腕，就真如一個鐲子似的，盤繞在我的手腕之上了。

我滿臉黑線，這算什麼？「夢想成真」？

帶著賣萌蛇出了那條巨大蝮蛇的身軀，承心哥一下子就激動地問我：「順利嗎？」

我無奈舉起手腕，賣萌蛇相當配合，讓承心哥看見了它的形象，承心哥用看神經病一眼的眼光看著我，嚴肅地說道：「承一，就算你和如雪不能有一個結果，你也不能朝著另外的方向越走越遠啊？這是什麼？黑水晶粉藍鐲？」

我無奈看著他，吼道：「你能不能不要扯淡？沒看出來這是靈體嗎？」

「靈體，你說它是……」承心哥非常難以接受地望了一眼那已經乾癟，但是依然嚇人的大蛇屍體，又望了一眼我手腕上他所說的「黑水晶粉藍鐲」，表情上寫著我瘋了。

收起那顆毒牙，在這個妖洞中的事情就已經解決完了，我們不想在這裡多耽誤，就快速的離開了妖洞。

承心哥在和我熱烈的討論，這一隻大妖之魂應該屬於誰，我才懶得去想，直接說道：「這玩意兒，就跟選翡翠一樣，得合眼緣，讓他們自己挑吧，我有傻虎了，四隻大妖之魂，正好你們一人一隻。」

「反正嫩狐狸是我的。」承心哥扶了扶眼鏡，眼睛再次精光一閃。

我恁是再起了一身雞皮疙瘩，然後說道：「我知道，誰搶你毒死誰！」

而在那邊，吳老鬼和老張討論的話題就更加扯淡了。

「這絕對不能夠，我老張在老林子裡活躍了這麼些年，就沒見過蛇吃東西還吐骨頭的，不是整個兒吞下去，然後渣都不剩的嗎？我估計這肯定是一個別的啥玩意兒來蛇家做客，這蛇請人家吃飯，剩下來。」

「就扯犢子吧？還請人家吃飯，請你吃飯你敢去不？你說這人都發展了那麼老些年，從以前穿樹葉變成現在這樣兒，這蛇變成妖了，就不興別人優雅地整一頓飯？吃肉吐骨頭來著？人家是妖，人家是有智商的，知道不？」

我和承心哥對望了一眼，腦中不自覺就浮現出了這麼一幅場景，嫩狐狸去大蛇家做客，大蛇一口一個，一口一個！嫩狐狸優雅地吃一口肉，擦一擦嘴！

不然……就是大蛇圍著餐巾，帶著優雅的笑容，品一口溪水，吃一口肉？

怎麼想，都怎麼詭異，就這樣扯淡著，我們走出了這個山坳，接下來，按照我的想法，應該是直奔下一個大妖之墓，去搶妖魂，卻不想在這裡，有人已經等著我們了，看著來人，我幾乎不敢相信自己的眼睛。

是的，等待著我的有何龍，還有一個陌生的老者，正陰沉的看著我，可是我怎麼也想不到，在這冰天雪地的老林子裡，竟然跟著他們一起出現的還有如月，還有沁淮！

如月看著如雪，就開始一直流淚，很傷心的樣子，

至於沁淮，我看著他，他對著我聳了聳肩膀，說道：「沒辦法，被逮著了，哥們兒！」

第七十一章　沉痛的隱藏

如月和沁淮怎麼會在這裡？我的腦子簡直反應不過來，更糟糕的是，他們竟然在何龍和那個陰沉老人的手裡！

而更怪異的是，如月像認不清楚情況一般的，只是看著如雪流淚，彷彿她此時在哪裡，是什麼樣的情況，都已經不重要，她是有悲傷需要宣洩。

沁淮比較清醒，這哥們兒一向樂觀，只有一次被黑岩苗寨折磨得人不人鬼不鬼的，而且在這哥們兒看來，只要遇見了我，這事兒不就結了。

又要打架嗎？這一次不僅是我，承心哥和如雪，就連老張和吳老鬼也擺出了一副動手就動手的樣子，東北人和東北老鬼的實在啊，朋友有事兒，打不贏咱也得衝！

「聽說是你……」在這樣僵持的氣氛中，首先開口的就是那個陰沉的老者，可是他的話還沒說完，一陣鋪天蓋地的臭氣猛然就出現在我們之中。

我再一次差點兒被熏暈，不用猜都是小毛的把戲！我必須得承認這一招真的厲害，如果用來偷襲的話，那真是敵我不分！

接著，就是兩隻黃鼠狼的身影出現，衝過去就咬到了何龍的手上，何龍誇張的「哎喲」了一聲，放開了一直逮著沁淮肩膀的手！

沁淮反應很快，有些暈乎乎地拉著一直流淚的如月就開始跑，無奈這是雪地根本跑不快。而相對於順利咬了何龍一口已經擺脫的小毛，小喜就沒有那麼順利了，那個老者也不知道哪裡來的那麼快的手段，竟然一把捏住了小喜的脖子。

然後對著何龍罵了一句：「抓住他們！」

此刻，沁淮才抓著如月跑了兩步，我也才朝著他們跑了兩步，小喜被老者抓在手裡，一切都發生在電光火石之間！

吳老鬼最是著急，畢竟它和小喜認了老鄉，關係鐵著呢，所以它嚷嚷道：「這咋整啊，你們兩個不是說大蛇的氣息太過恐怖，你們不敢靠近，找吃的去了嗎？咋出現在這裡了呢？還被逮著呢，咋整啊？」

我僵在那裡，此刻我相信我如果再輕舉妄動，那個老者會毫不猶豫掐斷小喜的脖子。

而何龍得意大笑著，衝向了沁淮和如月，如月此刻根本就跟傻了似，而沁淮見我僵硬不動的樣子，根本也不敢動，他瞭解我一定是在顧忌著什麼。

就在局面成為如此的時候，一聲狼嚎忽然打破了寧靜，我看見了白灰兒在遠處的身影，還竄出了十幾條狼，接著四面八方都響起了狼嚎之聲，看來就如同上次那樣，又是群狼圍攻。

白灰兒還挺義氣的。

面對這種情況，那老者冷哼了一聲，說道：「正好老夫損失了一個鬼頭，這些狼來得好，也可以替我的鬼頭進補。」

「老夫你媽，你以為你是古人啊？」沁淮估計是和老者有仇恨，張口就罵。何龍作勢就要動手揍沁淮，而我大喝：「給我住手。」

於此同時，一個清冷的聲音插了進來：「住手。」是如雪的聲音，在憤怒之中，我看見何龍依然要動手，那老者卻悚然動容，大喊道：「何龍，你住手！」

老者一喊，何龍自然驚疑不定的住手了，是如雪做了什麼，讓那個老者如此的忌諱，我回頭看著如雪，只見她揚起一隻手，手上放著的不就是她新收的本命蠱，那奇怪的蟲子嗎？

如月一下子跌坐在雪地裡，嗚嗚地哭了起來，如雪的神色卻依舊是平靜，望著那老者說道：「你知道牠嗎？你放了人，退走，還是要戰？」

那老者深吸了一口氣，鬆手放掉了小喜，然後忽然就對何龍說道：「放開他們，走吧。」

接著他又望著如雪說道：「當年紛爭之事，我尚年幼，卻也有幸得見這奇蟲一次，後來……哈哈，妳今天可以用牠來威脅我走開，但是鹿死誰手還是兩說。」

說到這裡，那老者忽然詭異地望著如雪笑道：「再說，妳敢動用牠幾次？還是等著為牠們陪葬？又或者，妳等著成為天下之人的敵人吧。總之，妳應該已經不能屬於這世間了，哈哈哈哈……」

老者說完這幾句話之後，就大笑著帶著何龍離開了。

在雪地裡，剩下如月哀傷地哭泣，沁淮在旁邊手足無措地想要勸慰，卻不知道怎麼勸慰，如雪看著如月，那神情說不出來是什麼。

我看著如雪，感覺內心有什麼東西破裂了一樣，她卻不看我一眼。

在那個時候，我衝動得想拉住那個老者，問清楚整個事情，承心哥的手卻摁在我的肩膀上：「承一，你難道忘記了，曾經姜師叔評價你和如雪時，說的一句話，你後來說與我聽，說一定記得，你難道忘記了？」

那老者說的那幾句話，雖然含混不清，但是終歸說清楚了一個意思，如雪和這蟲子之間怕是有了不得的事情，而如雪可能是要離開了。

承心哥是如何心思玲瓏的一個人，怎麼會咂摸不出來這中間的滋味？他第一時間站出來安慰我了。

我只是木然地回答道：「記得，可以留在心間的是感情，留不住的是緣分，感情你自強留，問心無愧就好，緣分不可強留，終究是如流水。」

承心歎息了一聲，說道：「過多的廢話我不多說了，你記得就好。」

說完，他就去查探小喜有沒有受傷了，而如雪終於轉過頭來看著我，那是一種接受的平靜，她說道：「只是隱瞞，沒有欺騙，承一，我不想騙你，你現在也不用問我什麼，到那一天，自然會給你答案，好嗎？」

我默然不語，可是我能指責什麼？我只有傷心！

說起來，是我要和如雪在一起半年，說起來，又是我在這麼多年念念不忘，可是我們，在那半年之後，不是已經分開了嗎？不管彼此心間的感情是什麼，不是已經分開了嗎？

「不需要給我答案，我是妳的什麼？不需要。」我不知道我有沒有賭氣，還是腦子不清醒，這個時候我應該問的是，如雪，妳有沒有什麼危險？什麼叫妳是天下之敵，如果是那樣，我陪著妳一起！

我明明應該說的就是那個啊。

可是，我說不出來，我心口疼痛，她是一早就知道的，她不告訴我，就算沒有在一起了，妳告訴我啊，我願意和妳一起承擔的！是要離開也不告訴我嗎？

如月的哭聲在耳邊，我卻覺得痛快，我多想也和如月一樣的哭泣啊？

我轉身，如雪的聲音在我的背後響起，說道：「承一，我們都該早早放手的，你又何必為我不孝？這只是我必然要做的選擇，命運就是如此，希望你能記得。」

我猛然轉身，我該記得什麼？到現在妳也不對我交代嗎？我怒火衝天，為什麼要提起我爸媽來刺激我，說我不孝，那是妳的立場還說出來的嗎？

可我根本不知道說什麼，難道說，我願意不孝，願意爸媽看著我這樣，為我操心一輩子，最後到死也不能見到唯一的兒子有孩子嗎？

望著我憤怒的臉，如雪那麼的平靜，對我說了四個字：「不要幼稚。」

然後她走過去，扶起了如月，接著又對我說了一句：「真的，我們彼此都不要再幼稚了，你過好你的人生，我負好我的責任，你曾經問我，什麼是永恆？人總是要死亡的，難道用時間來界定永恆嗎？時間嗎？」

時間嗎？我一下子跪在雪地裡。

而此時，如月已經撲進了如雪的懷抱，捂著胸口痛苦著，她的聲音撕心裂肺，她斷斷續續地說著：「姐姐，我的心口從來沒有這麼痛過，我很遠很遠就察覺到妳要離開我了，我們的那隻同心蠱快死了，是妳要離開了嗎？」

「不會死的，如月，我不會死，不論我在哪裡，妳總是我妹妹，我總是妳姐姐的，總是的。」如雪這樣回答道。

第七十二章　守墓人

篝火躍動著，我們此刻的全部的人就沉默地坐在一處背風山坡之下。

沒有急著趕去大妖之墓，收取什麼妖魂，只因在如月悲傷的情緒發洩以後，如雪這麼說了一句：「承一，你的師祖早就在殘魂之下動了手腳，別人要麼毀掉，否則是收不去的，事到如今，或者早有有能之人，看出了問題，就等著你收取妖魂，然後到仙人墓之前再戰吧。」

我不明白，如雪為什麼自始至終的清楚那麼多，在當時我也沒有任何心情去問如雪什麼，既然她這麼說了，我們也就不急著趕路，只是到天黑，就尋了一處紮營下來。

因為發生了這樣的突變，每個人在路上都是沉默，小喜小毛雖然不知道發生了什麼，也乖巧默默跟行，白灰兒就在最後，牠自然也是不會發出什麼響動的。

這樣的氣氛太難受，每個人都沉默地做著事情，趕路、紮營、生火，老張尋找食物，就連沁淮和吳老鬼也大概弄清楚了如雪可能要離開的事情，也沒有了平日裡的「活潑」，沁淮只是有意無意地總愛拍著我的肩膀，給予一些安慰，而吳老鬼時不時就可憐兮兮地看我一眼。

我很值得可憐嗎？

此刻，篝火上烤著食物，細心的老張也不忘每次都燉上一鍋湯給我們暖身子，可沉默的氣氛一直持續到現在，只剩下湯鍋裡「咕咚咕咚」的聲音，在嘲笑著這樣沉悶的氣氛。

「砰砰砰」，是老張磕菸鍋子的聲音，接著老張那有些滄桑的聲音傳入了我們每一個人的耳朵裡：「我和你們認識不久，我要臉皮厚去攀個交情，說一起走了些日子，對你們有很深厚的感情，也不知道你們認不認？不過，不認我也說了。」

說到這裡，老張從懷裡摸出他的酒袋子，灌了一大口酒，我想拿過來也喝一口，卻不想原本在鬥法之後，對我們說話就有些透著恭敬的老張卻瞪了我一眼，說道：「真慫，這種時候灌啥酒？聽我把話說完。」

我沒有堅持，老張卻歎息了一聲開始說：「我是一個過來人，老婆跟了我二十幾年，兒子也快讀大學了，日子也就這麼過下去了，我沒覺得有啥遺憾。我也是一個普通人，不明白你們所謂修者的分分合合，但不管咋說吧，結果就只有一個，兩個相愛的人要分開了，這和世間裡，普通兩個人要分開有啥區別？你們說說這世間吧，多少相愛的男女最後要分開，各自過生活？那生活是啥，柴米油鹽醬醋茶，誰還能離了這幾樣？就打個比喻來說我自己吧，年輕的時候喜歡一姑娘，喜歡到骨子裡去了，喜歡到現在偶爾閒下來，還是會想想，她過得咋樣呢？現在是什麼模樣？她還會想起我嗎？」

說到這裡，老張也灌了一口酒，然後說道：「說出來這些，我也不怕你們笑話，那姑娘最後也是和我分開了的，原因是啥？呵呵，因為我那時靠大山生活，人家爹媽嫌棄呢，給找了一個廠裡的。可是，你們看我現在，不也好好的嗎？就算想起她，很快就會被老婆叫去買瓶醋啊，兒子又放學不回家，去野了，我得去找回來這種事情打斷，因為想起她，不比我現在的生活中瑣事兒來得重要！明白嗎？我覺得你們兩個太不瀟灑了，知道我是啥想法嗎？」

老張說到現在，我和如雪都在認真聽他說了，原本我們是沒心情的，我們都望著他，靜待著他給我們一個答案，當局者迷，就如我和如雪，誰的心裡也不是真的放下，這種不甘留在心裡，終會成「魔」！

「那就是，你們倆在喜歡的時候，是認真地喜歡過對方就好了。女的要走，可以，說清楚原因。男的留不住，可以，大度點兒，給個祝福，讓女的安心，這有啥好遺憾的？你們誰負了誰嗎？你說說，這世間萬事兒，你還能要求盡如人意了？這就怪了！不如人意了，你就不好好生活了，你非得做點任性的事兒，跟生活過不去，這也怪了！」老張說完又繼續喝了一口酒，最後低聲說道：「感情這種事情，只要兩喜歡的人對得起對方就可以了，爭取過，沒結果，那就放手！就如那姑娘，我在喜歡她的時候，她也喜歡我，對我好，我有啥好怨好恨的，難道誰還能說這個不存在過？扯犢子吧！那我呢，那時候非娶不可，帶人家私奔，一輩子不見爹媽？那不能夠啊，她對得起我了，她以後嫁那個人對她好，也就足夠了。」

我和如雪沉默了，老張這些話異常簡單，卻也異常深刻，這是普通人最簡單的普通生活智慧，那個時候，我和如雪許下的心願就是如此，相愛半年，然後就分開，卻偏偏分不開，感情還纏繞著對方，只因為我們看不透，亦放不下。

「好了，我要說的，說了，你們倆覺得有必要交流一下嗎？現在沒下雪了，還有月亮，這老林子裡風景不錯，走走說說，說不定心也就放開了。」老張望著我和如雪。

如月倚在如雪的肩頭，不捨地看著如雪，如雪拍拍如月的肩膀，到現在我們也沒問過，她和沁淮到底是如何來這裡的。

不過，現在卻不是問這個的時候，

如雪拍拍攬了攬如月，然後說道：「是啊，我不能逃避了，至少是要給承一一個交待的。」

如月這時才反應過來，可能比起她，我的心痛不少半分，她終究是擔心地看了我一眼。

我站起身來，說道：「嗯，我聽。」

月色下的老林子就像老張說的，真的很美，月光灑下，照在雪白的樹上，雪白的地上，就輕巧給每一件兒東西都披上了銀光，閃爍得如同一個夢幻世界。

我和如雪靜靜走在這林子裡，腳步踩得地上的積雪「咯吱咯吱」作響，身後白灰兒遠遠跟著，為我們防備著野獸，一切竟然有一種安靜的美。

「那時候，我心裡就有一個願望，妳知道是什麼嗎？」我開口了，口中呼出長長的白氣，很快又消散在空氣中。

「是什麼？」如雪問道，很自然的手挽住了我的手臂，讓我心底一暖，或者老張的話真的讓如雪領悟到了什麼，就如同我一般。

「就是月堰苗寨雖然很美，但我們總在那裡談戀愛，也太可惜了，我很想帶著妳走很多地方，就比如去看看大海啊，看看大山啊，最不濟也去看個西湖吧。」我儘量平靜地說道，雖然我不可能馬上不心疼，可是我知道老張說的在理。

「真好。」如雪回答得依然簡單，可是她是真的認為好。

「是好啊，可是這也只能是想一想吧。那個時候的我們，定下來每一年看一場電影，如雪，我不騙妳，是我每一年最盼望的一件事兒。這次來老林子，我特別高興，也覺得是和妳一起旅遊了。」我望著天上的月亮說道。

「真是對不起，承一，電影不能再陪你去看了，我是真的要離開了，不，不是離開，而是留下。」如雪的聲音充滿了歉意。

終究，她要開始對我訴說了。

「留下？嗯，妳說。」我知道今夜如雪一定會全部坦白，我靜待著如雪的下文，我一直記得老張那句話，要祝福她，讓她走得安心。

「是啊，留下，因為我要做守墓人。」如雪看著我的側臉，終於說出了答案！

第七十三章　如雪的智慧

「守墓人，妳要守哪裡的墓？難道是我們要去那個仙人墓？」我一時反應不過來，如雪給我的答案竟然是要去守墓？為什麼總是守，以前守著寨子，如今就是守墓？

如雪沒有急著回答我，而是兀自朝前走著，在前方的不遠處有一塊大石，她在那一塊大石上坐下了，並且示意我也坐過去。

我心裡纏繞著各種的情緒、哀傷、不捨、疑惑……可是這些情緒統統都很小，因為它們大不過我和如雪在一起的甜蜜。

我在如雪身邊坐下了，如雪很自然地靠著我肩膀，長吁了一口氣，這樣的姿勢我們都很舒服，不是因為親密，而是因為依偎，就如同依靠守護著彼此的感覺。

「說是守墓人，並不是守著墓，而是守著這些蟲子，承一，如果我這樣說，你能理解我要離開的理由了嗎？」如雪的聲音依舊淡淡的，但在此時多了一些傷感的情緒。

我不知道要說什麼，習慣性地從衣兜裡摸菸，如雪拉住了我的手，說道：「其實一直想你能戒掉它。」

我沒有和如雪爭執，而是鬆了手，說道：「我數數我重要的人給妳聽，首先是我的家人，可是我在一定的年齡以前，不能長期和他們相處！所以我從小離家，師傅說我父母緣薄。接著是我的師傅，他……他走了，唱著妹妹你大膽的往前走，調戲著村裡的女人，就這樣走了。然後是妳，妳說妳要離開，我剩下的是什麼，是我的朋友，可是我的朋友沒有自己的生活嗎？我有時覺得只有菸是我最大的依靠呢，我戒不掉。」

如雪沒有說話，有些冰涼的手拉住了我，說道：「戒不掉那就算了，就如留不住，也就只能承受，必須要做的，無論再難，也要做！承一，你知道這蟲子嗎？說起來，是我們月堰苗寨的遺禍，到我這裡，終究是該還掉了。」

「我現在不想聽這些，如雪，什麼原因暫且拋開，我只是想問妳，如果妳要守在這裡，是什麼樣的形式守在這裡，我們還能相見嗎？如果，如雪我是說如果，妳有沒有放棄的可能？」說著，我怕如雪拒絕，急急地說道：「如雪，老張說，女的要走，男的留不住，才給個祝福，讓她安心，可是我不能留都不留妳，妳知道……」

如雪捂住了我的嘴，說道：「如果你願意，聽我說完吧！你從來還是改不了急躁，不過這樣也才是陳承一吧。」

我深吸了一口氣，對如雪說道：「嗯，妳說，我聽。」

「從進入老林子開始，我其實就感受到了來自靈魂的召喚，這個我並沒有騙你，我隱瞞你的只是，那召喚是如此急切，在我半夜做夢的時候，我都能聽見有人在不停告訴我，時間已經來不及了！在那個時候，其實我就很想告訴你，這一切不對勁的地方，知道我為什麼沒說嗎？」如雪幽幽地說道。

「我不知道。」我自然是不知道為什麼如雪從始至終都不肯給我提起這件事。

「是因為這麼多年以來，我一直都壓抑著自己，不顧一切，拋棄一切，和你親密無間，和你在一起的衝動，每當有那種衝動的時候，我就選擇整夜整夜不睡，然後讓自己疲勞到了極點，睡了以後就什麼也不想了，日子久了，這種壓抑也就成了習慣。習慣了不與你分享心事，不與你過多親密，恪守著一年一見的諾言，壓抑了自己所有的感情！說到底，我怕自己軟弱，一旦軟弱了，心裡那道防線就鬆了。說到底，一開始的不告訴，也就只是習慣，習慣了這樣。」如雪說這話的時候很平靜。

而我震驚地看著如雪，我根本就想不到我以為清淡的如雪，竟然是如此度過寂寞的歲月，我一直知道如雪是那種不擅長表達，可是內心炙熱如火的女人，可是我沒想到的是，她竟然能壓抑這麼深，深到已經成為了一種固執的習慣！

「是不是很驚奇呢？」如雪笑了，一如既往的美，語氣卻很輕鬆，彷彿那些痛苦根本不是發生她身上，她握著我的手，不讓我說話，而是自顧自地繼續說道：「承一，其實我們從某些方面很像，知道自己會情根深陷，所以，在很多情況下，生硬甚至冰冷，抗拒別人的靠近，我比你更甚。我忽然發現好想對你說很多話，就比如小時候經歷的父母離別的痛，我比如月內向，她想開了，活潑開心地活著，我卻悶在了心裡，一直就成長到了現在。我發現我說話好亂，可是你能聽懂，是嗎？」

「我能聽懂。」我反握住如雪的手，緊緊的，我怎麼不能理解，從悲傷不解到習慣，從習慣到麻木，最後再從麻木到抗拒，我在一次次的漂泊中不就是如此嗎？

「是啊，你能聽懂，我們總是有著太多的默契，可是我們都錯了，錯在我們也看不透愛情，總是刻意讓愛情停留在最美的樣子，就如我吧，一直都維持著這樣的形象，清清淡淡，讓你心動的如雪，但事實上呢，你心中的如雪，可有過幾夜不睡瘋婆子的樣子？你心中的如雪可有過歇斯底里獨自到偏僻的地方大喊大叫甚至發瘋的樣子？更別提靠近生活以後，我們的愛情就從天上落到了凡塵裡，那是愛情還是最美的樣子嗎？其實，我們愛對方，但真的不見得瞭解對方，有默契不見得是瞭解的。」如雪望著我，竟然是笑著說道。

「如雪，妳別說，妳知道妳無論什麼樣子，我都是……」我急切地說道。

「不，承一，就如最厲害的命卜二脈，也算盡一生瑣碎，就如最厲害的相字脈也看不透風水百年後會怎樣的變遷，你怎麼能說你看死了你自己的愛情？那才是真正需要時間的沉澱，日日夜夜碰碰撞撞的相處吧，那麼這樣之後，你還能說，我愛妳，一如初見嗎？承一，我很謝謝你，讓我的愛情停留在了最美的樣子，那還有什麼遺憾呢？」如雪望著我說道。

「妳是在告訴我答案嗎？妳是在說妳以後不會再見我，妳不出來了嗎？到底是怎麼樣？妳告訴我，好不好？」我無力了，我以為老張的話，我領悟得很深，但終究敵不過此刻的心痛，抓著如雪的手，貼在臉上，眼眶紅了。

「我是在告訴你答案啊，曾經我為蟲女，最渴望的不過是自由，就如我的姑婆那樣渴望，因為她只有有了自由，才能夠和姜爺廝守，哪怕得到自由的時候，婚嫁已經不再重要。我也悄悄問過姑婆，那為什麼不去爭取自由？姑婆告訴我，自由和自私兩個詞看似不相干，但很有可能，一念之間，就讓它們融合在一起，因為這兩個詞，前面都是自字，強調的是自我，那就是以自我的心為中心的詞！後來，姑婆常說的話，就是那一句，人總是要有著責任的，誰也不能孤立於這個世界，就像姜爺也常和你說的一句話，人是要有點底線的，是一樣的。我們的愛情再美，它敵不過的事情太多，就如承一你，數著你最重要的人，就有你的父母，你忍心見著他們擔心著你，直到閉眼的那一刻嗎？你能嗎？你覺得你守望著和我的愛情，你父母就算不介意後代的事情，但想著唯一的兒子就這麼冷冷清清地過一生，甚至孤獨終老，他們會走得安心嗎？而我，離開寨子不顧一切和你在一起，就算寨子裡的人不指責我，我又能安心嗎？我不負你，我負了寨子，你不負我，你就負了父母，我們陷入人生的選擇題，已經糾纏了太久，如今不是很好嗎？命運幫我們做出了答案。」如雪一字一句地對我說道。

「是啊，命運幫我們做出了答案，可是在以後的以後，如果我有了自己的家，甚至自己的孩子，想著這個妳不心疼嗎？我自己想著會心疼的，真的，會心疼的。」我眼眶紅著，很認真地說道。

「我一點兒也不懷疑你此刻說這句話的真心，但就如老張說的，那時候的心疼已經抵不過那時候現實的瑣事，交給時間，一切也就淡了。而老張沒說出來的另外一句話是，那時候的心疼已經抵不過那時候的責任，父母的，孩子的，妻子的……都說童子命感情不順，你的不順應在了我的身上，可是我終究是女人，卻很感謝這個不順，讓我的愛情停留在了最美的時候，到最後，你依然愛著我，到以後，你的心裡也真的會為我保留一個位置，就像老張，聽他那樣說，會想起他那個喜歡的女人，我就已經滿足了，那一刻我就徹底釋然了！是不是，我也還是有女人的自私和心機呢？」如雪用手指在我胸口輕輕繞著。

在此刻，如果說我還不清楚如雪的意思，那麼我就真的是傻瓜了，事情是真的不可挽回了，如雪沒說以後不再見我，可是她已經在說另外一句話——從今夜以後，那就是徹底的放下，我明白如雪的心意已決。

「不自私，很好的，也謝謝妳那麼愛過我。」我聲音哽咽，可是我沒有流淚。

放下，也是一種智慧，如雪比我更有這個智慧，是的，她很好。

第七十四章　仁花

如果說要馬上不心疼，馬上冷靜，馬上淡定那是不可能的，而且我也不可能不關心如雪的一切，我有必要瞭解全部的事情，我忍住心痛的感覺，對如雪說道：「不管怎麼樣，今晚妳也決定了全部坦白，能把事情的真相以及妳要去做的事情，從始至終給我說清楚嗎？」

「嗯。」如雪輕聲應了一聲，開始給我訴說整件事情。

而我沒想到，從如雪口中聽到的事情竟然讓我那麼震驚，一切的一切，原來都不是我想像，包括仙人墓……

「承一，既然要把一切說明，我想說的是，那個仙人墓我是必然要去的，而我也先從仙人墓說起吧。」如雪給我講的第一句話就是如此。

如雪開始娓娓道來，而我開始努力消化著如雪所說的一切。

最初，是要從我到月堰苗寨，和如雪說起要去東北老林子開始，如雪對我的一切原本是克制，但那一次，卻不知道怎麼的，內心就有一個聲音，那就是一定要和我去一次東北老林子。

那時的如雪並沒有想太多，只單純以為，是自己太過壓抑了，所以想「放縱」一次自己，陪我走一次那麼簡單而已。

進入東北老林子之後的一切不用贅述，她只是在那種呼喚之下，有一個越來越明顯的直覺，可能會因為什麼，和我徹底了斷了這段感情。

而當她明白一切，是要從碧眼狐狸的洞穴開始說起……

在那個時候，我曾經還給承心哥等人說起過魅心石，可惜的是，我對魅心石的瞭解只限於師祖手箚上的一些記載，並不是真正的瞭解。

在如雪的訴說下，我才明白，我們初入洞穴，看見的那一對最大的魅心石，儲存的根本不是我以為的碧眼狐狸的意志，而是另外一個人，在那個時候，她帶著記憶的強烈的意志就已經傳給了如雪。

她，是誰？是月堰苗寨很久遠以前的一個天才蠱女——仁花！

按照如雪的說法，她幾乎是月堰苗寨一個最耀眼，也最遺憾的傳說，為什麼說她耀眼，是因為她打破了這個傳承了很久的苗寨的一個鐵打的傳統，她兼巫蠱為一身。

這個說起來，如雪是這樣對我解釋的，「對於巫，一般是男人比較有天分；而蠱，一般是女子比較有天分。那一些隱世傳承的寨子裡，不管哪個寨子都是這樣的傳統，巫為男，蠱為女。」

仁花卻耀眼得如同一顆太陽般，用絕頂的巫術讓寨子裡所有的「老古董」啞口無言，而那出色的養蠱之術，也讓整個寨子裡的人心服口服。

這是如何的天才？

「剛才我說她如太陽一般耀眼，應該是錯了吧。其實她是一顆流星，閃爍過夜空，就消失不見，行蹤成謎，也才徹底成為了傳說。」如雪在說完仁花的天才後，忽然這樣補充了一句。

從如雪的訴說裡，我知道關於仁花，寨子裡的文獻記載，有這麼一段說法，仁花在小時候曾經失蹤過一個月，回來後，大家才發現了她耀眼的天分。

後來，她也常常行蹤飄忽，就算成為了寨子裡的大巫和蠱女以後，也常常是如此。

她守護了寨子三年，在這其間，她為寨子培育出了厲害的蠱蟲，為寨子教導出了幾個天才的巫士。

可是在三年以後，她忽然留下了一句，我要去尋找一個答案，一個寨子的人該有的歸屬，然後就飄然而去了。

原本，她的這次離開，並沒有引起寨子裡的人多大的關注，因為她原本就這樣，行蹤成謎，常常會「消失」一段時間再回來。

可是那次卻不像以前那樣，是「狼來了」，她是真的再也沒回來過了。

五年，十年，人們抱著希望，二十年，三十年，人們已經絕望，五十年，一百年，她終於成為了人們口中的感慨，寨子裡的傳說——消失的太陽般的天才仁花！

「那這蟲子，是不是和仁花有關？」我隱約已經抓住了事情的重點，這樣開口問著如雪。

「嗯，的確是這樣，仁花就是來尋找這個仙人墓了，這個所謂的龍之墓！」如雪這樣開口對我說道。

龍之墓，這就是讓我震驚的事實，原來這個仙人墓的真相根本就不是仙人墓，而是一條龍的墓穴，很震撼吧，讓人難以相信吧，如雪告訴我，仁花的記憶裡有這麼一段——龍自昆侖而來，暢遊雲海之間，最終因不知名的原因，身受重傷，墜落凡塵，而它的到來，造就了如今的長白山脈和昆侖山脈裡大妖的一個繁盛時代！

長白山有龍，這幾乎是流傳在部門中的一個「鐵定事實」了，連老回和小北也曾隱隱提起過，我沒想到，龍我沒見著，卻聽如雪說起了一個龍之墓，還造就了大妖。

而仁花不知道出於什麼原因，執著就來尋找這一個龍之墓了，而這些恐怖的蟲子，就是因為尋墓，而被仁花培育出來的。

原來，吳老鬼他們並不是最早發現這個所謂仙人墓的一行人，原來，在他們之前，至少有一個仁花。

「承一，我剛才給你說起我是守墓人，其實真相是我要壓制這些蟲子。但事實上，這個龍之墓，是有真正守護的，那就是四個大妖，它們才是真正的守墓者，這也就是為什麼要齊聚四個大妖之魂，才能開墓的真正原因。」如雪淡淡地說道。

原來真相是這樣，我仔細地想著，是啊，為什麼一片老林子裡會出現四個厲害大妖那麼離譜的事情，原來，在某個時代，這裡曾經墜落過一條龍。

龍自然不是人，它也不是神，在我們道家的理解裡，它就是「登峰造極」的妖！如果有它，一切都好解釋了，而受了它恩惠的大妖為它守墓，那是再自然不過了！

如雪告訴我，龍之墓遠遠不是那麼簡單，是絕對有後來者的，但不知道出於什麼原因，封了墓，那些後來者也葬身其中，甚至導致封墓陣法越來越厲害，不知道是為了封鎖什麼？

仁花後來的到來，憑她的天才竟然也打不開那些封墓的陣法，畢竟仁花是巫蠱，對於道術陣法確實也是力有不逮！

可是，她知道，封墓陣法的最核心，其實就是四個大妖之魂！而週邊的那些陣法，也未必不能想其他的辦法去破！

於是……

「於是，就有了這些蟲子！這黑蟲你見過的，牠原本是仁花收集而來的一些蠱蟲培育而來的，最早的初體就是你見過的普通黑蟲，只有幾隻！牠們是被仁花用加入了『昆侖之物』的特殊方法培育成如今的規模的，甚至蟲王也是仁花用純粹的昆侖之物培育而成的。」如雪給我解釋道。

「昆侖之物？」我一下子愣住了，我不想聯想，可我就是聯想到了紫色的植物和紫色的蟲子！

「是的，昆侖之物，得到了仁花的一些記憶，我才知道，原來當初不只是黑岩苗寨得到了紫色的蟲子，月堰苗寨一樣有昆侖之物，那時的仁花……」說到這裡，如雪的臉上也出現了迷茫的表情，然後接著說道：「那時的仁花是很清楚明白牠的不祥的，所以做為大權獨攬一身的她，根本就沒有想過，要讓這樣危險的東西存在於世間，而是自己親自保管，可是我不明白她為什麼要用來培育這吞噬能力逆天的蟲子。」

「她是想用這些蟲子的吞噬能力來破陣，很簡單，這蟲子能吞噬，如果數量夠大，前仆後繼的吞噬，仁花看不懂的陣法布置陣基，什麼陣都給破了，反正蟲子不認識陣法，也不懂，牠們只管吞，總能破壞掉這個陣法的。至於她為什麼要這樣做，只能解釋為，這個龍之墓，已經成為她心中的一個執念，讓她不顧一切了。」我想了想，只有這樣的解釋才合理。

畢竟如雪不是仁花，沒有誰能得到誰的全部記憶，就算是魅心石如此強烈的能記錄意志的東西，也只能記錄最關鍵的一小段意志記憶，而不是全部。

「嗯，或者可以這樣解釋吧。但事情的關鍵是，仁花失敗了，留下了是這一堆禍害無窮的蟲子，而失敗的原因，是因為有一個人阻止了她，而她也終於醒悟了。」如雪這樣說道。

我直覺這個阻止的人怕是很關鍵，雖然心裡還有難以忍受的疼痛，可此刻也忍不住緊張起來。

第七十五章　往事的因緣

面對我的緊張，如雪的臉上卻出現了迷茫的神情，似乎在努力的回想什麼，可是卻又想不起來，很久之後她才對我說道：「承一，具體阻止的人是什麼樣子，如何阻止的，我並不知道，關於這一部分的記憶極其模糊，根本想不起任何具體的，對不起，我其實知道你想到的是可能有關你師祖，可我怎麼也想不起來。」

我長呼了一口氣，說不失望那是假的，可是對著就要成為曾經的戀人如雪，我怎麼會責怪她半分，搖搖頭說道：「沒事的。」

「承一，我還能想起的，就只是仁花在失敗以後徹底悔悟，才明白這些蟲子……」如雪繼續對我訴說著。

而我也從如雪的口中，知道了一個從瘋狂的執念中醒來的天才女子後來的經歷。說是後來的經歷，確切的說，不過是兩年的經歷，因為在那時天才仁花的壽命只剩下兩年了。

或許這就是仁花的定數吧，原本按照她的修行情況，壽命遠遠不只這麼一點的，可是全力的培育出了逆天之蟲，心神損耗太過，到後來已經是在「燃燒」壽元了，所以她到醒悟後，還能剩下兩年壽命已經是一個奇蹟。

那時的她放下了必入龍之墓的執念，對於自己只剩兩年的壽命也能瀟灑以對，畢竟是一個經歷了那麼多的天才修者，她能看破。

只有唯一放不下的，就是自己在瘋狂之下培育的這些蟲子，因為仁花已經預見到如果自己身死，這些蟲子就是巨大的災難。

這場災難，就算是那個阻止她的人也不能將災難消弭，他是這麼告訴仁花的：「巫蠱道，每一脈都是博大精深，就如妳的巫術蠱術破解不了我道家之陣，只能選擇偏激的方式，我道家之法，同樣對妳的蠱蟲也是力有未逮，妳必須得自己想辦法消弭這一場災難，想妳天才一生，早年更得與我同樣之境遇，想必比普通修者更加明白天道之法則，一人造下的孽，若天道判定妳不能清還，那是絕對要禍及後人子孫甚至妳的族人，妳得還，想辦法阻止吧。」

其實我聽如雪說起這一段，我並不感覺到奇怪，很多人以為一人做事一人當，為什麼要禍及家人，這就是天地不仁，以萬物為芻狗的象徵，但事實根本不是如此，這反而是絕對公平的體現，就假若一個罪人殺了十個人，他一人身死，但他一人的性命能和十人相比嗎？那十人又何其無辜？

這就不是一人能還的！

在那時，不管是後世子孫，還是家人族人，都是以緣分和那個人相連，既然能享受到「好」的緣分，那「壞」的緣分也定然要牽連，於是這種牽連就把等同於那九人生命代價的罪責均分給了這些人，他們遭遇各種的事情來還清這一份罪孽。

說到底，這才是絕對的公平，沒有偏袒於任何一方。

「也是警醒，勿造孽，會禍及無辜的家人子孫。同樣也是一份激勵，帶原罪之無辜人，多行善，化解緣分牽連之人的罪。」這是慧大爺給我說的話，當年我就對這「連罪」的法則產生過一些疑問，師傅就扯著我，來到了慧大爺面前說：「我道家修身，佛家修心，這老禿驢比我能扯淡，你聽他講，你心裡也就明白了。」

所以，我聽到阻止仁花之人，給仁花講了這麼一段禍及族人的話，也就不奇怪了，這真的就是至理！

「仁花在當時追悔莫及，可惜蟲子已經不是只剩兩年壽元的她能阻止的了。只能想辦法壓制。」如雪輕聲地說道。

「為什麼不能阻止？不就是蟲子嗎？用火燒，用腳踩，滅了牠們就是。」我憤憤地說道，雖然我能理解天道的這一條法則，但是牽連到了如雪，我又怎能保持平常心？

或許，這也就是我心性上的缺陷，也是人性本身的缺陷，離走到絕對公平的看待萬事萬物，去掉自私的原罪，上升到靈性大開的境界，真的還差了很遠很遠的路。

「承一，你又發小孩脾氣了，這蟲子你也知道，堅硬無比，就算火燒，怕是也要足足十分鐘時間才能徹底燒死一隻蟲子，更別提腳踩什麼的了，你是沒見過牠們真正活躍之時，那敏捷的動作，更何況你一腳奮力踩去，也不一定能踩死這種蟲子，那面對這種蟲海呢？承一，用昆侖之物培育的蟲子豈是那麼簡單，牠們有頑強的生命力。」如雪給我解釋道。

「那到底是什麼昆侖之物？」我追問道。

「我沒見過，我不是太清楚，可是我判斷和你早年經歷過的老村長事件，中間存在的一件事物是一樣的，是那種紫色的植物。」如雪說道。

「啊？是那個！」我驚呼了一聲，如果是那個，我真的無話可說，我的腦海中浮現出了強悍的老村長，浮現出了楊晟改造出來的怪物！那這樣的蟲子，莫說是蟲海，就算只有一、兩百隻也是絕大的災難，可是我不甘心地說道：「那怎麼辦？仁花培育出了這種蟲子，難道她就沒想過克制的辦法嗎？」

「她本身能指揮控制這些蟲子就夠了，在她當時並沒有想過要滅殺這些蟲子，那些蟲子除了產生了仁花意料之外的一個能力，那就是繁殖能力大大增強，另外這些蟲子也生出了仁花根本沒預料到的變數。」如雪給我解釋道。

「什麼變數？」我追問道，因為就算我和如雪已經不可能了，但我也不想如雪的一生就留守在這裡，當一個與蟲為伴的女人，只要有一絲絲可能，我都想拚出性命為如雪爭取。

「那就是這些蟲子彷彿在昆侖之物的培育下，已經產生了一點點智慧，或者是對某些本能已經有了一點思考能力，那就是生存本能，只要是威脅牠們性命了，牠們就會狂躁而脫離控制，特別是仁花刻意培養的蟲王，更是如此，所以就算當時的仁花，也不可能大規模徹底滅殺牠們了。」如雪幽幽一歎。

「那就坐以待斃嗎？」我的臉色變了。

「當然不是，仁花是何等天才的人物，而那個阻止仁花的人也並沒有完全放任不管這件事情，在仁花生命快結束的時候，他們終於根據蟲子的特性，想到了一個辦法。」如雪這樣對我說道。

「那就是把那些蟲子封鎖在大妖體內？」我再傻，聯想起一路上的見聞，也想到了這一點。

「是的，那些蟲子有一個特性，牠們吞噬一切，就是為了獲得……」說到這裡，如雪歪著腦袋似乎是在想什麼形容詞，然後才說道：「就是為了獲得一種強大的靈魂力量？或者氣息？這個我不知道，總之應該就是這樣吧！牠們吞噬，也需要消化，而消化的方式就是沉睡，你也看見了，牠們釋放出大量的黑氣……說到底，仁花和那個人想出來的辦法就是欺騙。」

欺騙？我一下子愣了，幾乎是下意識地脫口而出：「欺騙蟲子？」

「是的，欺騙蟲子！因為他們研究過，讓蟲子不反抗的滅亡，只有兩種方法，這兩種方法說來好笑，一種就是不停的吞噬，不給予排除黑氣和正常排泄，讓蟲子活活脹死。第二種，那就是讓蟲子活活餓死。」如雪說這話的時候，可能是覺得好笑，臉上竟然帶著淡淡的微笑。

「脹死，餓死？那明顯第一條根本不可行，這麼多的蟲子，無物不吞，讓牠們脹死，老林子得經歷多大的災難啊？」我笑不出來，因為無論是脹死，還是餓死，如雪的歲月怕是已經葬送在這裡了，我如何能笑出來？

「是的，第一條不可行，那就用第二條。當年仁花為了開墓，利用蟲子殺死了三隻大妖，你知道嗎？」如雪忽然這樣說道。

「三隻？」不是四隻嗎？我一下子傻了。

第七十六章 一入龍墓棄凡塵

看我傻乎乎的樣子，如雪笑了，我被她笑得莫名其妙，因為我抓破腦袋也想不出我這個問題有任何好笑的地方。

但如雪到底不是如月，開懷大笑在如雪身上不怎麼可能發生，她只是笑了一下，便收斂了笑容，然後說道：「當然是只有三隻，因為第四隻大妖在你脖子上。」

在我脖子上？我嚇一大跳，下意識地摸了摸脖子，卻一下子摸到了脖子上那根熟悉的鏈子，忽然我就什麼都明白了，一把扯出那根鏈子，上面是一根虎爪，然後震驚地問道：「妳是說？妳是說……傻虎就是那第四隻大妖？」

「是啊，傻虎就是那第四隻大妖，你不要問我到底發生了什麼，這中間具體是怎麼一回事兒，承一，我沒有這一部分記憶，可是在繼承了仁花的記憶以後，我就是清楚知道，傻虎就是第四隻大妖，而且是大妖之首，主殺伐，它是最厲害的一隻。」如雪給我解釋道。

我有些呆滯地望著在我眼前晃動的虎爪，這個我戴了三十二年的東西，到今天我才發現我第一次瞭解它！

可如雪說傻虎是第四隻大妖，那麼阻止仁花的人就有百分之九十的可能是我師祖老李了，但是老李為什麼要殺傻虎？我想起了合魂之時的模糊記憶，傻虎的記憶——殺孽太重！

換一個角度來說，如果是真有一條化形之龍，墜落於此，就是教了妖物們本事，卻沒教道德品質？然後傻虎就是那最頑劣的徒弟？是這樣嗎？

或許也不是吧，站在龍的角度，人命不見得比妖命，獸命重要，而再一說，那就是妖物行事的道德準則不見得和我們人是一樣，總之一條龍，你也不要想像，它會拿起教鞭，對手下的大妖說：「來，小的們，今天咱們來上思想品德課，內容是，遇見過河的老動物，咱們要去主動攙扶，尊老愛幼……」

我發現我的想法實在是太扯淡了，可是不這麼想，我怕受不了這震驚的事實，我原來一直帶著一個大妖之魂，晃蕩了三十二年，我竟然不知道，而且再聯想起這次看似無意的老林子之行，才發現命運真的好笑啊，如果我陳承一不來，誰也沒辦法打開大妖之墓，除非那人比傳說中的化形之龍還厲害，那還差不多。

只不過這往事糾結得太複雜，很多疑點讓人想也想不清楚，就比如說阻止的人是誰？是不是我師祖？留下的殘魂是師祖刻意為之，還是無意？如果是刻意為之，時間上怎麼對上號？畢竟仁花是那麼久遠的任務，而師祖的失蹤只能追述到幾十年前！

而師祖他又為什麼不直接傳功與徒弟，或者來直接收集齊大妖之魂，而選擇玩這齣？留字留魂！我再想起珍妮啊，王風這種人物的存在，我發現在那遙遠的過去，發生的事情簡直是一團亂麻，我怎麼想也想不清楚。

想不清楚，那也就不想了，我開口問道如雪：「也不管傻虎是誰吧，總之我能明白大妖之魂，我們已經得到了三隻，剩下的呢？妳給講剩下的，怎麼牽連到妳身上去的？」

「很簡單，大妖身死，可是身上的妖氣卻聚而不散，要完全散盡，怕是要好幾百年的光陰，所以仁花和那人就把蟲子藏在了大妖的屍體之內，大妖的強大氣息，讓蟲子有一種飽食需要消化的錯覺，這個聽起來很荒謬，但原理卻很簡單，就如同訓練一隻小狗，讓牠聽到鈴聲就以為有吃的那般簡單，為了讓蟲子們不被饑餓本能發現這個騙局，仁花用了祕法，是犧牲自己的祕法，讓蟲子陷入了沉睡，只要大妖氣息不散盡，蟲子就不會徹底醒來，發狂。至於那人也出手，用道家的祕法封印了三條不怎麼受控制的蟲王，當然蟲王的壓制需要仁花的氣息意志，接下來，你應該明白了吧？」如雪這樣對我說道。

我嘴角有些發苦地開口說道：「嗯，我有些明白了，大妖的氣息要散盡了，蟲子要徹底清醒了，饑餓得發狂的蟲子！很可怕是嗎？如雪，妳回答我，妳需要怎麼做？妳再回答我，為什麼妳在寨子裡，就對老林子這麼敏感？」

是啊，這就像是幾百年來早已經布置好的一個大局，我的虎爪，如雪的守護，是誰有這樣天縱之才，算盡了一切？

「先回答你第二個問題吧，我對老林子敏感，根據模糊的記憶，怕是要追溯到我們寨子裡的一隻祖蠱，那是仁花培育留下的血脈之蠱，我們寨子裡誕生的每一個孩子，都會接受祖蠱的洗禮，所謂洗禮是個祕密，每一個月堰苗寨的人都會被祖蠱留下一個種子在身體內，這樣做有很多意義，我能告訴你的就是，至少月堰苗寨的人不會互相殘殺，會很團結。所以，你要問我原因，我只能解釋為仁花留下的祖蠱，一定有著一些什麼，或者會對仁花起一個遙遠的呼應？」如雪不太肯定地說道。

而我深吸了一口氣，如果是這樣，那未免也就太過神奇，簡直不可想像仁花是怎麼樣一個天才了，可是蠱術一直都是神祕而博大精深的，想想小鬼事件的引路蠱，我也就釋然了，畢竟那是我不怎麼能瞭解的一門高深。

我點點頭，認可如雪的答案，然後緊張地望著如雪，接下來，就是如雪要做什麼的關鍵了，直到現在，我還在想，如果有可能，哪怕是一點點機會，我都要幫如雪爭取到自由，就算我們不能再在一起了。

「至於我要做什麼，那就收拾這個爛攤子，把所有的蟲子帶入龍之墓，用龍的強大氣息繼續壓制蟲子，再用仁花的祕法讓蟲子沉睡，還有用我的氣息壓制蟲王。」如雪對於自己要做的事情輕描淡寫。

可是我喉頭發緊，我說道：「如雪，這麼說來，就是妳一定要進墓的原因了吧？如雪，仁花當年是犧牲了自己用祕法讓蟲子陷入了沉睡，妳……妳也……」

說到這裡的時候，我的手緊緊握住了如雪的手，只要如雪說是，我馬上就要不顧一切的，不管用什麼方法都要帶如雪出去，出了這個老林子，我不管也懶得管，我不是救世主，管它天塌地陷，我只要如雪好好活著。

我在那一瞬間就是那麼想的。

如雪好像洞悉了我的想法，平靜地看著我，開口說道：「承一，你覺得如果是姜爺遇見這樣的事情，他會怎麼選擇？你覺得他敢去死嗎？你是姜爺教出來的徒弟，是你，你會怎麼做？」

我一下子呆了，想起了當年在雷雨中的那次人蟲大戰，想起了小鬼之戰，又彷彿看見了師傅，他還是站在那裡，那樣對我說：「人，總是要有一些底線的。」

我的答案我太清楚，我或許真的會和如雪做一樣的選擇，但我這個黏黏糊糊的性格，我也太明白，一切或許我自己可以挨著，可我身邊的人，我接受不了。

「承一，我不會死的，當年仁花是壽元無多，才會這樣做，可我不是，仁花留下的祕法我也施展不到那個程度，只能持之以恆地守著，讓牠們沉睡直至餓死，那也就可以了。」如雪反握住我的手，柔聲安慰道。

「那意思是，其實和妳在月堰苗寨沒什麼區別，對嗎？我們其實還是可以見面的，如雪，不管以後怎麼樣？我們一年再去看一次電影，好嗎？我答應妳，我不會對我父母不孝，我一定給他們一個交代，但在那之前……」我一下子就興奮了，如果是這樣，那也算能勉強兩全了。

「承一！」如雪的語氣稍微有些嚴厲地打斷了我的話，然後再柔聲說道：「我們別騙自己了好嗎？清醒的痛是比昏迷的沉睡要來得痛苦，可是終究要面對的不是嗎？我或者還會和你見面，但是我可以確定的告訴你一句話，一入龍墓，就再難像普通人了，也不是可以自由進出的，我不太清楚龍墓的一切，可是這是仁花留給我的記憶，再清楚一點兒的說，那不是我們想像的普通墓，就是什麼黑沉沉的地下，那條龍在臨死之前，做了一些事情，一些我們想像不到的事情。」

「那會是什麼？妳進了龍墓，吃什麼？喝什麼？誰陪妳說話？妳在說什麼，我不懂！」我是不懂，我只知道如雪是蠱女，也是一個普通人，普通人總要吃喝拉撒，她這是怎麼回事兒？如果在墓地裡，不出一個月就會死的。

「承一，都告訴你了，龍之墓不是普通的墓地，在仁花的記憶裡，曾經有那麼一個封墓者留下來的話，或許可以說明龍墓的一些情況。」如雪說道。

「是什麼？」我的表情激動，眼眶也有些發紅了。

「一入龍墓棄凡塵！」

第七十七章 笑對

一入龍墓棄凡塵！

我默念著這句話，一下子頹然躺倒在了那塊大石之上，如雪，這個的女子的名字就預示了她的一生嗎？純白，聖潔，冬天落入凡間，到了春天，終究還是要變做水汽回到天上的。

高嶺之雪，怎麼會落入凡塵？是我奢望了！

感覺一生都在離別，少時離家，長大離師，到如今，要離了自己的戀人，我還可以活得再堅強一些嗎？

手心一陣溫暖，原來是如雪把她的臉貼在了我的手心，她的聲音飄忽，對我說道：「承一，小時候我在寨子裡也沒什麼娛樂，最盼望的就是那時候還年輕的六姐從寨子外回來，因為她總會帶給我幾本好看的書。看書時，都盼望好人一帆風順，戀人終成眷屬，不再分離，若是遇見了悲劇，心裡總是不忿，怨著寫書之人怎麼不肯給一個好一些的結局。」

我一直強忍著的淚水已經慢慢湧上了眼眶，看著如雪貼著我手心的側臉，在一輪清月的照耀下，依舊是那麼美，我已經無法言說自己的心傷。

她棄凡塵，我失戀人，我們就是那書裡悲傷的結局嗎？我該怨的是命運這個作者嗎？

「可是到了後來，我長大了，雖然沒出過寨子，慢慢的也看懂了寨子裡的人情世故，情愛糾葛，我才發現原來書裡盼望著一個圓滿，就像小時候吃糖是想吃甜的那樣，可是生活裡哪有總是吃糖的？再後來，書依然是看的，再看到了悲劇，卻也就釋然了，悲劇是在告訴我們人生真的不那麼圓滿，可是悲劇裡的感情卻總是記得比喜劇裡的深，那樣想著，這是不是也是悲劇的圓滿呢？」如雪慢慢訴說著。

我的淚水已經從側臉滑過，再多的語言，在此刻已是無力，我握緊了如雪的手，哽咽了好久，才說出了一句話：「我一定送妳去仙人墓。」

「是該你送我去的。」如雪如此說道。

是的，我們還不捨最後的日子，能在一起多久就在一起多久吧，到了那一天，我會給如雪祝福，這就是我們的結局。

沁淮和如月這次來也帶著行李，所以到了晚上我們有了兩個帳篷，如雪和我談完以後，就被如月拉著去其中一個帳篷說話了。

承心哥和老張，還有吳老鬼在另外一個帳篷睡了，小喜和小毛畢竟不是人，它們是不習慣睡在帳篷裡的，還是習慣在野外，帶著白灰兒不知道去什麼地方了。

我睡不著，坐在篝火面前，有一口沒一口地喝著老張帶來的烈酒，那肆虐在胸膛的火辣辣的感覺，多少能麻木一下全身疼痛的感覺，在我身邊陪著我的是沁淮。

「你和如雪的事情真的沒有希望了？沒有其他的辦法可以替代？」我對沁淮沒什麼好隱瞞的，事情我已經對沁淮簡單說了一遍。

沁淮歎息了一聲，第一句問我的就是這個問題。

我搖頭，哪有什麼可以替代的辦法？如雪不可能比仁花天才，我自問更是比不過那阻止仁花之人，況且那人還極有可能是我師祖，如果有更好的辦法，他們也不會聯手布下這個影響了幾百年後的我們這個局了。

「承一，如果是那樣，如果你是爺們的話，就乾乾脆脆地放下！當斷不斷，如雪也不能安心。」沁淮拿過了我手裡的酒袋，也灌了一口，接著就連聲的咳嗽起來了，這北方的酒太烈，這哥們兒連二鍋頭都不咋喝。

我手搭在沁淮的肩膀上，說道：「我和如雪的事情就這麼定了，我心裡也已經決定了，其餘的痛苦就交給時間吧。倒是你，怎麼會和如月跑到這冰天雪地的林子裡來了？」

這是我早就想問的問題了。

「是如月找到我的，她那個時候像瘋了一樣，說她姐姐出事兒了，她問我有沒有辦法最快趕到東北老林子，因為如雪出發之前是和如月說過，她是和你一起去了東北老林子。」說到這裡沁淮頓了一下，從包裡掏出一包大重九遞給我，說道：「好東西，別人搞了一些，送了我家老爺子兩條，我就弄了半條，一直給你和酥肉一人留著一包。」

我也不知道這大重九有什麼好的，總之拆開就點了一枝，沁淮啊肖承乾啊這種公子哥兒，他們口中的好，他們的品味我也不懂，只是覺著說不定沁淮倒是可以和肖承乾做個朋友。

煙霧在寒冷的夜空中散開，我說道：「這冰天雪地的老林子是你們能亂來的嗎？況且還是人跡罕至的深林子，你這是跟著如月胡鬧嗎？」

「嗨，你也知道我，肯定是找了一些關係，才一路走到了這邊！結果護送我們的人就遇見那老頭兒一夥人，不知道他們用了什麼手段，也沒見他們出手，護送我們的人就昏了，如月還想反抗，可是我聽見他們提起你們，就叫如月別反抗……」沁淮滔滔不絕地說道。

而我卻擺擺手打斷了沁淮的話，其實沁淮這麼一說，過程我大概是清楚的，畢竟沁淮是公子哥兒，多少還是能動用一些能力幫如月，然後靠著這些他們走到了老林子，然後遇見了何龍那一派系的人，而沁淮他們畢竟是普通人，面對擁有「鬼頭」的邪修，又怎麼反抗？

所以，就成了沁淮說的，沒見出手，就已經「輸」了。

後來，估計是沁淮機靈，想藉著這些人找到我們，才有了那麼巧合的一幕，我們從大妖墓出來，恰好遇見了帶著沁淮和如月的何龍與那個陰沉老者。

到如今，我不瞭解的只是那陰沉老者為什麼瞭解蟲子的事？而且從他說的隻言片語來看，是非常瞭解。

這其中的關節我想不通，不過想不通我就不想了，畢竟結果是已經定了的，而且我總是還會遇見他們的。

這樣想著，我吐了一口菸，又再次灌了一口酒，才說道：「重點不是問你過程，現在你和如月不是好好的在我們身邊了嗎？重點是，你為啥會答應如月這丫頭瞎折騰？難道你不知道危險嗎？」

「我哪能不知道？我沒辦法拒絕如月，因為她說，如果這次我能盡心盡力幫她，她就嫁給我。當然需要我等等，等她心裡清靜了就嫁給我。還有，我估計得跟著她在寨子裡生活一些時間吧，她說，如果她姐姐真的出事了，她必須幫著培養寨子裡下一代蠱女，我想我還是願意的。」沁淮說這些話的時候，沒有看著我，而是低著頭自顧自地說。

我一下子愣住了，拿著酒袋的手也停在了半空。

沁淮幽幽地說道：「我也知道如月這不是心甘情願地嫁給我，如果我仗著這點兒小幫忙就要如月嫁我，那也是畜生，只是我拒絕不了她給我的希望，你明白的。」

我是真的明白，那麼多年，沁淮對如月的感情很真很真，真到他這個公子哥兒已經甘願到雲南去生活了。

僵在半空中的手一下子重重拍在了沁淮的肩膀上，說道：「什麼都不用顧忌，我真心的希望你和如月都幸福，我祝福你們。」

沁淮感動地看了我一眼，說道：「我懂！」

夜，在盼望天明的時候，總是過得特別漫長，而在傷心的時候，卻是恍然不覺就已天明。

我幾乎是一夜未眠，沁淮也陪著我，直到東方露出魚肚白的時候，我們才被承心哥強行拖回帳篷裡去，囫圇睡了一會兒。

這一天又將是新的行程，不同的只是我和如雪是在走著分別的倒數計時，我想我需要一些時間去平復內心的傷痛。

昨天的大雪下到夜裡才消停，今天卻莫名出了太陽，就如生活，有分別當然也有重逢，也許重逢就如今天的太陽一般，那麼讓人預料不到的就出來了。

不管我和如雪以後將是什麼關係，我們的曾經不能否定，我堅信我們在分別過後，也終將重逢，不管是在哪一世。

思而不能為，念而不能得，那只是一段的時間，師傅早就告訴過我，人看到的不能只是眼前，更不能因為眼前放棄內心該有的安然。

所以，望著陽光，我告訴自己是該在每一天的開始，笑著面對的。

第七十八章　最後一隻妖魂

看著地圖，我們的行程怕還需要四天，才能到達下一個大妖之墓，還有三天的時間，才能達到那個仙人墓，而有趣的是，最後一個大妖之墓就緊貼著仙人墓，沒多遠的距離。

莫非有一個是傻虎之墓？我看地圖的時候是這樣想的，如雪已經明確告訴我，傻虎就是大妖之魂之一，但清楚明確的有四個墓，我這樣的推斷也不算錯。

當然，這樣的行程計算，是要一切順利，我們才能在一個星期之內到達仙人墓，按照老張的說法，這一路上是有七個險地的，如今看來我們莫名經過了三個都沒出事，誰能擔保剩下的就一定不出事？

小喜小毛倒是告訴我們，剩下的四個險地，都是有妖物的。

我倒不是多在意，如果有妖物擋路，那就戰！我是一定要把如雪順利送進仙人墓的。

在路上承心哥問我：「承一啊，如果傻虎也算一個的話，那咱們的大妖之魂，就少一個啊，咋辦？」

「是啊，如果是師祖留下的，四個是恰好的，畢竟命卜二脈繼承的都是同一人，師祖再怎麼神奇，也是一個人，他肯定沒有算到有承願的存在，在當年，咱們的小師姑是很早就先去了。」我也皺著眉頭，這事兒說起來有些麻煩。

不管承願是什麼時候入門的，她也是得到了咱們師傅的共同認可，無論如何也算我們老李一脈的人，絕對不會把這個小師妹排除在外。

就如當年，在竹林小築，她這般指責我，連那麼重要的事情都扔下了她。

面對我的回答，承心哥說道：「你別在那兒分析原因，我說的關鍵是這個問題怎麼解決？」

怎麼解決？我一邊趕路一邊低頭沉思，忽然我靈光一閃，想到了一個可能，不過這件事必須和元懿大哥商量了。

我低聲地跟承心哥說了，承心哥說道：「小師妹無論如何該照顧一二，如果元懿大哥不同意，嫩狐狸就給承願。」

「嗯。」我點頭答應了，我總有感覺，每個人都有大妖之魂，是接下來我們老李一脈傾巢而出，尋找蓬萊行動的關鍵。

走到下一個大妖之墓的地點，我越發覺得這一切像一個「陽謀」！

三天半的時候，我們就這樣無比順利地趕到了下一個大妖之墓，沒有遇見任何一點點阻礙，原本經過兩個險地的時候，我們還特別戰戰兢兢，結果想去溝通交流的小喜告訴我，這裡的妖物不見了。

不見了？承心哥聽聞就冷笑了一聲，也怪不得承心哥冷笑，這件事只要仔細想一想，怕就知道是怎麼回事兒了？

妖魂為四，我得其二，更不要說他們還不知道的傻虎之魂！

而由於師祖的刻意安排，能順利取魂的怕只有我們老李一脈，他們要是不傻，怕就已經看清楚問題的關鍵了，原來取魂這件事，不論出於什麼原因，只有我能取到。

如果是這樣的話，他們再聰明一點兒，就會在仙人墓徹底打開的時候，再各憑本事去爭搶，為了保證我這個關鍵的「鑰匙」不出什麼意外，一路為我清理「障礙」，那是再正常不過了。

事實證明，他們真的聰明，果然這樣做了！

而事實也證明，他們看不起勢單力薄的我們，就把我們當「鑰匙」看了。

所以，承心哥知道這個事實的時候才會冷笑，手裡把玩著一個精緻的小藥瓶，那神情就是在說，鹿死誰手還要等到最後。

我是懶得計較這些，分析出了這個事實，我自然也樂得輕鬆，而看著最後一個大妖之墓，我才真正的頗為頭疼！

因為最後一個大妖之墓，不是在陸地上，而是在一段河流彙聚成的一個小湖裡！

在這天寒地凍的日子，那個小湖是早已經凍上了，不過從冰面上的痕跡來看，這裡怕是曾經「熱鬧」過，但估計摻和進來的兩幫人都是無功而返了而已。

「就是在這湖面之下，有一個入口，這個大妖之墓只能一個人進去。」發言的是小喜，它說這話的時候，大家齊刷刷地看著我，而我生生打了個冷顫。

取魂是我，那麼下去的也只能是我。

承心哥叼著一根菸，說道：「那還囉嗦啥？咱們破冰吧。」

吳老鬼在旁邊「惋惜」地說道：「那我就只能給大家加油了昂。」

沁淮拍拍我的肩膀，對我說了一句：「節哀順變啊，哥們，別凍得陽痿了。」

這話一說，如雪狠狠瞪了沁淮一眼，沁淮一縮脖子，不再言語了。

破冰的工作做得很是順利，畢竟已經有兩撥兒人來過，這冰面是重新凍上的，冰層並不是很厚，我在旁邊咬牙脫了衣服，只剩一層單衣在身上，用冰涼的水不停拍打自己，適應了好一陣兒，才咬牙下了水！

一入水，才發現這水並沒有我想像的那麼冰涼，加上良好的身體底子，勉強還能適應，不過這到底不是有專業設備的潛水，雖然我自小修習道家氣功，在水下一口氣息也不能堅持太久，在這珍貴的時間裡，我必須抓緊時間找到那個洞口。

水下比我想像的還要清澈一些，眼睛也能勉強睜開看清楚一些事物，我以為洞口會很難尋找，卻不想就在我們破冰一側不遠的距離之處，那是靠近一座山腳的岸邊，但洞的入口確實隱藏在水裡，不下這個湖根本進不了洞。

我快速地游了過去，從那滿是湖底淤泥的洞口爬了進去。

洞口的一半淹沒在水裡，但是爬進去幾步之後，就沒有水了，倒讓人想起「水獺」一類動物的窩，莫非是一隻水獺？我頗為無聊地想著。

原本以為穿得那麼單薄會很冷，但很奇特的是那些淤泥有些溫暖的意思，我蹭了一身，倒也不怎麼覺得冷了，很是乾脆地往裡爬著。

和賣萌蛇的老窩一樣，這個洞口也是向上傾斜的，也是越走越寬闊，我原本在下水之前擔心蟲子的存在，卻被如雪告知，她現在和蟲王的契合度已經很高了，她在之前就已經放出了蟲王，從一些小的縫隙入洞，讓蟲王暫時指揮著那些蟲子鑽入了洞壁。

其實這件事情，他們把我當成鑰匙是不對的，沒有如雪，我一樣不能取得大妖之魂，就因為這些蟲子的存在。

不過，那些人一定也是吃了蟲子的苦頭吧，我這樣想著，說不定他們以為我才是控制蟲子的關鍵！

一邊瞎想著，一邊就已經走到了洞的盡頭，那實際性的黑暗依舊存在，我拿出密封在塑膠袋裡的手電筒，一點一點尋找，終於也在其中一個地方找到了長明吊燈，彷彿是計算到了什麼一樣，這盞吊燈竟然位置不高，我稍微藉著旁邊的石頭爬一下就能順利點燃。

我沒有去想太多，趕緊從塑膠袋裡摸出打火機，點亮了這盞吊燈，溫暖的黃色燈光傾洩了下來，終於驅散了那籠罩的黑暗。

看著燈光，身子有些冷的我，也自覺心裡多了一些溫暖。

這時，我才藉著燈光打量起了這個洞穴，不得不說，這個洞穴的「主人」是一個十足的懶貨，比起巨蛇的洞穴還要粗糙。

如果一定要形容的話，就好比是一頭豬在拱泥巴，拱出一個坑洞了，就算洞穴，但我也敏感地發現，這個洞穴和嫩狐狸的洞穴是在同一條「陰脈」之上，地勢對於妖物來說，卻是絕佳之地。

也不知道是一個什麼樣的懶貨，我心裡念叨著，開始尋找起目標來，下水之前，我曾經問過如雪，這裡的主人是個什麼樣的存在，如雪卻跟我玩神祕，說讓我自己下去看。

我自己下去看，我在哪裡收魂啊？畢竟那些大妖都把殘魂藏在要緊的位置。

如雪卻笑著跟我說，這水下的傢伙，你只管大範圍的搜索，就能找到它的殘魂！

是這麼一回事兒嗎？我暗想到，於此同時，我終於看見了洞穴的主人，於我來說的最後一隻大妖之魂！怪不得我差點沒有發現它，雖然它是如此巨大，可是那背殼的顏色已經完全和淤泥混為一體了。

在我面前的是一隻巨大的烏龜，身體因為蟲子的離開，早已經乾癟，剩下一個龜殼在那裡，依舊保持著驚人的威勢，厚重如山！

第七十九章 懶龜一隻

大懶烏龜!

煉出了厚土的氣勢,這隻大懶烏龜真是了不得,我仔細打量著這隻大懶烏龜的龜殼兒,看著看著就不由得笑了,接著就是開懷大笑。

因為藉著燈光,我才發現,這龜殼上竟然不知道被誰歪歪斜斜地寫了四個大字,懶龜一隻!

在大妖背殼上刻字,這是何等「豪情」?是我師祖嗎?我想了一下,就否定了這個想法,既然能制服這隻大懶龜刻字,自然也是不慌不忙,平日裡寫字是什麼樣兒,刻的字自然也差不到哪裡去,我師祖的字遒勁有力,帶著一股豪放不羈的瀟灑,這大烏龜背殼上分明就是童體字,如初學寫字的幼兒一般。

不過大妖的歷史,我現在肯定是想不明白的,如果非要解謎,等以後出了老林子,解讀嫩狐狸洞裡留下來的獸皮手卷或有可能。

這個洞穴裡再怎麼溫暖,也抵不住這北方的寒冬,我到底還是打了個冷顫,當下也就不再猶豫,開始取魂!

這隻大烏龜的殘魂藏在哪裡我並不知道，只能任由精神力大面積地撫過大烏龜的屍體，只是下一刻我就找到了那殘魂散發的氣息，面色上露出一絲恍然，怪不得如雪說大面積的搜索總能找到這隻大傢伙的殘魂，原來它的殘魂就藏在它的龜殼之中。

也是，大烏龜身上有什麼比龜殼還堅硬的所在？況且烏龜壽長，它若走上妖修之路，這龜殼怕是重點「煉化」的東西，就如巨蛇的毒牙，老虎的爪子，狐狸的精神之尾！

這樣想著，我一次又一次地用精神力突破著這個龜殼，但是時間過去了五分鐘，我竟然對這種突破毫無建樹，一點鬆動都沒有！

那麼冷的情況下，我竟然流下了一滴冷汗，看來我是小視了這隻懶龜的防禦。

但妖魂不得不取，在這個時候，我只有暫時先停下，變幻手訣，並用特殊的辦法「擊打」自己身體的幾個穴位，強行刺激潛在的精神力，如果這一招沒用，我怕是取這隻懶龜之魂，都得動用請神術或者茅術，來強行突破它的龜殼了。

好在我這招到底是有用的，在又「衝撞」了幾次了以後，勉強還是進入了這隻懶龜的「沉睡之地」。

這個沉睡之地，和嫩狐狸、賣萌蛇的並無不同，一進入，入眼同樣是沉沉的黑，不同的只是我進去尋找了半天，我愣是沒找到這隻懶龜的殘魂在哪裡，卻又感受到它的氣息，那種特有的厚重如山的氣息！

是我忽略了什麼嗎？我暗想，如果是這樣，那麼用精神之力「看」顯然就落了下乘，只能用精神之力去感受了，想著，我的精神力也關閉了「視」這一項，純粹地是去感受。

幾分鐘過後，我哭笑不得地重新打開了視，因為我終於發現了這隻大懶龜，它就在我的腳下不遠處非常緩慢地爬動著，一雙黑溜溜的「大眼睛」迷茫看著我，可我竟然能體會到它的情緒，爬快點兒，看看這個人是誰？

也難怪我哭笑不得，因為這隻大，不，是小懶龜，不知道是出於什麼想法，這裡原本就是黑沉沉的了，它的殘魂竟然也是如炭一般的黑，我能發現它才怪！

更離奇的是，這些大妖都是「惡趣味」嗎？一個個都使勁兒把自己往「可愛」裡弄，嫩狐狸人家天生的，不說了；一條蝮蛇，硬生生裝成黑水晶粉藍鐲；一隻烏龜啊，弄個水汪汪的大眼睛幹嘛？你見過雙眼皮兒，大圓眼的烏龜嗎？我孤陋寡聞，倒真是沒見過。

我已經認定了，這是一隻二懶龜，二貨加懶貨，看見爬得慢悠悠的，我也著急，走過去想一把把它抓過來，同是靈體狀態，用精神力抓起它也是正常，可我發現這傢伙是真的厚重如山，我竟然動不了它分毫，而它埋怨地看了我一眼，我又「尷尬」地體會到了它的情緒，「動我幹嘛？討厭！」

我×！我實在受不了一隻烏龜跟我說什麼討厭二字！

可我還來不及說什麼，傻虎又在這個時候咆哮了，同樣是那種迷茫的，親切的，帶有一絲命令性質的咆哮，我手上還捏著二懶龜，忽然就感覺到這貨變輕了，非常「急切」地在表達——帶我走。

這傢伙，魂魄的完整度很高啊，我真有這種感覺，可是在退出它的沉睡之地時，我想和它交流一下，證明我的想法，卻發現這貨趴在我的肩膀上竟然再次睡著了。

這可怎麼辦？一般都要有一個對應的「魂器」才好養魂，就如虎爪、橫骨、毒牙，這二懶龜睡著了，是要我怎麼辦？扛一個烏龜殼上去嗎？我看著那巨大的龜殼，吞了吞口水，我發現我絕對辦不到這個！

很是無奈，但我又不想放棄這最好的天然魂器，只得走過去，看能不能想到辦法？卻發現，二懶龜的龜殼並不是完整的，是碎裂了幾小塊，掉在了地上的，這是老天爺也在幫助我嗎？

我很是開心地趕緊把這些龜殼收了，同樣的，這也是最好的魂器。

這時我也才發現，出來以後，二懶龜的身體就很顯眼了，我非常意料不到的看見，這貨殘魂的背殼上，同樣也保留著那四個歪歪斜斜的大字──懶龜一隻。

它是對這四個字多有感情？還刻意保留在殘魂之中？

這三隻大妖，一隻比一隻怪異，對比起來，傻虎絕對是正常兒童了，雖然傻了一點兒。

這樣想著，我沿著原路退了回去，再次入水那感覺就刺骨了，好在也不用在水中堅持多久，否則我絕對會被凍得抽筋！

「嘩啦」一聲，我終於從水中出來了，新鮮的空氣撲面而來，我第一下下意識的反應就大口大口地呼吸，可下一刻我就僵住了，才從水中出來，那冷風一吹，我沒馬上成冰棍兒已經得感謝老天了。

也就在這時，一張被火烤得暖暖的毯子披在了我的身上，是如雪給我披上的，接著老張就把他的酒袋遞了過來，對我說道：「整點兒，暖一下子身子。」

沁淮則拉著僵硬的我，去到火堆面前，承心哥拿出了衣服……

就這樣，折騰了好半天，我才徹底緩過來，喝著老張給熬的，防止我感冒的薑湯，我忽然覺得在這註定要面臨絕大的危機的老林子，有這麼溫暖的感情，這一趟也算來得值了。如果如雪她……想到這裡，我的神情又有些黯然了，可也就在這時，承心哥問道：「順利嗎？是個啥？」

「自己看吧。」我不停精神騷擾著二懶龜，它終於懶洋洋地睜開了濕漉漉的眼睛，頗為不耐煩的顯形給大家看了。

也不知道賣萌蛇湊什麼熱鬧，趕緊也得意地顯出了它的身形，黑水晶粉藍鐲，驕傲揚著頭！弄得沁淮和如月一愣，然後跟著就大笑了起來，特別是沁淮邊笑還邊擠兌我，說道：「承一，我咋還不知道你有這愛好呢？」

弄得我衝著賣萌蛇猛瞪眼，它根本不甩我，依然驕傲地展示著自己！

笑鬧了好一陣兒，大家才一起打量著二懶龜，二懶龜卻在這些目光下，再次安然睡著了，接著我就聽見大家幾乎是異口同聲地念道：「懶龜一隻。」

顯然，這傢伙背殼上的字被發現了，二懶龜再次醒來了，望著大家的目光，它很無辜，顯然，它不知道懶龜一隻是在說誰！

這次老林子的行程倒也有趣，四大妖魂齊聚，加上元懿大哥那邊祖傳的蛟魂，如果順利的話，老李一脈真正的傳承，竟然隔著一代在我們的手裡完成了。

江河湖海，在那裡，我們最終會尋得蓬萊嗎？

第八十章　最後的安然之夜

和我預料的一樣，這隻二懶龜的魂魄完整程度真的比其他的大妖殘魂高得多，這幾天的趕路，我一無聊就探查這隻「煩躁」的二懶龜，才得出了這個結論。

完整到什麼程度？甚至還超過了我滋養多年，最近又狂進補的傻虎！它有二魂三魄！

這讓我震驚，可是二懶龜的狀態也讓我小小的憂鬱，因為嫩狐狸不知道什麼時候和二懶龜交流過，二懶龜悲憤的發現，它背上刻的字竟然是懶龜一隻，所以它憤怒了。

但也不知道是不是因為它在漫長的壽命中，已經習慣了這四個字的陪伴，一時之間竟然捨不得從殘魂的表現形式上去掉這四個字，所以表現得頗為「煩躁」！

而我憂鬱的原因則是，這隻二懶龜是暫時跟隨著我的，它一煩躁就不知道發什麼毛病，堅持不懈往我腦袋上爬，雖說它是靈體吧，可是畢竟是大妖之靈，大家都看得見。

它壓根兒就不考慮我做為一個男人的感受！頂著一隻烏龜在腦袋上算怎麼一回事兒？

但這只是我們趕路中的一個小插曲，算是為大家越來越緊張的心情增加了一劑調味劑，隨著時間的流逝，在取得二懶龜的第四天，我們終於快要接近仙人墓了。

比預計的時間晚了一些，畢竟仙人墓所處的位置是深林子中的深林子了，老張也不是那麼熟悉，雖然有兩隊人馬在為我們清剿一路上的危險，可是掩蓋在白雪之下的地形危險，可不是那麼好看透的，必須依靠老張的經驗。

就算如此小心，放慢腳程，可有一次沁淮和承心哥還是差點掉進一個雪窩子，好在老張和走在後面的我們反應快，才及時拉住了他們。

但無論怎樣，走到今天我們已經快接近目的地了，卻越發覺得這片深林子詭異了，奇峰突起，地形變化萬千，連動物都很少見，老張這樣經驗豐富的獵人出去為我們找吃的，竟然都是無功而返。

好在我們還有一些留存的乾糧，和老張特意醃製了一下的以前的肉食，才不至於餓肚子，不過老張倒是很愧疚，他總認為有新鮮的吃食和滾燙的熱湯，才能讓人有氣力。

他是一個好人，所以，我得考慮老張的問題了。

這一夜，應該是要面對大戰之前，最後一個安然之夜了吧？在地圖上，我就曾經看過，最後一個大妖之墓離仙人墓很近，但根據現實的腳程，我才發現，最後一個大妖之墓，就在仙人墓的附近，不超過五里的距離。

這樣的距離，估計那兩幫子人在那裡等著我，也不一定，所以，說是最後一個安然之夜也不過分，接下來要發生什麼，會是怎樣的結果，誰也不知道。

篝火熊熊燃燒著，圍著篝火，我們喝著壓縮餅乾加水，加肉乾做的糊糊，老張還在烤著醃製的肉，我心事沉重，掛念著諸多的問題，反而沒什麼食欲，喝完一碗糊糊之後，我放下了飯盒子，摸出一枝菸點燃了，我覺得有些話我必須得說了，雖然我捨不得分離。

「老張。」醞釀了一會兒，我開口了。

「嗯？」老張抬起頭，依舊是那張帶著微微笑意的憨厚的臉，不過看我放下了碗，他有些激動地說道：「嘎哈啊？承一，你那麼大個小夥子，最近事兒又多，只吃這麼一點兒？」

「等一下再吃，老張，我是有事兒想說。」我認真地說道。

我這麼一說，老張不開口了，大家也都望著我，靜待我的下文，我吐了一口菸，有些不捨地說道：「老張，咱們進這老林子也大半個月，雖然相處的時間不長，但我真的覺得把你當我老大哥，所以我必須要把事情給你說清楚。」

「嗯吶，你說。」老張被我那麼嚴肅的樣子，搞得有些不適應，習慣性地摸出了旱菸，等待著我繼續說。

「老張，今夜過後，你就不必跟著我們了，你知道，我不是為了瞞你什麼，這一路走來，你也接觸了不少匪夷所思的事兒，我們從來沒有避諱著你什麼！讓你不跟著我們了，是因為接下來會很危險，你知道的，有兩夥人盯上了咱們，一到仙人墓就要和我們打架了，我擔心我們到時候顧不上你，你要是出了什麼事兒，我會一輩子都不安的。」我很真誠地說道。

承心哥和如雪也在旁邊點頭，吳老鬼也接了一句：「是這個理兒，老張，接下來你不能夠去了啊。」

老張沒說話，看著我，而我還沒來得及說話，如雪也開口了：「沁淮，如月，你們也不要跟去了，和老張一起吧。」

如雪沒說多餘的話，因為理由我都已經說了，和老張的理由是一樣的，沁淮聽了沒說話，他和我認識了那麼多年，心中清楚，有時候修者的戰鬥，他幫不上忙，或者還會成為「負累」。

只是，我也看見，沁淮眼中有著渴望，龍之墓，誰不渴望去見識一下？

相比於沁淮的淡定，如月就激動了，她一下子就放下碗，語氣急促地說道：「姐姐，我要去，我必須去，妳不會認為我是一個手無縛雞之力的女人吧？我也是月堰苗寨出來的蠱女，姑奶奶教妳的，也教了我，我就是要去。」

「如月，別任性。」如雪平靜但不容置疑地說道。

「我就是任性了，和妳相處的時間已經不多，妳沒權利剝奪這個，我必須去。」如月沒有一絲一毫退縮的意思。

如雪不說話了，沁淮在這個時候，也小聲地開口：「承一，你讓我陪著如月吧？你別拒絕我，你要嫌棄我是個負累，那就算了。」

「我……」我瞪了沁淮一眼，被他咽得說不出話來。

老張這時也說道：「承一，我也是想去的，一路走了那麼久，我想陪你們到最後。」

我沉默了，然後一股子火氣一下子竄了上來，狠狠掐滅了菸頭，吼道：「不許去，你們覺得可以拿生命開玩笑，可我不會拿你們的生命開玩笑！這事兒就這麼定了，你們是要留在這裡等我們，還是提前出老林子我不管，總之讓白灰兒跟著你們，也不會有什麼危險！一個都不許去。」

我很少發脾氣，但這一次就下定了決心，老張訕訕的不開口了，他明事理，知道我是為他好，沁淮也不跟著胡鬧了，只有如月，一雙大眼睛裡氤氳了水汽，恨恨地看著我。

那一刻我有些恍然，就像回到了小時候竹林小築的歲月，她就是常常這麼裝，可是此刻也絕對不是我心軟的時候，我說了一句：「妳哭也沒用，妳一定鬧著要去，我真的能下手抽妳。」

如雪也沒開口，彷彿是默認了我的這些話，如月一跺腳，真的哭了，然後轉身跑遠，如雪歉疚的看了大家一眼，追了過去，我沒說話，我相信如雪心中也一定對如月不捨，對寨子不捨，讓她們多說說話吧，多勸解一下也是好的。

「分開總是難過的，老張，來，整一杯吧，小喜小毛，老吳，都盼著和老鄉整一次酒，我們這次先整一次，如果順利回來了，到你家做客。」承心哥忽然摸出了老張的酒袋，故作開心的說著，儘管氣氛還是有一些難過。

老張卻激動了，嘴唇都在顫抖，他忙不迭地點頭，說著：「好好，你們一定得回來，我真等你們來我家做客，不，我就在這兒等著你們，到時候，叫我媳婦兒弄小雞燉蘑菇、豬肉燉粉條、上好的烙餅子、最純的高粱酒，都管夠，咱們好好喝一台！」

「嗯，好好喝一台。」承心哥大聲地說道，也是替我們大家說道。

天到底是亮了，早晨開始就洋洋灑灑地飄起了大雪，剛才還六個人，外加小喜小毛白灰兒吳老鬼的隊伍，就只剩下了我、承心哥、如雪帶著吳老鬼和小喜小毛上路。

他們在我的強硬之下，是不敢跟來了，但無論我怎麼勸說，就是堅定的要留在這裡等著我們歸來。

剩下的路，已經不長了，老張又特地指點過我們，翻過那一座小山脈，應該就是地圖上標示的地方，他還告訴我，那個地方是絕對的神祕之地，在山裡人的說法來看，說是上千年沒人進去過，也不是誇張。

或者真的不是誇張吧，龍之墓！

第八十一章 到達

「你緊張嗎？」在山裡行走了大半個月，我們基本上已經習慣了這種積雪而沒有具體線路的大山了，一座小山脈對於我們來說，真的不是問題，在下午一點多的時間，我們就已經來到了這座山脈的山頂，下了這個山坡，再有一里多路，就是最後一個大妖之墓了，接著，就是龍之墓！

站在這裡的時候，承心哥問了我這樣一個問題。

「我不緊張，我只是還捨不得如雪。」我微帶喘息地說著話，手裡緊緊握著的是如雪的手，呼出的熱氣兒照樣是一陣兒白煙，散在了空氣中，可是我對如雪感情，即使分開，它也存在於我們的過往，不會消散，這是我放下的理由，那是我們的永恆。

「捨不得，已經得了，也就不存在捨了。」承心哥扶了扶眼鏡，小聲說了一句：「沈星最後的承諾，何嘗又不是我的得？」

我笑笑，我能理解，如雪握我的手緊了一下，那是她對我的回應。

我也不知道發了什麼瘋，對著那邊莫名其妙的籠罩著一層看也看不清的白霧的遠方大喊了一句：「龍之墓，我來了，你等著。」

吳老鬼也跟著喊：「大哥，二哥，三哥，四哥，我又回來了，這次我是來給你們報仇的，你們看著啊！」

承心哥眼鏡底下精光一閃，倒不跟著我們發瘋，就小聲陰笑著說道：「參精，你的主人來了。」嚇得在他旁邊的小喜和小毛，立刻倒退了兩步，和他保持距離，而如雪笑了。

我望著如雪也笑，乾脆一把把行李包使勁往山下一扔，牽著如雪的手，朝著山下衝去，承心哥在後面莫名其妙地說道：「這小子，找青春呢？」

說完，他也跟著衝了下來，跟著一起笑，光棍老李一脈，把如雪也帶成「光棍」了，也不知道那邊的人有沒有聽到我囂張的喊聲，估計肖承乾聽見了會評論一句這小子瘋了吧。

剩下的路，的確沒有多少了，下了山坡，那一片林子就莫名籠罩在了一片深深的白霧當中，這是我們遠遠就看見的，山裡人看見這個不會覺得稀罕，畢竟山林就是這樣，哪裡會想到這裡真的不對勁兒，有個龍之墓呢？

踏入這片白霧之林，我們就再也歡樂不起來了，只是走了幾十米，我們就感覺到嚴重的不對勁兒，因為這裡冷，非常的冷，已經超出了外面那種寒冷太多。

吳老鬼來過一次，倒也不覺得稀奇，它賣起了關子：「這裡要不這冷，就絕對到不了那仙人墓吶。」

說完這句話以後，吳老鬼一副得瑟的表情，那意思大概就是你來問我啊，問我啊，可惜我們誰也沒問它，怎麼回事兒，到了地兒，不也就知道了嗎？

這裡這麼冷，莫名的積雪卻不深，我們走在林子裡，很快又發現了新的問題，老林子裡自然是有闊葉樹的，但是到了冬天一般葉子都掉光了，成了樹杈杈，這片林子很神奇的是每一棵樹都枝繁葉茂的，積雪積在了樹上，反倒讓地上積雪不深，行走起來比外面輕鬆了多了。

承心哥把手貼上樹上，仔細感覺了一下，然後眼睛一眯，評價了一句：「好強大的生機。」

「你咋知道的？」吳老鬼一副你怎麼能知道的樣子，追問著承心哥。

承心哥取下眼鏡擦了擦，說道：「這有什麼困難的，我是醫字脈的人，用祕法感受一下植物的生機很正常啊。」

吳老鬼哼了一聲，不理承心哥了，在吳老鬼的世界裡，能得瑟的人只有它自己，承心哥得瑟了，它咋能給捧場？

不過它到底是關不住話的人，承心哥這麼一說，它還是忍不住開口了：「說起來，當初那個犢子也是有本事的人兒，我們當年來這老林子也是這節氣，冷啊！那冰冷刺骨的感覺我現在都還記得！可那時候，我們也發現了這片林子不對勁兒，咋大冬天的不掉葉子呢？特別是這裡又這冷，你們猜結果那犢子咋說？」

我和承心哥早就熟悉了吳老鬼這一套，故意做出一副你愛說不說的樣兒，吳老鬼無語了，又忍不住，只得說道：「那犢子說，這仙人墓葬的是仙人，雖然身死，但身體蘊含的強大能量何其多？一般人是腐爛了，化作了泥土裡的生機，可這仙人的能量釋放出來，就是大量的生機，滋養了這一片兒地方吶！對了，他還說，這老林子裡，有靈的草木太多了，很多靈草靈木會自己跑路來著，見這片兒地生機盎然的，就自己跑來了，仙人墓又不攔植物，所以仙人墓裡這天才地寶是多著呢！」

吳老鬼說完，得瑟地看著承心哥，然後說道：「所以參精算啥？說不定各種奇藥都有呢。」

承心哥又開始喘粗氣了，我趕緊的，從樹上擼了一把雪下來，啪一聲糊承心哥臉上了，說道：「承心哥，注意形象，冷靜點兒。」

承心哥眼睛一瞇，又是精光一閃，然後勉強維持鎮定地說道：「我的，都是我的，上好的靈藥不能浪費，過我手，得救多少人吶！」

「也別聽吳老鬼瞎吹，它又沒進去過，能知道是啥情況？」我拉著如雪的手，繼續在這片詭異的林子裡走著，順便讓一聽到藥材就瘋狂的承心哥冷靜一點兒。

一里多路，走不了多久也就到了，我們其實在這之前，就已經發現了，林子的盡頭竟然是一片懸崖，因為前面看出去竟然是深邃的藍天！大妖墓在哪兒？龍之墓又在哪兒？

而在這片林子的邊緣，已經聚集了涇渭分明的上百人，具體有多少，我已經懶得去細數了。

「如雪，妳怕嗎？」我望著那些人，臉上帶著一絲冷笑，忽然停下問道如雪。

如雪的眼光只是朝著左邊看去，很是平靜地回答我：「一群人，又有什麼好怕的？」

在這片懸崖對出去的左邊，有一座突兀的山峰，筆直，高挺，就莫名其妙的如同一片平地上插了一枝鋼筆一般立在那裡，白雪之下，竟然看不到一條上去的路，也根本沒辦法上去，因為它幾乎沒有傾斜度，看起來全是九十度的直角，四面都是，而山峰有一半都籠罩在白霧之下，那裡就是仙人墓，龍之墓嗎？為什麼在那邊我根本就看不見這座奇異的山峰？這是老林子應該有的地形嗎？又不是張家界！

儘管有疑問，我還是沒所謂地轉頭，帶著一絲冷笑看著那群目光全部盯著我們的人，腳步反而鎮定了，拉著如雪一步一步的走過去，就如如雪所說，一群人有什麼好怕的？

我的身後是吹著口哨的承心哥，強作鎮定的吳老鬼，還有小喜小毛，亦是亦步亦趨地跟著我，到了這一步，誰都沒有退縮。

有什麼好退縮的，已經走到了這裡，在離這群人還有十多米的時候，我忽然大吼了一句：「滾開！」

那些人立刻目光不善地盯著我，有人在人群中發出了一聲冷哼：「小子，夠囂張的啊？」

還有人七嘴八舌地罵我。

「真以為自己是年輕一輩第一人嗎？」

「他媽的，這小子一臉欠揍樣，年輕一輩第一人，靠著師門的名氣吹出來的吧？」

「就是，老李一脈的徒子徒孫，懂什麼叫修者圈子嗎？」

只有一個聲音弱弱地說道：「承一，滾開也包括我嗎？」

我一看，是肖承乾帶著笑容看著我，他果然也是在人群當中，另外，在人群當中還有另外一道目光也頗有深意地看著我，是林辰，他來這裡了，我是知道的。

只不過他看我的目光複雜，估計也是對我敵友難分的狀態。

我對這肖承乾笑了笑，然後說道：「不滾是嗎？沒有我，你們誰有本事取到大妖之魂，儘管去，我滾就好了。」

沒人說話了，修者從某一個角度來說，更加在意一些外物，畢竟修煉一途艱難，財侶法地，都有要求，他們犯不著和我口舌之爭，也不會去強爭那口舌之氣。

如雪在我耳邊說道：「夠囂張的啊？」

我笑著也不避諱地說道：「這些傢伙反正會翻臉，那就不用給他們臉了，不如囂張到底好了，心裡還沒有悶氣兒。」

「就是。」承心哥也吹了一聲口哨，然後我們繼續前行。

那些人竟然自覺地讓開了一條道路，我心想，這下老子風光了，就算這一次戰死了，老子也算是一句話鎮住了兩個厲害門派！

第八十二章　傻虎的悲泣

我拉著如雪的手，豪情萬丈地走向人群，承心哥懶洋洋地雙手抱頭，後面飄著得瑟的吳老鬼、齜牙咧嘴的小毛、優雅的小喜，一行人走得那叫一個「光輝」。

可是走著走著，我就流冷汗了，不對，戲碼不是那麼編排的，這前面就是懸崖了，我們一行人不是來跳懸崖的啊？這不能夠啊！

我一下子就尷尬了，停下了腳步，衝著如雪傻樂，如雪也看出問題了，我這豪情萬丈的是要奔哪兒去啊？

這時，肖承乾站了出來，故作囂張地對我說道：「你不是很本事嗎？能取魂嗎？大妖之墓就在懸崖下邊，去啊？去取啊？」

肖承乾剛剛說完，他旁邊就有一個老者咳嗽了一聲，我的尷尬在場很多人精似的人能看不出來嗎？剛才太囂張，多少人等著我出醜啊？肖承乾故意這樣說，給我臺階下。

我很想對肖承乾說聲謝謝，不過這關係到門派的利益和立場問題了，我到底還是望著肖承乾說了一句：「咋？不服氣啊？我這就去取給你看。」

肖承乾故作不屑的一笑，不再理我了，不過我啥意思，我相信這經歷了嚴酷的「階級鬥爭」的小子不可能不懂。

站在懸崖邊上，舉目望去，除了那「異軍突起」的山峰，眼下是一片連綿起伏的積雪山脈，登高遠望，讓人頓生一片豪情。

我深吸了一口氣，轉頭看了看身後那些緊盯著我的人，衝著他們忽然笑了一聲以後，才平靜地朝著腳下的懸崖望去。

入目處，懸崖下方是濛濛的薄霧，薄霧之下，是一條已經半結冰的河流，巨大的冰塊隨著河流的湧動撞擊著，看得人心驚膽顫！

這完全超出了我的認知，在這老林子裡，還有不結冰的河流嗎？太不符合常理了！再遠望去，那座山峰就矗立在河流之中，四周竟然沒有陸地，也就是說根本沒有一個踏腳的地方可以達到那裡！

我還沒開口呢，吳老鬼就已經對我說道：「承一，啥都別問，先去懸崖之下的大妖之墓吧。」

吳老鬼這麼說，自然有它的道理，它畢竟是來過一次這裡的，看後面的人也不怎麼在意的樣子，估計他們也是知道一些門道的。

剛才看得太遠，這時，我才仔細觀察起懸崖之下附近的地方，發現離我所站的位置七、八米左右的地方，是真的有一個黑沉沉的洞口，旁邊有幾根帶著積雪的藤蔓，不仔細看還真看不出這裡有個洞口。

我回過頭去喊道：「傻看著幹啥？還不想個辦法讓小爺下去？」

我放心得很，在我沒取到他們認為的最後一隻妖魂以前，這些人絕對不會對我不利，至於接下來怎麼樣，我沒那心思想，總是兵來將擋，水來土掩唄。

我的話剛落音，在人群中有多少年輕一輩的人立刻喝罵聲再次此起彼伏的，特別是何龍那個嬌滴滴的漢子再次站了出來，翹著蘭花指罵我：「陳承一，囂張的人一般都不知道自己是咋死的，你這麼囂張，是急著去送死還是咋的？」

看著嬌滴滴的何龍，我再也忍不住了，虎著臉對何龍罵道：「好好說話！行不？」

何龍一下子愣住了，眨巴著他那雙彪悍的漢子眼「嬌憨」地問我：「你啥意思？」

「就是說你不要一直對著我比個蘭花指唱戲，成嗎？」我分外嚴肅地說道。

「你！」何龍被我氣得臉紅脖子粗，他師門長輩可能覺得不好看，站了出來，喝道：「何龍，你下去，你們弄條繩子，務必小心把他們放下去。」

何龍見長輩出來說話了，也不好再說什麼，可是這麼下去豈不是太沒面子了，最後只好嗔怒地一跺腳，說了一句：「人家不理你們了啦！」然後跑回了人群。

我頓時起了一身雞皮疙瘩，在場的漢子和女子一個個全部憋成了一個大紅臉，估計也不好放聲大笑，總得給何龍這個暫時同一陣線的邪修菁英弟子一點面子不是？

一齣鬧劇就這麼結束，也不得不說，有組織的人就是效率很快，不到五分鐘，不僅拿出了專業的登山繩，還小心地幫我們繫好了安全扣。

在多人的「安全保護」之下，我們一行，包括小喜和小毛被順利放下了懸崖，進入了那個洞口。

站在那狂風呼嘯的洞口，我解開了安全繩，隨意對上面招呼了一句：「在這半空中，我也跑不了，繩子就還給你們了啊，謝謝了啊。」

然後也不管上面會回應什麼，第一個進入了洞中，承心哥他們趕緊跟上了。

進入了這個洞中，我就感覺到了這個洞的不同尋常，因為這個洞沒有那種實質性的黑暗，就是一個很清涼通風乾燥的洞穴。

如雪曾經說過三隻大妖，那麼最後一隻大妖的屍體應該是沒有用來鎮壓蟲子的！

會是傻虎嗎？我莫名有些忐忑。

也不知道是不是我的情緒感染了傻虎，當我們拐過一個拐角的時候，傻虎忽然在我靈魂內瘋狂咆哮，我剛想安撫傻虎，卻不想傻虎就如同脫離了控制一般，一下子從我靈魂內竄了出來，一副虎視濛濛的樣子，嗯，它的眼神兒是迷濛的。

這樣的事情可從來沒有過，倒是讓我非常震驚，我試著召喚傻虎，得到了卻是煩躁需要安慰的情緒。

我自然會安撫傻虎，可是傻虎執意要走在外面，我也就隨了它。

這時，吳老鬼抖抖索索地飄到了我旁邊，非常小聲兒地對我說道：「承一，我感覺到了，我剛才真感覺到了，差點嚇得尿褲子了。」

我有些反應不過來，問吳老鬼：「你感覺到啥了？」

「我感覺到了那鬼修的氣息，它發現我了，絕對的。」吳老鬼說得非常艱難，異常小心，還是在自己人的面前，可見他怕成了什麼樣子？

我看著吳老鬼，非常認真嚴肅地說道：「老吳，你放心。」

吳老鬼也頭一次有了正形兒，同樣認真地對我說道：「嗯，那我就放心了啊。」

很簡單的對話，其實已經是我對吳老鬼的承諾。

這個洞穴比起其他三個大妖的洞穴要簡單得多，也明亮得多，我和吳老鬼對話之間，就已經走到了洞穴的盡頭，而盡頭之處，則是一個巨大的岩洞，裡面簡單乾淨，除了一處石台，沒有再多餘的東西，也沒發現什麼大妖的屍體。

只是傻虎到了這裡就狂躁不安，忽然它就仰著虎頭，望向了這個洞穴的頂端。

追隨著傻虎的目光，我也看到了洞穴的頂端，這才發現這個洞穴之所以那麼明亮，是因為在斜著靠近頂端的地方有一處藤蔓遮住了的透光的地方，那是一個「天窗」。

傻虎嚎叫了幾聲，就朝著那裡奔跑而去，它是靈體，自然不會受到什麼阻礙，一下子就一躍而上，輕易就穿越了藤蔓，而我要爬上去顯然費事得多，自然也追不上傻虎的腳步。

可是我能感覺到傻虎的情緒瞬間就變得悲傷起來，我抓緊時間朝上爬，承心哥在下面幫我，小喜小毛自從進入這個洞穴後，就有些瑟瑟發抖，倒是幫不上什麼忙了。

我還在努力著，卻在這時，聽見了傻虎那低沉的，悲傷的咽嗚之聲，似乎是在哭泣，似乎又在迷茫，我和傻虎本是共生之魂，不知道為什麼，我的眼眶也一下子就紅了，那上面到底有什麼？

我抓住了一塊岩石，手臂一用力，終於爬到了藤蔓之處，急切地撥開藤蔓衝了出去，卻嚇出了一身冷汗，差點就沒有站穩。

因為我眼前竟然是一片藍天！而我身處在一塊支出來的大石之上，往前不到七、八米，就是萬丈懸崖！

這竟然是懸崖的另一側，伸出的一塊大石，就如一個傾斜的平臺。

而下一刻，我就看見了大石上，在白雪的掩蓋之下，竟然有一具早已乾癟的虎屍，儘管已經乾癟了，但它白色的皮毛依舊閃亮，那屬於王者的威勢瞬間就壓得我喘不過氣來！

傻虎！我知道這是傻虎！

第八十三章　見證奇蹟（上）

只一眼就有了這樣的判斷，是因為我和傻虎靈魂相連，傻虎在持續悲鳴，而我想拍拍傻虎的背，卻悲哀地發現傻虎只是一個靈體，我不能給它這樣的安撫。

我輕輕撫開雪花，傻虎的身體終於完整露了出來，我下意識地去觀察虎爪，發現左邊的虎掌上確實少了一根原本應該最長的虎爪。

傻虎也留有殘魂在這裡嗎？我下意識地這樣想著，卻發現雪下有模糊的字跡，我趕緊撥開來看，果然在傻虎的屍體旁邊，有幾排豎著的小字。

字不知道是用什麼所寫，就如刻在了這個石臺上，而書寫的方式採用的是並不深奧難懂的文言文，對於我這種經常看道家古籍的人來說，一點兒難度都沒有，很快就讀懂了其中的意思。

大概就是說，傻虎常常下山殘害鄉鄰，手上人命已經過百，懷疑它已經嗜人肉上癮了，偏偏它又是大妖，如果不除去它，會有更多的人命葬送在它手上，所以和傻虎在這深林子裡大戰一場，終於降服了傻虎，並且遵從它最終的遺願，把它帶到了生前最愛的地方安葬，只是在這傻虎將死未死之際，忽然感應到傻虎刻意犯下太多人命，上天多半會懲罰這個大妖，讓它魂飛魄散，在那個時候，剪除傻虎的人聯想起自己所學之祕法，同時又感慨妖物修行不易，或可給它一線生機，於是用祕法從上天手裡「搶」回了傻虎的一縷殘魂。

最後一句則說，此舉逆天，為此也能感覺到自己會遭劫減壽，但不後悔，察覺今日所為，在以後能隱隱為自己的徒子徒孫結下一段善緣。

文字的記載到這裡就完了，落款則是李一光，這是用特殊的符號表示的名字，可是我們老李一脈卻太熟悉，這是我們老李一脈的祕密，師祖會用特殊的符號來書寫自己的名字。

原來如此，其實看到字跡的第一眼，那熟悉的筆跡就讓我知道是師祖了，不過我並沒有太大的驚奇，只因為我從小就知道，這是我身上的虎爪是來自於師祖所滅的一隻虎妖，能看見他的留字多少有一些理所當然的意思。

所以，看完留字我也知道了，傻虎的殘魂為什麼比起其他幾個大妖的殘魂「虛弱」了許多，在我靈覺如此強大的情況下，溫養了那麼多年，都傻乎乎的感覺，原來它是師祖「逆天」，用大神通在老天手裡搶來的一絲殘魂啊，而不是自主留魂，自然也就少了幾分靈動。

這也說明了一件事兒，傻虎的屍體就是空屍體，並沒有預留有殘魂，它能在虎爪裡保有一絲殘魂都是諸多不易了！

最後，師祖料事如神，他的此舉真的促成了我和傻虎的緣分，師傅當年估計也察覺到了虎爪裡的虛弱虎魂，以我的情況用虛弱的虎之煞氣為我辟邪，也是剛好，可惜師祖走得太匆忙，師傅根本就不知道這虎爪的意義……

往事想起，也就太錯綜複雜，總之該是我和傻虎的緣分，那就是怎麼也跑不掉的。

對於傻虎我並沒有隱瞞什麼，儘量的跟它交流著文字上所記載的一切，沒理由我會瞞著我的共生魂，即使是我師祖動手殺了它。

傻虎的理解能力有限，我給它表達得很費力，但占著共生魂的優勢，它好歹理解了這文字上的記載，接著就是一股憤怒的情緒傳遞給了我，不是我擔心的傻虎會記恨我師祖，畢竟真正的妖虎已經不在了，它只是一縷妖魂的殘魂，它的記憶情感都和我相連，傻虎給我表達的憤怒是，你丫騙我吧？吃人的老虎會是我？不，我絕對不相信，我是一隻好老虎諸如此類的。

我無言地看著傻虎，眼神責備，那意思就是我會騙你嗎？以前你不是因為貪嘴，不顧天道懲罰，會落得這個下場嗎？別說不是你幹的事兒，看你這模樣，就知道這種事兒就是你做的事兒！

面對我的回應，傻虎衝我「憤怒」的咆哮，我卻望著傻虎低聲說道：「兄弟，我會好好照顧你的，有我陳承一在，你會越來越完整的，直到有一天真正的找回你自己。」

傻虎聽到了這段話，忽然就不再咆哮了，而是感動地衝著我低嗚，它想用大腦袋來蹭蹭我，無奈也只是靈體，最終，我察覺到了傻虎看著這石台和屍體，有一絲落寞，但也只是一瞬間，就不再留戀，反而選擇回歸了我的靈魂。

我蹲下來拍了拍趴在石臺上的虎屍，口中低聲念叨了一句：「好兄弟。」也才恍然發現，從這個角度望出去，竟然是在嫩狐狸洞穴裡看見的壁畫之風景，那蒼茫的山景竟然一模一樣，原來那壁畫上表達的「巔峰」平臺就在這裡，曾經傻虎最愛在這裡趴著，嫩狐狸也曾來過……

可惜的是，現在嫩狐狸在橫骨裡沉睡，不然它會有什麼感觸呢？這個想法一冒出來，我就冷汗了，想起那三個傢伙的不靠譜，能指望它們有什麼感慨？

也就在這時，承心哥的聲音傳來：「承一，好了沒有，吳老鬼說時間快到了，咱們要抓緊時間去仙人墓。」

我應了一聲，從石臺上跳了下來，就看見吳老鬼激動地對我說道：「承一，再有一個小時，就能真正的去到仙人墓了，你趕緊得想想辦法啊，這麼多人圍著，你得想個辦法咋去啊？」

時間快到了，這句話要怎麼理解？至於辦法，我早就想到了，無非就是光棍要賴到底，一切到了仙人墓再說，我對吳老鬼說道：「你放心，辦法是有的，但是什麼是時間快到了，你給我說說？」

吳老鬼聽說我有辦法也就放了心，對我說道：「這個我也說不清楚，就要開始了，咱們一起到那個洞口，就能把仙人之路看個清楚。」

仙人之路？有意思！我越發覺得這個仙人墓的一切都太有意思了，從某個側面幾乎是展現了神話的力量，今天能親自見證也算不錯。

當下，我也就不遲疑，走在前面，率先朝著洞口走去，這一次連如雪都露出了好奇的神奇，畢竟仁花的記憶裡並沒有這一段，她也想知道仙人之路究竟是怎麼一回事兒。

一靠近了洞口，我就打了一個冷顫，這是冷，真正的冷，比起那一天我下水取魂，還讓我感覺到冷！

原本進洞時，我就聽見了北風呼號，到這個時候出洞，那風聲幾乎變成了怒吼一般，竟然有一種震耳欲聾的感覺！

「承一，為什麼說幾百年才能來一次，就是因為那座山呵，幾百年才會從迷霧中顯出半截真面目，其餘的日子只能看見下面那條江，是看不見這山的。」在狂風的怒吼中，吳老鬼扯著嗓子對我喊道。

我盯著那座山峰，聽到吳老鬼的解釋，一下子就瞪大了眼睛，傳說中的障眼之陣！從古至今，能成功運用它的就沒有幾個道士！

現在所流傳的障眼之陣，大多數都只是利用地形，利用人的視覺差，甚至是人的心理漏洞布置而成的，我完全沒有想到，在我眼前還有個真正的障眼之陣存在，這是真正的奇蹟。

「好冷啊。」承心哥扯著嗓子喊道！

面對承心哥的呼喊，吳老鬼說道：「這算啥冷？這只是剛開始而已。」

吳老鬼的話剛落音，溫度像陡然再降了幾度，接著吳老鬼扯著嗓子喊道：「看河，看下面的河！」

我們趕緊依言，開始緊盯著那一段河流，那一段水流急促得讓人望而生畏的河流，竟然在這一刻水流開始放緩了！

一切只因為它開始結冰了！異常詭異的是河流是從兩岸慢慢朝著中間開始結冰的！

第八十四章 見證奇蹟（下）

結冰，可是結冰有什麼用？那個山峰光滑溜溜的，除了鳥兒，就連猴子也不上去，怪不得這老林子裡的鳥兒扁子能得到機緣了！

可我的想法還沒有來得及說，我再次發現了一個奇特的事情，隨著冰層的慢慢凝結，整個河流的水面正在慢慢降低！

這是什麼道理？我瞪大了眼睛看著這一切，百思不得其解，但估計我承真師妹在，就能為我解謎一些吧，畢竟當年王師叔不是利用了風水大陣，生生沖毀了黑岩苗寨的祕密洞穴吧，這種原理恐怕除了有古傳承的風水師，誰也不知道吧。

我不能理解，可是我能接受，就是我此時的狀態！

「承一，那啥，那啥，望遠鏡，快掏出來看！」溫度更加低了，河面在加速結冰的過程，也在加速水位下降的過程，只是下降的過程不是那麼驚世駭俗，畢竟大海也有潮汐一說，這水面下降的過程比退潮要慢一些。

我朝手心哈著氣，深知這樣的冰冷我們要熬過一個小時，如今才開始了十來分鐘，那大自然的奇景就讓我目瞪口呆，連這無法形容的冰冷都不那麼覺得難熬了。

在吳老鬼囑咐我掏出望遠鏡後，我哪裡又會錯過，趕緊從行李包裡拿出望遠鏡，問吳老鬼：「朝哪兒看呢？」

吳老鬼說：「還能哪兒呢？山腳下啊，那邊山腳下！」

那邊山腳下能有什麼？我狐疑地舉起望遠鏡，朝著那邊山腳下看去，但只是愣了幾秒鐘，我就在望遠鏡的鏡頭裡找到了不一樣的地方，原來隨著水面的漸漸退去，一棵看起來歷經了水流衝擊「滄桑」的石筍慢慢露出了頭！

說白了，就是在這激流之下藏有一根石柱子？

我放下望遠鏡，承心哥和如雪就迫不及待地搶過去看了，承心哥甚至抱起小毛也給它看了一眼，這種大自然的威勢讓每個人心潮激蕩，就連一直被傻虎洞穴裡的妖威壓迫得喘不過氣的小喜小毛也跟著激動了起來，忘記了那對它們來說幾乎是不可反抗的威壓。

可是，我們每個人看過之後，都奇怪了，這水面下降都是為了露出一根靠近山峰的石柱子嗎？就是憑藉石柱子，我們也不可能登得上那座光禿禿的鋼筆柱子山啊，沒可能！

而山峰上的情景我根本看不清楚！因為一切都籠罩在薄霧之中……

還不待我們發問，吳老鬼得瑟開了，它搖頭晃腦地說道：「你們看下去就知道了，要是我給你們揭示這個奇蹟，到時候你們會怪我多嘴的。」

這是什麼道理？不過這時也該吳老鬼得瑟，我們只能耐心的等待下去，這個仙人墓調動的大自然之力到底到最後會給我們展現怎麼樣的一幅奇異壯觀畫卷！

又是一個十分鐘過去了，那根石柱子終於完全露了出來，高過水面七、八米的樣子，也就是說，水面至少下降了七、八米，這個結論讓人咂舌，如此的激流，到底是有多深才能到水底？

不過這遠遠不是結束，結冰的河面開始給我們展示那驚人的一幕了。

隨著溫度的越來越低，兩岸結冰的速度也就越來越快，直到中間只剩下了一條窄窄的河水還在流動，原本這條河流的流動是無比急促的，聲勢如雷，氣勢如千軍萬馬！

那你就可以想像，在急凍之下，剩下地勢越來越窄，那水流能急到什麼程度，簡直就如發出了憤怒咆哮的大軍即將開始衝擊！

而對象就是那一根屹立的石柱！

我的唇舌發乾，奇蹟，真的是一個奇蹟，大自然完全就是在表演魔術，我快猜測到是怎麼回事兒了！可是不容我的猜測落實，那急流已經帶著勢不可擋的氣勢狠狠撞向了石柱！

「轟」的一聲，激流撞上石柱，然後瞬間急凍，奔騰而過的河水留下了一小塊帶著坡度的冰面凝結在石柱之上……

接著，是讓人喘息不過來的接連「轟轟轟」之聲，一次又一次的撞向石柱，撞向留在石柱上的冰面……讓人的視覺受到了極大的衝擊！

這完了嗎？這顯然沒有完！

隨著河流的越變越窄，衝擊也一次比一次激烈，五米的石柱不夠看了，它很快就被越過了，水流沿著坡度而上，繼續朝著山峰衝擊，每一次都留下一小截大自然賜予的神奇「冰路」！

那就是最快捷的，最壯觀的修路方式，水流像是在發揮著「身死」之前最後的，最暴虐的，最光輝的力量，一次接著一次的衝擊。

在薄霧之下，在陽光穿透的映照之下，那條冰路越來越接近山峰！

會成功嗎？在如此激烈的場景之下，我的呼吸都變得急促了起來，簡直想為這激蕩的水流大喊一聲加油啊！

而急降的溫度也在催促著水流發出最後的憤怒咆哮！

隨著最後一聲「轟鳴」之聲，我們都感覺到了大地一陣振盪，連接山峰與水面的一條冰路徹底形成了，水面終於完全凍住！

但這些都不是振盪的理由，更不是結束，振盪是來自於山峰，那山峰滾落下來了無數的土石你快，那一刻就猶如天崩地裂，讓站在洞口的我們紛紛的都選擇了趴下！

是過了好一陣子，才平靜了下來，我發現原本還長滿了青苔與一些莫名植物的山峰，下半截變得真正的「光滑」起來！原來它的本來面目也真的是一根石柱子！

可是吳老鬼已經激動得大喊：「仙人之路出現了，承一，望遠鏡，望遠鏡！」

這次不用吳老鬼催促，我趕緊舉起了望遠鏡，然後，我看見了奇蹟！

因為山峰就像是一個沾滿了塵埃的「翩翩公子」，在抖落了塵埃以後，我們才看見了它的真實面目，原來隱藏在土石之下的，是一道盤旋而上的粗糙石階梯，只是看一眼，就讓人覺得腿肚子發軟，那沒有護欄的階梯是真正的天險！

可是這還不算，在望遠鏡的鏡頭之下，整個柱子山上竟然還有簡單的雕刻，巨大而神祕，我根本窺不得全貌，只能認出來，我能看見一截龍尾，還有那一片片巨大無比的龍鱗！

這是一個盤龍柱嗎？

更讓人無法呼吸的是，這一切的掐算多麼恰到好處，冰結冰路成，而那大自然「修」出來的冰路，自然的就和階梯銜接在了一起！

這就是仙人墓，龍之墓嗎？我的震撼還未來得及結束，上面就傳來了一聲不懷好意的聲音：「陳承一，你那妖魂還沒取完嗎？要我們下來找你嗎？」

呵，這群人震撼完了，開始找我麻煩了嗎？

不過也是早料到的事兒，吳老鬼的臉色又變了，但是我也說過，我早就想好了應對之策，所以也沒有什麼好驚慌的。

我吼道：「妖魂我自然是取到了，四大妖魂都在我手上，現在我要下去，你們隨意啊。」

我故意不解釋得太清楚，而且囂張得有所依仗似的，越是這樣，就越能把我們的安全時間再拖延一些，畢竟他們對四大妖魂算是「投鼠忌器」，誰也不願意放棄這讓人充滿嚮往的仙人墓，所以我打賭在開墓之前，他們不會真正的與我翻臉。

當初吳老鬼一定要我們帶著繩子的原因也真正明瞭，我說完話以後，就開始往自己身上扣繩子，然後在傻虎的洞穴裡找一塊巨大的石頭來固定我們的繩子，我們要下山了。

事實上也和我判斷的差不多，我就這麼囂張地下去了，這些人果真沒有多說什麼。

只是懸崖上熱鬧，他們怎麼能讓我有機會跑了？所以，我一開始下懸崖，懸崖上就如同掛了一串串果實似的，兩大勢力的人也紛紛開始下懸崖！

望著那座山峰，我想其實事情比我想像的好很多，就算開打我多少還能佔據一點兒優勢，如果在我又佔有了速度的情況下！

第八十五章　生死時速

是的，在佔有了速度的優勢下，如此狹窄險峻的山路，他們的人數也發揮不出來太大的優勢，如果說我跑在了前面，佔據了險要……

我臉上不動聲色，心中卻在快速打著主意，其實入墓拿到寶物與否對我們已經不是關鍵了，我們要的無非是昆侖的線索還有送如雪入墓，所以如果真有寶物，那些人拿走我們是無所謂的。

我之所以那麼謀劃的關鍵是，這是兩幫人，他們也是互相之間要爭鬥的，肖承乾那一脈贏了還好說，如果是邪修那一脈贏了，我不覺得我們還有能活著出去的理由！

但如果入墓，以龍之墓的神奇，或者能在墓裡拖延時間，是我們活下去的關鍵，畢竟在來之前，我是讓老張、如月、沁淮回去了的，這就是一線希望。

「小子，你也取到了妖魂，那就乖乖和我們去開墓，或者我們不會為了保密殺掉你。」一個聲音突兀的在我耳邊響起，我抬頭一看，竟然是肖承乾他們那一脈的一個長者，正在不懷好意地看著我。

站在他身後的是肖承乾，肖承乾的神色有些憂慮的看著我，嘴唇在微微動著，我看他的口型，大概是給我說了這麼一句話：「找機會跑。」

我心中冷笑，原來這兩幫子人，沒一個是打算放過我們的啊，這時，已經越來越多的人下來，如雪和承心哥帶著變為黃鼠狼本體的小喜小毛也下來了。

我使眼色讓他們過來，他們也默默站到了我的身後，望著那個發言的老者，還有另外一個也是虎視眈眈盯著我的，估計是邪修一般的主事人，我裝作有些心虛地說道：「我給你們開墓，你們可要說話算話，不要殺我啊。」

說這話的時候，因為裝的心虛，我還假裝眼神不敢和他們對視，東張西望的樣子，其實是趁機用眼神，用口型小聲給如雪和承心哥說了一個字：「跑！」

「哈哈，算是識相，你放心吧……」那老者得意了，開始囉囉嗦嗦，估計也是想等著人全部下來。

肖承乾估計也是相信了我的「表演」，在那裡乾著急，著急到已經快克制不住開口勸我了。

但我這時，卻裝作不知情的蹲下去緊了緊鞋帶，站起來，伸了一個懶腰，忽然就轉身，二話不說就開始朝著那座山峰跑去。

承心哥他們自然是緊隨其後！

我聽見了那個老者喝罵的聲音，還有人喊著追，可是那些都已經不是我關心的重點了，重點只有一個，我們必須要搶先登上山峰。

冰面的河面非常的濕滑，人跑在上面不一個不小心就會狠狠跌倒，加上冰面原本就硬，那滋味和摔在石頭上沒有什麼區別！

我們還穿得是專業的鞋子，可是這一路都是連滾帶爬，摔了不知多少次，更別提我們身後，那一路的「噗通」「噗通」的聲音！

也在這時，一股陰冷的氣機鎖定了我，我想也不想就把傻虎放了出來，對它溝通道：「別想著打贏，用你的速度纏住它們。」

傻虎咆哮了一聲，就衝了過去，這種事情原本也不用想，就知道是邪修放出了鬼頭，拋開邪術，正兒八經的術法，針對人的少，就算有哪個不是大術，不需要準備的時間？

我耳邊的風聲「呼呼」作響，靈魂深處響徹的是傻虎憤怒的咆哮聲，還有那吃力擋住的感覺，我要快點兒，再快點兒！

我一邊跑，一邊把冰鎬從背包裡拿了出來，除了隨身裝著各類零碎法器的小黃包，我連背包都丟棄了，這樣速度可以更快一些。

同樣的，如雪和承心哥也是這樣做的！

「澎」，我再次摔倒了，身體隨著冰面滑行了怕有將近十米，停下來以後，我想也不想的就繼續跑，只是鼻子在剛才被撞得生疼，隨手抹了一把，那鮮紅的鼻血就糊弄了一手，這還跑得真夠狼狽的。

不過，拉風的是，哥們身後跟著好幾十個人在追啊，我有一種拍大片兒的感覺，覺得自己「英雄」了一把！

咬著牙，我幾乎是跑到了自己速度的極限，由於路滑，身體簡直是隨著一種奇妙的慣性在前行，摔倒，滑行，站起來繼續奔跑，這每一分每一秒都感覺激烈到了極點！

但好在，那條神奇的冰路，就在我們眼前二十米不到的地方了。

我回頭看了一眼傻虎，才發現傻虎才是最狼狽的那一個，被幾十個鬼頭所糾纏，我溝通著傻虎，幾乎是狂吼著喊道：「傻虎，撐住了，馬上就到了！」

而自己更加加快了速度！

終於，冰路就在眼前了，可是這種寒冰形成的坡路，如果沒有專門的工具，要爬上去不知道要費多少的力氣，但好在我有冰鎬，用力敲擊在冰面上，牢牢固定住，憑藉著臂力，我終於是第一個爬上了這條冰路！

快，快，要再快一些，這條冰路根本不能讓人正常行走，只能在上面爬行，可是我們幾個到底還是上來了，由於陡峭，只是幾個前行，我們就已經到了比較高的位置，我回頭一看，好笑的發現，這些倉促追上來的人由於沒帶工具，擠在下面，根本一時半會兒都上不了這條冰路！

終於要安全一些了，我長吁了一口氣，真正麻煩的是那些鬼頭，不能讓傻虎再戰了，這樣下去，傻虎會受傷的，我第一時間召喚回了傻虎，然後衝著那邊大喊道：「跑得和尚跑不了廟，這上面也只有一條路，我還能跑到哪裡去？你們要把我從這上面逼下來摔死了，你們什麼也拿不到。」

是的，我的目的無非就是要衝到前面去佔據一個地利的優勢，我的目的已經達到了，在這個時候就是挾優勢來威脅了。

畢竟我是一個修者，他們邪修太清楚了，想要用鬼頭來控制我，根本就不現實，我完全是有可能魚死網破的，而且我那一句只有一條路，也真的是事實！

這句話到底起了作用，邪修們收回了自己的鬼頭，那些追逐我的人，也不是那麼慌忙了，我們終於可以安心上山了。

見形勢平定了，承心哥在我身後一邊努力的用冰鎬幫助自己前行著，一邊說道：「承一，真有你的，知道跑在前面佔據地利優勢，你是怎麼知道的，不能讓醫字脈的人站在順風的高處，一旦我佔據了這種地利優勢，他們就完了！簡直太聰明了，表揚一個。」

我一頭冷汗，我知道個屁的醫字脈站高處好辦事兒啊，我根本就是想到的自己一夫當關萬夫莫開的英雄氣概了！

可是我絕對不會和承心哥說這個，算是默認了承心哥的話，要我承認了，我怕承心哥在憤怒之下，一腳把我從這陡峭的冰路上給踢下去。

冰路不長，大概也就是二十幾米的樣子，連接了山峰和河流，只是非常的陡峭罷了，在專業工具的幫助下，我們爬這二十幾米的冰路也是相當的費時費力，一條短短的冰路，我們竟然爬了十幾分鐘才到了盡頭。

我是第一個站到了那座怪異的山峰上的，只是一站上去，我就發現在山峰上飄蕩的霧氣包圍了我，但並不影響我的視線，反而給我帶來一種十分舒服的感覺，就像這霧氣有滋養的作用，讓我有些疲憊的身體和精神都感覺到了一陣陣的舒服。

這霧氣有什麼古怪嗎？我來不及打量周圍的環境，第一個想法就是如此！可是就算有什麼古怪，都扯到一些大能之人，甚至龍了，也不是我這個小蝦米能看出什麼來的。

我看了一眼我所處的環境，讓發現就這個高度，離冰面不過十幾米的高度，就讓我覺得頭暈目眩，因為這地勢實在是太危險了，沒有護欄的簡陋石梯，只有兩米不到的寬度，站在這石梯上面，怎麼可能不頭暈目眩？

更別提這山峰不是一般的高，至少我抬頭看了一眼，不算籠罩在霧氣中看不清楚的地方，就算我看見的高度，至少都有好幾百米！

真夠嚇人的！

不過，這事情不是關鍵，我小心翼翼地貼著山壁，讓如雪和承心哥帶著小喜小毛走到了我前面，至於吳老鬼不用擔心，它是飄的，一萬米和一米對它來說沒有區別。

剛才我喊得好，說是沒有路可逃，可是這一刻，看著冰路，我卻有了新的想法——火龍術！是不是給他們製造一點兒麻煩，再拖延一點兒時間呢？

火龍術不足以毀掉冰路，但拖延時間絕對沒有問題。

可是，下一刻，我準備施術時，卻徹底震驚了。

第八十六章 神祕之山

我的震驚是因為我發現，我根本很難去溝通天地之間的火元素，根本聚攏不了周圍的火元素，那就更別提五行術法裡的火之法了！

我絕對不會幼稚的以為，因為這裡是冰天雪地，就沒有辦法使用火龍術了，要說有可能，那麼只有一個可能——那就是這裡禁止了五行法術。

引天雷之術嚴格說來也算五行法術中的一種，我只是稍許的試了一下，發現這個術法在這裡也不好使了。

那麼我的猜測被證實了，這裡是一個禁止五行法術的地方。

在道家的歷史上，曾經就有這麼一個神祕的說法，有的大能之人就布置絕對的「禁法」之陣，聽起來很神奇，而現在新流派的道士，也就是說接受了道家的古老教育但同時又接受了科學衝擊的道士，卻對這個「禁法」之陣提出了新的理論！

就比如說絕對真空！其實道家的一些術法，理論，是可以用物理學還有化學來解釋的，天地之中飄散的各種元素，說起來也沒有那麼神祕，化學物理學既然能發現原子、分子，那麼隨著技術日新月異的發展，未嘗不可以發現別的。

只有絕對真空才能真正的「禁法」！

不過對於這些新流派的道士提出的理論，師傅曾經也給我講解過這麼一段兒：「其實也不盡然，除非絕對的存思空間或者思想空間，擱現實裡，空間總是有個限度的，就比如一個木箱子，你試著在裡面裝了泥巴，你還能往裡面倒水，但如果你把泥巴揉緊了，就比如變成了品質更緊密的橡皮泥，你覺得還能倒進去多少水呢？簡單的說，我要禁止你使用火法，那麼在這片空間裡面，我可以用絕對強大於你的法力，溝通天地，使這裡布了水之元素，那麼你覺得你還能使用火法嗎？」

所以，我雖然震驚，卻曾因為師傅的講道，和自己所看的一些雜學，卻並不感到疑惑，只是越發佩服這裡的「主人」，在這裡禁五行法術，那麼這裡一定布滿了別的「力量」。

我仔細感受了一些，一下子在心裡就明白了，滋養靈魂，那麼這裡布滿的是「陰」性的能量，至於身體感覺到舒服，而不是補益，更好解釋——這裡充滿了生機！

如果這樣的話，我一下子放出了傻虎，讓我震撼的事情發生了，在這裡，傻虎的化形有如實質，連每一根毛髮都栩栩如生，即使有猜測，但這到底還是震撼的一件事情。

果然是龍這種頂級大妖的墓地，我甚至懷疑這裡根本就是建立在一個陰脈的聚集點之上，也就是純淨陰氣最集中的地方，我真的很難想像，如此的世間，竟然還有這種地方。

傻虎傳來了這裡異常舒服的資訊給我，甚至連自己的思維都清楚了幾分的意思，既然傻虎覺得舒服，我也就不召喚它回去了，任由它在外面，不僅是傻虎，連小喜和小毛都覺得異常舒服。

可是人不比妖物，身體承受過多的陰氣，陽身會受到很大的影響，因為承受不住，只不過因為這裡的生機也旺盛，我們才能承受住這種「陰氣」帶來的冰冷。

真是神奇，用生機當做「陽氣」，竟然把這個地方布置成了一個真正陰陽調和的地方，還隔絕了五行之力，簡直顛覆了我的想像，站在這裡，我真的開始嚮往起，那神奇的淹沒很多真相淹沒在歷史中——大能輩出的年代了。

「承一，發什麼呆，快走啊。」吳老鬼催促道，在這裡，做為靈體存在的它也感覺到了舒服。

但是承心哥就嚴肅了，他從隨身的包裡摸出了一小瓶藥丸，然後分給了我和如雪一人一顆，說道：「這裡陰氣太重了，雖然是純淨的，不含負面情緒的陰氣，可是對我們終究是有影響了，待久了，我們的陽身連血液都會被凍僵，含著它要好些。」

說完，承心哥率先含住了一顆藥丸，我和如雪對承心哥的信任是絕對的，想也沒想，就含住了藥丸，藥丸一入口，一股暖洋洋的氣息就從身體裡升騰而起，彷彿從身體的深處解除了一些寒冷。

不過，我倒是好笑的發現，承心哥的臉上出現了「肉疼」的表情，想必這些藥丸其實是很珍貴的藥材製成的吧。

一步一個階梯，我們盯著迷濛的霧氣，開始在這座神奇的山峰上前行，這些霧氣是什麼，我心中已經有了答案，那就是快化為實質性的陰氣——純淨的陰氣！

這簡直太珍貴了，如果修者選擇避世而修，又有合適的能保陽身的方法和丹藥，這裡簡直就是夢想中的天堂！

可是這太理想化了，並不可能實現，這世間到了如此的環境，這種想法真的只能是理想。

在山上前行，唯一能做到的就是無視腳下的深淵，我儘量把注意力放在山壁上，這時，我才發現山壁上的主雕刻是一條龍，每一片龍鱗都比我整個人還要大，這是一個絕對震撼的奇蹟，如果說這座山峰能現世，那我華夏會再次多出一個讓世界震撼的奇蹟！

但事實上，這也是不可能的，這座山峰有太多讓人難解的疑點，就比如為什麼幾百年才出現一次，是什麼力量可以隱藏如此巨大的一座山峰。

我在想，這些是不是要我爬上去以後就會有一個答案？看著上層的濛濛霧氣，我忽然對這座龍之墓有了一種自己都不解的極大嚮往！

在繞過了一個上山之階的拐彎之後，我們再次能看到冰路那邊下方的情景，此時我們離冰面已經有了將近七、八十米的距離，這麼看下去，確實很「銷魂」，可也不得不看，後面不是有兩幫人還在追著我們嗎？

這麼看下去，下方的人就像螞蟻一般，但也能清楚的看見，最前方的人已經順利登上冰路了，動作真夠快的，我們上到山峰不過十分鐘左右，他們就已經全部過來了，而且已經整合好了工具開始攀登冰路。

「我們快一些，早點上去，說不定承一你還能弄個陣法。」承心哥望了一眼下方，對我說道。

「怕是沒什麼時間弄陣法了，你還真當我是天才嗎？小北在，都不可能做到。但我們也不是沒優勢，因為這裡限制五行之術。」我一邊攀登著階梯，一邊對承心哥說道。

「小北是誰？」承心哥先木頭木腦地問了一句這個，我才想起，小鬼的事件，我也只是給承心哥說了個大概，具體的人名他根本不知道。

可是下一刻承心哥卻激動了，激動之下，差點滑下山峰，幸好是小喜動作快，一把拉住了他，才沒讓悲劇發生，可承心哥卻根本不在意這個，他大聲問我：「你說真的，限制五行之術？那不就是說，我們無意中占了極大的優勢？你有傻虎啊！」

的確，承心哥不傻，一下子就抓住了關鍵，這裡限制五行之力，卻又有充足的陰氣，那麼傻虎的確能極大的發揮，我們竟然在無意中再次佔據了一個除了地形以外的優勢！

所以，面對承心哥的激動，我點頭說道：「是的，傻虎能極大的發揮，可是，也不見得輕鬆，吃虧的應該肖承乾他們那一脈，你不要忘了，邪修的鬼頭在這裡也能得到極大的發揮。」

承心哥已經不在意了，大手一揮，說道：「怕啥，我們有師門祕法，這一次，我們說不定要傳出令整個修者圈子都震撼的一次大戰！」

是啊，師門祕法，你又沒有學會，打手還是我，當真是輕鬆啊，我無語了，可是面對這個腹黑春風男，我又不能這樣說，否則指不定他又精光一閃，「記恨」上我了。

沉默的繼續趕路，能早一些到，熟悉環境，也是一個隱藏的優勢，我們沒指望能及時開墓，畢竟封墓的，又不只一個需要四大妖魂的大陣。

但也不代表，我們不會試上一試！

很快的，那兩脈的人也上山了，而我們走在前面，已經有了百米的距離，我敏感地發現又出現了讓人震驚的變化！

具體的來說，就是到了百米的距離之後，山壁上的壁畫變了！

第八十七章　驚嚇的震撼

我們清楚看見，山上的壁畫除了那條主體之龍以外，還多出了其他的壁畫，非常顯眼。

如果只是多出了其他的壁畫，這個並不能讓我們吃驚，真正讓我們驚奇的是，這壁畫我們很熟悉，因為我們見過類型相同的壁畫！

壁畫上畫的是人——戴著那個奇異面具的人。

面具上的表情曾經還引起過我的猜測，是不是和肖承乾他們那個組織有關，後來肖承乾也找到了我，說這個龍之墓有可能是他的先祖之墓，讓我的這個猜測又加深了一番。

直到後來，如雪告訴我，這是龍之墓，我才打消了這個疑慮，可如今看見這個壁畫，我又浮現出了這樣的猜想，為什麼這些戴著面具的人會出現在山壁上的雕刻裡，難道真的是有聯繫嗎？

我一路走一路看，卻發現這壁畫根本沒有具體的內容，那些戴面具的就像是在做一個儀式，全部都朝著龍的身影膜拜，非常的單純無聊，我看了半天也沒看出個所以然來，索性也就不看了，繼續朝著山峰之頂攀登。

再過了一百米以後，壁畫上，又出現了變化，同樣是單一的內容，表達的卻是這些面具之人誓死追隨龍的心情，因為壁畫上表達了一幕，就算前方是刀山火海，他們依舊追隨，哪怕性命不保都追隨的決心。

這些人到底是什麼人啊？我發現越來越多的謎團擺在了我的面前，我以為繼續向上攀登，再過一百米又會出現新的內容。

可是沒有了，我們向上走了不知道多少階梯，這麼環繞著怕是有五、六百米了吧，那壁畫再也沒出現過任何的變化，直到我們進入了那雲霧更加濃厚的雲霧區！

這一次，壁畫終於有了變化，那些面具之人不見了，出現在眼前的竟然是一些很大的線條，紛亂得根本看不出來是什麼，直到走完了這兩百米的距離，我們才由上而下地看清楚，原來這些線條組成的是一條蝮蛇的畫面，它對著龍膜拜，這……這是展示的第一個大妖之魂！

果然，是有聯繫的。

我本能地朝上看，卻發現越朝上看，那雲霧越是濃厚，彷彿有了一種登天的感受，也根本看不清楚上方到底是有些什麼。

到了高空，空氣有些稀薄了，我忍不住在想，加上本身的地形，這個山峰到底有多高的海拔啊？如果再無限制往上延伸，怕是我們這樣，根本登不上去，因為首先就要面對缺氧的折磨。

修者畢竟也是人啊！

但我的擔心是多餘的，我們很累地往上攀登，發現每二百米就會有一個大妖的雕刻，我依次看見了二懶龜，嫩狐狸，到最後，我看見的竟然是傻虎！

終於，我們也到了階梯的盡頭，終於看見了龍頭的全貌，沒有什麼好懷疑的，這不就是古代傳中裡的龍嗎？馬臉，鹿角，五爪之龍！

我想過，我不要激動的，可是畢竟龍是我華夏的圖騰，我們也自詡為龍的傳人，如今見到了它，能不激動嗎？

可是激動過後，我還是不忘習慣性地朝著上方張望。

此時，雲霧也再也不能對上方形成遮掩了，因為我們已經走到了終點，而終點竟然是一個向外延伸的平臺！

平臺是什麼樣子的，我們根本看不清楚，因為就像一朵巨大的陰影，籠罩在了我們的頭上！恐怕只有站上去，才能清楚地窺見這平臺的本來面貌！

雲深不知處，此時我們已經忘記了，我們是處在上千米的高空了，周圍的雲霧給了我們錯覺，我們幾乎是衝上去的，因為漫長的攀爬，早已經讓我們的身心疲憊到了一個極點，終於看到了盡頭，那種興奮的心情，根本不是文字能夠言表的。

爬上了平臺，我們才吃驚地發現這裡根本空無一物，整個造型卻也清楚了，分明就是一個龍爪，造型很奇異，可就是這樣嗎？

傳說中的龍之墓在哪兒？

我們四處打量著，只有吳老鬼老神在在的，我瞪著吳老鬼，馬上想讓它說出是怎麼一回事兒，吳老鬼被嚇得一縮脖子，剛想說，卻不想一陣風出來，吹散了一些盤繞在前方的雲霧，我們的眼前竟然出現了一條籠罩在雲霧中的小路！

什麼！

這就是我們每一個人的想法，在我們的心裡，這座山峰根本就不能叫山，叫個柱子還差不多，我們也本能地以為，龍之墓就建立在峰頂上，而峰頂應該就是一個不大的平的山頂。

怎麼想，也不能想到，這裡竟然藏著一條籠罩在雲霧中的小路！我那可憐的空間概念，根本拼湊不出這是一個什麼樣的地形，這世界上有如此奇怪的嗎？難道它是呈傘型？這也太扯淡了吧？或者是一個鋤頭型的山？

這樣的想法，讓我目瞪口呆，根本自己就難以接受，所以遲遲不敢踏上這條小路！

吳老鬼歎息了一聲：「踏過去吧，會有神奇的變化的，當年我們兄弟五個也是嚇呆了，可是這世間神妙的事情，豈是我們能全部理解的。」

承心哥的接受能力比我強一些，他對我說道：「承一，你難道忘了鬼市山門的存在？那樣的存在都會有，這個算得了什麼？師傅曾經說過，空間為宇，時間為宙，然後它們組成了宇宙，時間和空間的謎題要是能解開了，不也就是看透了宇宙，不要想那麼多，我們走過去吧。」

「嗯。」我點頭！既然上古的大能能在空間中做出一個容納修者之魂的山門，那麼妖修的巔峰大能，能有這樣一個墓也不奇怪。

所以，我深吸了一口氣，鼓足勇氣踏上了這條小路，還好，也只是一條只容一人通過的小路，我們的地形優勢依然是存在的！

我這樣想著，想儘量的讓自己變得輕鬆起來，可又哪能輕鬆？

因為，一踏上這條小路，我就發覺自己有了一瞬間的不真實感，對的，就是不真實的感覺，難道這裡是一個幻陣嗎？我只能這樣猜測！

但就算是幻陣，我也只有硬著頭皮朝前走，那一瞬間的不真實感，讓我一度懷疑自己是不是瞬間以靈體的方式存在了，畢竟當年那個過山門，是以靈體的形式走進去的！

可是我摸了摸自己，有溫度，肉的軟度也存在，我的肉體是確實存在的啊！

我想回頭給承心哥說一句話，也只是想表達一下內心的感慨，卻不想我還沒來得及回頭呢，吳老鬼就大聲地衝我喊道：「承一，別回頭，千萬別回頭！」

為什麼不能回頭？我眉頭緊皺，加上性子裡本來就有拗的壞毛病，終究還是不顧吳老鬼的勸阻，猛地回頭一看，只是回頭一看，我就差點跌倒了，因為這一次我是千真萬確的嚇到了！

承心哥趕緊扶住我，說道：「怎麼了？」同時也回頭一看，在這個時候，他也嚇到了，但我們互相攙扶著，到底沒有從這條神祕的小路上摔下去。

吳老鬼歎息道：「叫你們別看的，你們偏要看，這下嚇到了吧？還有，別從這條小路上跌下去啊，跌哪兒去了，到時候誰也不知道！」

可是，我們哪有心情和吳老鬼說話，因為我們真的處於驚嚇的震撼中！

我們看到了什麼？看到了——我們自己，就站在小路的入口處！

人還有比看見自己更驚嚇的事情嗎？就算修者也不能免俗，況且還是在我們確定，我們不是靈體的狀態下，沒人能為我們解釋什麼，就算來過一次的吳老鬼也不能解釋！

「鏡像嗎？道家幻境中的最高境界，那就是鏡像，折射出一個真實的世界，並包括世界裡的人全部真實的折射而出。」我喃喃地說道，原本我是不可能知道這種高深的術法的，那恐怕只能是存在於傳說中的神仙手段了，可是很多道家的古籍卻都有記載，說是幻境到了高深處，與真實世界無別分別，那就是一個鏡像世界！

難道，我們是到了鏡中的世界？

可是如雪卻搖頭了，她說道：「不是幻境。」

不是幻境，那還能是什麼？

第八十八章　她的背影

可是如雪搖搖頭，並沒有給我們一個確切的答案，但好歹對我們說了一句話：「我只知道一件事，如果能進入龍之墓，這件事情就一定能有答案，這就是仁花記憶的提示。」

如雪說完這句話，我內心雖然驚恐，但還是忍不住朝著我們站立的方向看了一眼，她竟然跟我說這玩意兒不是鏡像？我真的難以接受。

但是這一看，卻讓我看見一個我自己都難以肯定是不是錯覺的細節，我發現是站在路口的那個我，好像表情有了非常細微緩慢的變化，但揉了揉眼睛，一切又是安靜且靜止的。

這個是……我眉頭緊皺，好像有一點點靈感的感覺，可是相比較於我愛去想那些飄渺虛無的事情，承心哥顯然更現實，他直接問吳老鬼：「看著駭人，但這些對我們有沒有實質影響？」

吳老鬼有點二愣愣地說道：「沒有啊，至少我們兄弟幾個上次進去，是啥影響沒有？就是這種自己看著自己站在那裡的感覺嚇人。」

「真的沒有一點點實質影響？」承心哥瞇起了眼睛。

「嗯吶，不然還能咋的？如果害怕也能算個影響的話。」吳老鬼老神在在地說道。

承心哥沒問了，對吳老鬼是信得過的，所以輕輕推了我一把，對我說道：「承一，還看什麼呢？走吧。」

不得不說，承心哥比我乾脆。

我收回了目光，逼迫自己儘量不去想另外一個自己還在路口的事情，繼續前行，心中卻有一種走在獨木橋上的感覺，那也是沒有辦法的，因為吳老鬼說了，千萬不要掉下去，否則就不知道掉哪兒去了。

於是，我的每一步都變得小心，卻不想在這條小路上前行了幾分鐘，一個拐角以後，那層一直籠罩的薄霧卻詭異地不見了，而出現在我眼前的，竟然是一個山谷。

看到這個山谷的瞬間，我就呆了，因為我沒想到那個「通天龍柱」爬上來，我看見的是這麼一個所在，世外桃源一般美麗的山谷，真的美得讓人心顫。

我是沒有看錯嗎？掛在天際盡頭的如紅綢般的夕陽，映照著山谷中那爭奇鬥豔的花朵，顯出了一種讓人心顫的勃勃生機。

翠綠的草坪，幾叢翠竹，在繁華的爭奇鬥豔之下，卻又平添幾分清幽，配合著那無盡的天光，這樣的所在怕是只能出現在夢中而已。

「如雪，妳掐我一把，妳告訴我外面的老林子其實是冰天雪地的。」我有些不敢相信自己的眼睛，喃喃地說道。

如雪卻平靜地說道：「有無限生機滋養的地方，這麼美是應該的。」

相對於我和如雪，一個呆，一個靜，承心哥卻已經「瘋」了，他推開我們，幾步就跑到了這個山谷之中，蹲了下來，仔細觀察著，臉色變得癲狂，口中喃喃自語，那樣子顯然是情緒已經超出了掌控。

「承心哥，是發現了什麼了不得的藥材嗎？」我想到的只有這個可能。

「不不，不是藥材，就只是普通的植物而已！可是它們已經突破了生長的極限。」承心哥的語氣平靜，可是那顫抖的聲調已經出賣了他。

「什麼意思？」我站在小路的盡頭問他，我沒有挪動步子，只因為我決定了，我要死死守在這條小路的盡頭，因為安靜不了一些時候了，我們要面對大量的敵人。

「很簡單的意思，打個比喻，你陳承一能活一百歲，可是你卻活了兩百歲，都還在生長的意思，只是很緩慢，你懂了嗎？」承心哥的語氣終於不再平靜，而是有了一絲癲狂。

「那又有什麼意義？」我已經轉身，重新面對這條小路，死死地盯著遠處那霧氣籠罩看不清楚的地方，我在等待著敵人的出現。

「意義大著呢，如果這裡種植上藥材，你覺得會是一個什麼概念？我都想賴在這裡不離開了。」承心哥大聲對著我的背影說道，我沒有回頭，只是大聲回應了一句：「那你就享受吧。」

說完，我站在路口，依然沒有動，小喜和小毛卻悄悄站在了我的身邊，吳老鬼也飄蕩在了我的背後，一副如臨大敵的樣子。

「承一，週邊的陣法讓我來吧，在很多年以前，它們就被仁花的蟲子破壞得差不多了，否則僅憑當年那個誘騙老吳的人又怎麼可能撼動它。」如雪來到了我的身後，輕聲對我說道。

我轉頭看著如雪，嘴唇動了動，想說點兒什麼，卻終究沒有說出口，原本的是在那夜之後，一路決心，送她來龍之墓，只因為尊重她覺得值得的事情，有一種我們的愛情犧牲在不得不犧牲的事情面前的美好和壯烈。

可到了此時，如雪說要開墓，我的心中卻激蕩起了強烈不捨，她就要離開而棄凡塵了嗎？眼前這個女子，我多想是要放棄全世界，也要抓住的人啊。

可惜，我和她，誰都放棄不了全世界，也沒有資格放棄全世界，當愛情觸碰到心中的守護與底線，於是她選擇了守護，我選擇了底線。

喉頭發澀，發酸，像是吐出每一個字都那麼困難，是最後的掙扎想說一句：「如雪，我捨不得妳，留下吧。不然，我陪妳守墓，管它天崩地裂，我只要妳。」到了口中卻變成了：「嗯，妳去開墓，我守在這裡。」

如雪深深看著我，忽然就撲進了我的懷裡，抓著我胸前的衣襟，手指發白，然後抬起頭來，堅定而又決絕的吻住了我，周圍美景如畫，安靜得如同世界的盡頭，她卻和我到了只爭朝夕，愛情燃燒到最後的絢爛。

離開我的嘴唇，如雪輕撫著我的臉說道：「記得一個人的滋味，比記得一個人的樣子往往來得更深刻，一點點的回憶，有時可以溫暖整個人生，承一，我們有太多回憶了，日後，我只想你做到無憾。」

我的牙齒緊緊咬著，整個腮幫子都是生疼的感覺，最終點了點頭，這一點頭，就如同在做今生最重要的決定，我娶她，和我放棄她，不都是我生命中最重要的決定嗎？

如雪離開了我的懷抱，我的目光卻追隨著她，她慢慢走入山谷，就如同一個本不該存在於這世界的女子，慢慢回歸屬於她的仙境，那隻猙獰的蟲子也不知何時飛了出來，身上還帶著如雪未乾的血跡，盤旋在如雪的身後。

我那一瞬間有一些恍惚，哀傷到了極致，反而只是麻木，還記得自己要做什麼，是要面對敵人來著，不是嗎？

我轉身，身後響起了如雪的聲音，那充滿了奇特韻律感的一種奇妙聲音，似是口哨，卻又像是低吟淺唱，配合著那隻蟲子奇特的蟲鳴聲，讓人直觀的第一感受，就是她開始了召喚。

我微微瞇起發澀的眼睛，睜大著它不掉眼淚對於我來說也是一種折磨，那發自如雪的聲音，配合著這如血的夕陽，也道不盡我此時心中的悲愴，犧牲果然不是那麼好做的。

「承一，很難過嗎？」承心哥低沉的聲音在我身後響起。

我沒有回答，有一種難過根本就是說不出口的，說了反而是矯情，我的目光只是停留在那霧氣中的小路上，我急需要一場戰鬥狠狠發洩那心中滴血的疼痛，太疼了，哪怕是戰死，我也不想這樣疼死。

「曾經記得，我也這樣失去過一個女孩子，那一天你陪我爛醉，你還記得我們在半夜的街頭吼著的那首歌嗎？」承心哥忽然這樣說起，又或者他根本就不要我的答案，因為我根本還沒有回答，承心哥低沉的聲音就已經開始輕輕哼唱起了那首歌曲。

「沒有人能夠告訴我，沒有人能夠體諒我，那愛情到底是什麼，讓我一片模糊在我心頭……」

漸漸，我的淚水溢滿了眼眶。

「過了今夜我將不再有，也許今生註定不能夠有，眼看那愛情如此漂泊，只能含淚讓她走，她的背影已經慢慢消逝在風中……」

「只能每天守在風中任那風兒吹，風兒能夠讓我想起過去和你的感覺……」我哽咽著和承心哥一起低聲唱了起來。

就如同我們常常像傻×的行為，大妖墓穴中面對師祖的遺言，哭得涕淚橫流，如今面對大戰，卻一同唱起一首歌，緬懷逝去的和即將逝去的愛情。

山谷中的如雪，低吟淺唱般的呼喚，繁花似錦的清幽山谷，天際的永恆夕陽，兩個男人的悲愴歌聲，心中的萬千情緒……

命運終該沉澱，放下的一切的一切。

「有心情唱歌，老李一脈的人，果然不能用正常的眼光來看待啊。」霧氣的深處傳來了一句人聲，還未見其人。

可是，已經來了，不是嗎？

第八十九章　憤怒的開始

我不看來人是誰，甚至什麼也不問，閉上眼睛，我就掐動起了手訣，我心中有一股沉痛的悲涼需要發洩，原諒我卻無法去找一個「冤有頭，債有主」的地方狠狠質問。

只能這樣，用無盡的戰鬥掩埋掉一切的悲涼。

這個奇異的空間同樣是禁止五行法術的，我心中清楚，我也清楚這一場戰鬥，一開始我就不能就一絲一毫的放鬆，否則我只是一道「脆弱」的牆，根本無法護得如雪周全。

所以，我沒有提前做任何的準備，我只是掐準了時間動用了合魂之術，這一次我要做到自己能做到的極致。

濃霧翻滾，走在前方的是一個老者，我不認識他，而緊緊跟隨那個老者的人，我卻認得，不就是那個陰沉的老者嗎？

我雙眼冰冷地看著他們，再一次的，靈魂力調動到了極限，手訣掐動到了極致，心神凝結到了極限，照樣看見的只能是一片紛亂的指影。

在這個時候，小喜和小毛也同時咆哮了一聲，在這個地方既然不能動用五行法術，它們能依靠的只能是自己強悍的肉體，還有多年苦修，靈智未全開，靈魂力卻異常澎湃的靈魂來幫著我抵擋。

承心哥什麼也沒做，只是靜靜站在我身後，醫字脈的人不大規模的對敵，前方沒有保護，輕易出手顯然不是一種智慧的行為。

而吳老鬼在我身後，我看不到它的舉動，可是它那來自靈魂深處，顫動的憤怒情緒，和一種莫名的掙扎之情我也能體會到。

當然，這一切只是看見並且體會，我卻沒有任何的想法，是不能產生任何的想法，在全情投入術法之中的時候，人只能做出機械的回應，根本沒有多餘的思維，這就是施展術法的狀態。

「這個小子竟然真的敢動手，原來是要佔據地利的優勢啊。翁立，他礙事，踢開他，既然兩個門派擺出合作的心態，你們拿出一點兒誠意吧。」那個走在前方的老者忽然開口說話了，語氣對我甚是不為在意，可是他盯著我那紛繁的指影，眼神中卻滿是忌憚。

那個好像知道一些內幕的陰沉老者原來叫翁立？我看了他一眼，在施術的同時也不能抑制腦中的一個想法，等一下要留下他，如雪我不想放棄，我總想聽聽這個知情人會有什麼看法。

這樣的心思不靜，讓我的術法不由自主的就被中斷了一下，掐動的手訣差點因為靈魂力不繼而停滯。

我趕緊在心中默念靜心口訣，務求心思趕緊沉澱，好在挽回得及時。

那個叫翁立的老者看我明顯沒有那麼忌諱，甚至有一些不屑，邪修行事原本就偏激，極端，更有一種不喜把眾生放在眼裡的狂傲，他沒有理由會看得起我這一個小輩。

在那個老者發話以後，那個翁立神情都不帶變化地小心地擠到了那個老者的前方，口中只是淡淡說了一句：「也好，冤有頭，債有主，你這個小子，也能祭奠我被你毀掉的鬼頭，以你的靈魂做基礎重新煉製一個鬼頭。」

廢話真多，我看著他無悲無喜，這種無視他明顯也知道不是我刻意，卻還是忍不住怒火衝上來的感覺，邪修可不像正道一般，講究一個心性的克制。

所以他連連冷笑，一揮手五個青面鬼頭出現在了他的身體周圍，全部是何龍上次與我對敵到最後使用的那個級別的鬼頭。

傻虎開始在我的身體內憤怒地咆哮，在踏上小路之前，傻虎就不知道為什麼縮回了我的身體，像是昏沉沉一般，卻不料此刻在我的術法之下醒來，卻有一種平常不曾有的威勢，彷彿恢復了它巔峰時期的五分力量。

我懶得去思考那麼多，閉上眼睛，自己的魂魄開始和傻虎融合……

只是在閉眼之前的一刻，我看見了那翁立「輕巧」地一揮手，那五個鬼頭就朝著我呼嘯而來，若被纏身，我的術法不僅會被打斷，我整個人也無法抵擋五個鬼頭的糾纏。

老一輩的人物絕對不容輕視，他一上手，沒採用任何壓迫性的大術，就是單純的鬼頭，可見他們也洞悉了這裡的一切，在這裡不能使用五行術法。

可是我的內心也是一片安寧，因為在這個時候，我看見小喜小毛忽然咆哮著就衝了過去，它們自然不能與翁立拚術法，妖物與靈氣十足的人類拚術法本就是一個愚蠢的行為，它們是想直接攻擊翁立，如果翁立不立刻召回鬼頭「防守」，他的肉身在兩隻妖物的攻擊下能堅持多久？

謝謝你們，小喜小毛，這一次仙人墓的機緣一定許給你們！

我在心中默默感謝著小喜小毛，果然也聽見了翁立憤怒的冷哼聲，小喜小毛的判斷是正確的！

我抓緊著時間與傻虎的靈魂融合，我發現了兩件事情，在這純淨陰氣十足的地方，一切關於靈魂的活動都是如此順利，我與傻虎的合魂異常順利。

第二件事情就是，傻虎的殘魂恢復了一些，所以我能停留在身體裡魂魄就更多了一些，這是原本既定的事情，對於我接下來的打鬥是大大的有利！更讓我驚喜的是，我和傻虎的靈魂力在這個莫名的地方竟然增長到了一個匪夷所思的地步，在合魂的過程中，我看見傻虎掩藏在肉掌之內的利爪忽然起了奇異的變化，這種變化我暫時還說不出來！

「吼……」我在睜眼的瞬間，是想發出憤怒的咆哮，發出來的卻是一聲虎吼，這樣忽然的轉變，是我一下子沒有適應過來的。

可是這根本不影響我憤怒的心情，因為我看見了守在路邊的小喜和小毛，分別有三個和兩個鬼頭纏繞在它們的身側，強行要鑽入它們的身體，甚至還有一個鬼頭在用它那張猙獰的大嘴，拚命在拉扯小毛的靈魂，想要撕咬和吞噬。

小毛的眼中流露出了一種淚汪汪的可憐情緒，卻在小喜那堅韌而鼓勵的眼神下，也做到了絲毫不退縮，死死守在我的身體前五米處。

那翁立目光陰冷貪婪地看著，那個修行了這麼多年的妖物靈魂，對於他的鬼頭可是大補啊，我看見他雙手聚在胸前，擺明是想進一步的施術，可惜被我的一聲虎吼打斷。

而他抬起頭來，看著我，先是不屑，但後來好像看出了什麼門道，眼中分明有了一種叫震撼的情緒。

比他更失控的是他身後那個老者，他此時臉在顫抖，嘴唇也在顫抖，看著我的目光是瘋狂的妒忌，極大的忌諱，還有不甘等種種負面的情緒。

可是，我哪裡會理會他們？瘋狂咆哮了一聲之後，我衝向了小喜和小毛，我在意的是小喜和小毛！

那些鬼頭出於一絲絲本能望向了忽然出現在它們眼前的我，而翁立則立刻反應了過來，趕緊指揮著它們攻擊我。

攻擊我嗎？我揚起了虎爪，終於看見，傻虎之爪是真的變了，上面竟然莫名聚集了一層煞氣，無物不破的金之煞氣，狠狠拍向了其中一個鬼頭……

異常讓我驚喜的事情發生了，原本傻虎撕咬，靠的是本身的靈魂力，用力量去撕咬，從而讓靈體受傷，我從來沒想到，傻虎的天生屬性竟然能在這裡甦醒，而屬金的煞氣，帶著無往不利的銳利，一抓之下，根本沒有耗費多少靈魂力，直接就在那個鬼頭巨大的臉上留下了五道深深的抓痕，觸目驚心。

只是一擊，就讓那個鬼頭受到了極大的傷害，而這種傷害也直接傳導在了翁立的身上，他悶哼著倒退了一步，望向我的眼神更加怨毒！

可是，我哪裡會在意這個，我此刻太需要力量，這只會是讓我驚喜的事情！

而且，我豈會給翁立翻身的機會，當下，就迎向了五個鬼頭……

第九十章　最大的危局

我不知道我的感覺是不是錯誤，在這個詭異的地方，只能拚鬥靈魂力的地方，傻虎卻像得到了某種極大的滋潤一般，或者說不應該是滋潤，具體的應該是有一股力量的支持一般，展現出了非一般的能力。

因為是和傻虎合魂，我能準確地定位這一感覺，那就是傻虎的能力並非完全是因為這裡純淨陰氣的滋養。

搏鬥顯得輕鬆，屬性能力的覺醒，並不只是表現在攻擊力上，那些青面鬼頭連靠近傻虎都有一些困難，原因是因為傻虎身上的煞氣氣場，那是有著「攪碎」靈體的力量，那是一種天然的防禦。

要破除這種防禦，除非那些青面鬼頭自身也帶有煞氣，才能靠近傻虎並且傷害到它，就比如小鬼！

這個時候傻虎自身的煞氣氣場已經和戰小鬼時，不是一個概念，就好比那個時候，是天生可以抵抗小鬼的煞氣，那是「吃老本」的行為，用的是「本能」，而如今這種本能已經變為一項可以運用的武器，主動的防禦「自身」。

所以，這根本就是一場虐待性的戰鬥，五個青面鬼頭毫無招架之力，傻虎幾爪子就能撕碎一個！

面對散落的能量，我們的合魂卻並沒有主動去吞噬，因為在不久之前嫩狐狸、賣萌蛇、二懶龜，都莫名其妙地醒來，就站在合魂的背後，我能感覺到它們的醒來，和來自心底的親切，那些散落的能量自然是便宜了它們。

一場戰鬥，自然是有人歡喜有人愁，我戰鬥得輕鬆，只是一個照面，就已經滅了一個鬼，翁立卻是吐血了，是真的吐血，五個性命相連的鬼頭，轉眼間就被滅了一個，他自然會受傷。

他本能的反應就是收回鬼頭，畢竟在這狹窄的小路上，在這詭異的環境下，他忽然清醒的意識到，和我的戰鬥並沒有任何的優勢，很有可能他就被我這個小輩碾壓了。

可是，有人卻不同意翁立的行為，一隻手搭在了翁立的肩膀上，是一開始和我打照面那個老者，他說道：「你背後有那麼多人，根本不需要退卻，一起逼退這個小鬼就行了。」

翁立的臉部肌肉微微抽動，而他身後那個老者卻盤膝坐下，起手掐出了一個奇怪的手訣，我在和鬼頭對峙，瞇起虎眼，看見了那老者的詭異起手式，立刻就明白了，那個老者真真是「大公無私」，竟然用自己的靈魂力來支持翁立，那真是一種非常危險的支持，除非是性命相交的好友，一般修者都不會那麼做，我不認為翁立和那個老者的關係好到了如此的地步。

「翁立，我用靈魂力助你，我們這一脈都用靈魂力助你，你也指揮你那一脈的人吧，強行突破這詭異的小子，但這個小子留他性命我要了。」那老者在行法之前，忽然開口對翁立說道。

至於為什麼非要要我的原因，他卻沒有告訴翁立，但我心中清楚，畢竟我們從本質上來說，是同出一脈，肖承乾都大概能知道一點兒最強戰鬥方式合魂的祕密，他作為高層核心人物，如何不知？他要我，不就是為了逼問這個最強戰鬥祕技嗎？看著盤坐在後的我本人，他還不明白，就是傻瓜了。

我從來不認為，輕鬆戰勝五個鬼頭就能贏得這場戰鬥，他們不用車輪戰折磨我，也絕對會以人數的優勢碾壓我，我佔據的地形只不過是為了防備他們一擁而上，用最世俗的方式，讓我連鬥法的可能都沒有。

時間不能再耽誤，趁那個老者行法之時，我要以最快的速度消滅這五個鬼頭，翁立畢竟是站在最前方的人物，重創他我也能有一絲喘息的空間。

這樣想著，我加快了速度，又朝著另外一隻鬼頭撲去，翁立看穿了我的打算，竟然也不指揮著鬼頭閃避，反而是指揮著另外三隻鬼頭，朝著小喜小毛，吳老鬼那邊撲去。

接著，他掏出了一個造型詭異的哨子，冷笑著望著我，放在了嘴邊，然後用一種怨毒且勝利在握的眼神望著我，然後吹響了哨子。

他是要做什麼？

可惜此時，我已經無心與他計較，而是要去搭救小喜小毛和吳老鬼，在我再次消滅了一個鬼頭，傷了兩個鬼頭以後，還在恢復的小喜小毛，和已經嚇得有些發抖的吳老鬼，危機總算是解除了。

可是，我敏感地發現，看向前方的吳老鬼眼神已經不對勁，帶著深深的驚恐，我回頭一看，就看見了此生壓力最大最恐怖的一個場景，鬼頭，鋪天蓋地的鬼頭！

原來翁立吹響了那個哨子，沒有什麼別的作用，只是在溝通他的門人，在這一瞬間放出了全部的鬼頭，幾十個人，每個人的全部鬼頭放出來，在這狹窄的小路，就形成了這麼一幕，鋪天蓋地的鬼頭！

這樣的氣勢，如何不嚇人！就好比弱小如螞蟻，一旦形成規模，也就成了自然界最恐怖的事情——行軍蟻的蟻潮！任何強大的動物面對這樣的蟻潮都是無能為力的。

但糟糕的情況不只如此，因為在這條小路上，竟然響起了很多人行咒的聲音，這個咒言我一聽就是知道，和那老者一樣，是靈魂力相助的咒言！

形勢已經分外明瞭了，為了對付我，為了消除地形的劣勢，他們果然採取了「碾壓」的方式，在這個特殊的環境裡，能夠發揮最大戰鬥力的邪修攻擊，而另外一脈也很強大，如果發揮不出戰鬥力，就直接用靈魂力相助！

這樣的靈魂力相助，顯然會浪費一部分，不如當年坑害吳老鬼兄弟五人那個陣法一般，把靈魂力抽動，運用得那麼徹底，可是又如何，對付我們幾個人不是綽綽有餘嗎？

或者一開始，兩脈人還有所保留，畢竟他們互相才是彼此最大的敵人，這其中我還可以利用，但我的合魂之術徹底刺激了那個老者，他就決定用這樣絕對碾壓的方式了，或許在他看來，只要能拿下我，仙人墓放棄一部分利益又如何？合魂之術，我們這一脈最厲害大術的名頭可不是虛的，況且他親眼看見了這個能力，我竟然能敵過老一輩的精英人物，就算是在特殊的環境之下。

盤坐於後方的我，臉色慘白，雖然身體是殘魂，但同樣受到合魂情緒的影響。

至於我和傻虎的合魂，心裡已經是苦澀之極，一場特殊的對話在我們之間展開，只有寥寥幾句。

「傻虎，如若今日必將戰死，你逃吧，或者躲回虎爪，他們絕對不會傷害你的。」我這樣對傻虎傳達著我的意念，事實本也就是如此，我不忍心看著傻虎的一縷殘魂最終也魂飛魄散。

我堅定地給傻虎傳達著這個信念，一直很沉默木訥的傻虎卻模糊不清的回應了我這麼一個意念，整理起來大概是如此：「戰，戰鬥！我就是你，你就是我，生死不分。」

這一次傻虎表現出了非同一般的決絕，我抬起虎頭，望著鋪天蓋地的鬼頭，又轉頭冷冷看著手持那奇怪哨子冷笑著看著我的翁立，我明白了，那個哨子非同一般，應該可以通過它，指揮這全部的鬼頭，而鬼頭靜立在空中，無非就是翁立等著靈魂力的注入，然後就會用絕對的優勢——碾壓我。

我不敢有什麼動作，鬼頭此刻沒得到指揮，沒有輕舉妄動，可是如果我一旦主動進攻，這些鬼頭就會出於本能瘋狂攻擊我。

這個我或者不會怕，但一旦陷入進去，我的身後我要守護的，就再也沒有任何屏障了。我也只能按兵不動，可是就如此了嗎？不，我不會甘心，我必須要試一試，我一開始想出來的最逼迫自己，成功率或者不大的辦法了，也只有這個辦法能夠去賭上一賭了。

我溝通著承心哥，拚命溝通著，我讓承心哥轉達我的意思給靈智不是太清楚的小毛，讓小毛想辦法把我的身體帶到後方去。

承心哥精神力強大，在第一時間就收到了我的意識，他沒有任何的疑問，更不會想著我是要明哲保身，他很快就給小毛轉達了我的意思。

小毛這個一開始和我們有「芥蒂」的傢伙，一路上的相處已經和我們建立起了感情，面對承心哥的轉達，它竟然也沒有任何的疑問，身體很快地變大，然後叼著我的身體，就朝後拖去，表達出了十足的信任。

野獸化為的妖物，對人類或者有天生的仇恨，但這種仇恨一旦化解，它們對你付出了感情，這種感情無疑就是最真誠也最信任的感情。

我心中感動，望著那天空中鋪天蓋地的鬼頭，我要用生命為它們擋住！

第九十一章 絢爛

在安靜卻充滿了危機一觸即發的時間裡，小毛把我的身體拖到了一個相對較遠的地方，然後回到了小喜的身邊。

承心哥的聲音在我的身後響起：「吳老鬼，還報仇呢，看見了吧，這些人仗勢欺人的。總之呢，承一是我師弟，也是我師兄，更是我值得同生共死的人，我對他的一腔感情啊，簡直無法言說了，我就留在這裡了，你這傢伙，找個機會跑吧，或者瞅準了時機，和如雪一起躲進龍之墓裡吧，承一這傢伙就算死，也會幫著如雪做完這件事兒的。」

承心哥的語氣輕鬆，可是我卻滿頭黑線，什麼叫無法言說的一腔感情？這傢伙難道要把我們這一脈的沒正形兒發揮到極致嗎？

我轉頭看著承心哥，卻看見他的身前擺著三顆豔紅的藥丸，他此刻的表情明明是嚴肅的，正在刺破眉心，他也是在取精血，這是什麼藥丸？我心中疑惑，畢竟醫字脈的東西我不懂，相信承心哥不會害我就是了。

吳老鬼聽聞承心哥這番話，臉色就變了，嚷嚷道：「啥玩意兒？又是師兄，又是師弟，還有無法言說的感情？你逗我玩呢？我不管你說啥，總之我能聽懂，你就是看不起我，讓我滾蛋嗎？我嘎哈要滾蛋？我當鬼那麼多年，膽子小，沒長處，可就深刻地記得一點兒，不能拋棄親近的人走！這是我哥哥們教會我的，而且我要是拚了命，還是有本事的，我不走。」

承心哥深深看了吳老鬼一眼，眼神中流露的是感動。我們死掉，幸運的話，還能保存靈魂，它死掉就是魂飛魄散的結局，可它竟然也是不走！

可是，也有些心酸，我們老李一脈天生事兒精，一惹就是大事兒，可是勢單力薄的，哪一次不是被別人以勢壓人？

我沒有再看，回過頭去，死死盯著翁立，此刻他已經在接受靈魂力的灌注，那些鬼頭圍繞在他的身邊，保護著他，我要打他的主意是萬萬不可行的，我們只能被動地等著他們的進攻。

我聽見小喜在說話，它對小毛說道：「人類有很多可惡的地方，可是人類也有很多美好的品德，小毛，我們的眼睛不能只看到人類不好的地方，應該看到更多好的地方，那才是人類比我們野獸更加強大的地方。這一次，我們絕對不能拋棄他們跑掉，你看承一不也是一直護著我們嗎？等一下，用祕術吧，小毛。」

小喜果真是……我心中的感動已經無法言說了，一隻妖物都比好多人美好，那很多人是不是應該自省一下自身的行為？

山雨欲來風滿樓，你再不想肆虐的山雨襲來，可是它終究還是會來的，就如這一場大戰，安靜而安全的時間固然讓人留戀，可是大戰的一刻終究會到來。

詭異的哨聲終於響起，伴隨的是翁立那一張對我充滿了仇恨可又掩飾不住得意的臉，仇恨我滅掉了他兩個鬼頭，得意的是，他彷彿看見我被他狠狠踩在腳下。

隨著哨聲的響起，鬼頭終於鋪天蓋地而來。

光是那嗡嗚的聲音，充滿的負面情緒，就足以讓一個普通人心神崩潰，不是瘋掉，就是靈魂受損，變成植物人。

在這裡不能使用五行之力，可是一動生風，卻是傻虎本來的能力，是不會受到限制的，雖然沒有在外界那風元素自由流動的地方強悍。

鬼頭動了，而我收緊了爪子，在下一刻就毫不猶豫的迎了上去！

我能利用的就只是速度的優勢，擋住它們，擋住——它們！

只是一瞬間，我就彷彿進入了一個鬼頭的海洋，鋪天蓋地所見的全部是鬼頭，這種體驗極其考驗人的承壓能力，如果你曾被人群圍攻過，或者你能體會到一點點這種感覺，絕對的壓力！更別提鬼頭形象猙獰，還帶著絕對的負面情緒。

我嘶吼著，感覺眼睛都在發燙，這些鬼頭一進攻，就是幾十隻群攻而上！

在這種情況下，我根本不能消滅它們，我的精神前所未有的集中，只要有一隻漏掉，衝向後方，我就要用絕對的速度優勢，撲過去擋住，一爪子把它拍回來。

我的身體有自帶煞氣氣場，我莫名其妙地知道，在曾經的全盛時期，就算不刻意壓制這種煞氣，這種天生的煞氣都能透體而出，別的動物，哪怕是妖物，見到我，都能被這股子煞氣壓制，差一點的直接就會「嚇」暈過去，好一點兒的也軟軟的不能動彈。

要在我全盛時期，這種鬼頭，差一點兒的只要靠近我，都會被我的煞氣給剿滅，如今想起來卻是一種悲涼。

事實上的情況是，我只是一縷殘魂，和承一的魂魄合魂也不能完全融合，戰鬥力發揮有限，竟然被鬼頭這種，而且還是低級的鬼頭這種事物所「侮辱」，它們能靠近我，撕咬我，用本身的數量消磨我的煞氣，我有一種絕對的憤怒想要發洩。

在那一刻，我彷彿已經化身了傻虎，所有的思想竟然是那樣的奇特。

這是一場艱苦的，侮辱的，只能消磨自身的戰鬥，我彷彿是已經殺紅了眼，用身體當做防線，一隻隻地把「穿」過我，想要湧向後方的鬼頭給拍回去，只能這樣，連多餘的滅殺動作也做不到，儘管那樣對我不是太難。

只因為，鬼頭太多，我拍回去了一隻，總是會有多餘的幾隻竄過去，而我要守護啊！一隻都不能放過去！

我的身體上有不下三十隻的鬼頭在不停撕咬，那種深入靈魂的痛苦和被低級許多的東西在撕咬的屈辱，在我心底發酵，它們只是低級的鬼頭，而不是小鬼那種可以和我對等逆天的存在，它們憑什麼！

我隱約明白，我有可以不顧一切廝殺的絕招，可是我不能，因為那樣，必定有一些鬼頭會穿過我這條防線，然後欺擾到我身後我想要守護的！不能讓那一切發生！

我要竭盡全力的擋住，守護！

靈體不會喘息，我在想如果可以喘息的話，我此刻怕已經是氣喘吁吁的狀態了吧，但就算不能喘息，我也感覺到了自己的靈魂力如同水一般的流逝，極限的速度換來的自然是極限的消耗，我看見我的身體都已經有些透明了，再不像剛才那樣威風凜凜有如實質。

可是情況還是糟糕的，我看見了翁立那得意的笑容越擴越大，手上也沒有任何的動作，沒必要去消耗，對嗎？因為知道我不能一隻一隻的滅殺鬼頭，能拖的只是時間，失敗也只是早晚的事情對嗎？

我看見了翁立身後那老者的眼光也越來越炙熱，合魂之術就要到手了是嗎？

身後事是如何我已經不想去想，我只知道如果我沒有用生命去守護他們，我就算苟活了下來，世界於我也只是煉獄，我會痛苦遺憾，內疚一輩子的，這個世界真的是有比死亡更難過百倍的事情的。

我仰天長嚎了一聲，繼續用生命為我要守護的人擋住，能多一秒是一秒！

在這個過程中，我感受到了自己的疲憊，傻虎的疲憊，還有我們越來越沉重的步伐，是快要跟不上了嗎？

就算如此，我還是有一種想哭的無奈，因為鋪天蓋地的鬼頭太多，在防守的過程中，還是一步一步後退了，如果不後退，也就來不及擋住那些穿過來的鬼頭。

趁著這些間隙，鬼頭大軍也是一步步前進，一米，兩米……在我的前方不知不覺就空出了將近五米的空隙，而承心哥就在那個位置，離鬼頭不到一米了，可是承心哥沒動。

他臉色蒼白，跪在地上，掐著一個奇怪的手訣，彷彿是在進行一種古老的溝通儀式，到了關鍵的地步，自然是不能動。

臉色蒼白，我可以理解，畢竟我是親眼看見了承心哥取精血，可是醫字脈真的也有攻擊的手段嗎？我心中疑惑！可是我卻不會去懷疑承心哥！

承心哥沒動，小喜小毛也沒動，一左一右地守護在承心哥的身旁，可是我分明看見它們身子顫抖，雙眼赤紅，它們是在做什麼？

至於吳老鬼，我看見它的表情，帶著一絲猶豫，渾身上下卻意外地黑氣翻滾，那個平和幽默囉嗦的老鬼，此刻看起來卻像一隻厲鬼了，它又在猶豫什麼？

是每個人都要和我一起拚命了嗎？此刻，我想我們已經忘記了仙人墓，忘記了那種種可以有的好處，只是為了守護，一起去完成如雪自我犧牲的大願，也為了彼此，一起去拚命而已。

這只是一種感情的燃燒，但它卻如此的絢爛！

第九十二章　絕招盡出

人的七情六欲無論是在道家或者佛家，都是要放下的東西，最終留下的只是一種符合大道的「大義」「大善」，我一直覺得矛盾的地方就在於，那些該放下的東西，明明就是心中的守護和動力，激發著人類的潛力在某一刻爆發，或者生命在某一刻絢爛。

或者，是我看得不夠通透，也許到了某一種層次，已經不會去為這些小情小愛所羈絆了，只會為著大義或者大善而動容犧牲，但這還不是我能理解的層次，或者，師祖他理解？

不管怎麼樣，這一刻大家的表現，讓我心中滿溢著感動與激動，彷佛那種來自靈魂深處的疲憊也減輕了很多，再一次的充滿了堅持的，守護著這一切。

那新的動力和堅持讓我爆發出了別樣的力量，硬是守住了這鋪天蓋地的鬼頭，沒讓它們再前進一步！

可就算如此，那些人到底是擋不住了，翁立大笑著第一個走向前了，後面自然是一群人跟隨。

五米左右的距離，嚴格說來，已經空出了很大一塊空地，翁立大笑著第一個走上前，很快，那裡就站滿了密密麻麻的人群，大概有三、五十個。

如果要施展大術，踏動步罡，那一塊兒空地也足夠了。

我們一開始留下的優勢已經在慢慢變小！

翁立得意地看著我，我想如果不是他還顧忌肖承乾那一脈的人，他估計會施展祕術，刺激這些鬼頭爆發，一舉拿下我吧，他為了防備，還不想鬼頭消耗太多！

我什麼也不能再去想，只是麻木機械地重複著，把衝出來的鬼頭拍回去，此刻彷彿去思考也是極其消耗的事情。

可是，我能感覺，我感覺到了我的身後有兩股氣勢衝天而起，接著我感受到了身邊湧動起了一陣兒風，是小喜和小毛竟然漂浮在了我的身旁。

它們此刻的體型很正常，就是兩隻小小的黃鼠狼，可是具體的已經不同，因為它們雙眼發黃，身上的髮毛變為了微微的藍色，但仔細一看，並不是毛髮的顏色變了，而是一層濛濛的藍光裹住了它們，是以乍一看還以為它們的毛髮變色了。

看見小喜和小毛，我的心一沉，陡然就想起了一種祕術，妖物的身體太過強大，所以施展靈魂類的法術尤為艱難，但是有一種刺激靈魂的祕術卻可以解決這種問題，讓妖物也能施展靈魂攻擊，傷到靈體！

這是妖物有限的幾種祕術！

可是既然能稱之為祕術，自然就是要付出代價，我不是妖物，這種祕術瞭解得不算太多，可我知道，那是需要修行的功力燃燒著去刺激靈魂，大概是如此吧。

如果小喜小毛這樣戰鬥，拖延久了，那麼它們就會真的再次變為兩隻普通的黃鼠狼，到時候靈智盡失！

我無法言說內心的悲憤，我覺得就如讓一個正常能思考的人變為「混沌」的白癡，是一件比死還痛苦的事情，放在小喜和小毛的身上，同樣適用！

我不能讓這種事情發生啊！我咬緊了虎牙！

由於小喜和小毛的靈魂力外溢，多多少少為它們帶來了一些抵擋鬼頭的能力，而這些靈魂力浮於小喜小毛的雙爪之上，也讓它們有了撲殺鬼頭的能力。

所以，它們的加入，讓我的壓力陡然放鬆，在這種時候，勉強可以擋住這些鬼頭，施展我設想的一步險棋了！

於是，我回魂了一部分在身體，這樣應該也是足夠的吧？如果不能足夠，那就充分刺激自己！

我指揮著自己的身體，感覺自己一分為二的感覺真的是太過奇妙，可是我沒有時間去體會那個了，上一次戰鬥小鬼的時候，我就自己與合魂配合了一次，這一次一定是要更加運用這個。

這樣想著我的身體動了，從隨身的小布包裡摸出了兩瓶藥丸，在這種時候不拚命，還能什麼時候拚命。

其中一種藥丸，是刺激靈魂力和人的潛力的藥丸，是最終極的那一種，捏著那顆藥丸，我毫不猶豫地吞下了一顆，這種簡單的動作我還能做到。

接著，我又打開了另外一瓶藥丸，這藥丸才是彌足珍貴的藥丸，是王風配給我的滋養彌補靈魂力的藥丸，上次我和元懿大哥用了之後，還有一些剩餘，我本是留著以防萬一的，此刻還能顧得上嗎？

我毫不猶豫地倒下去三顆，我還記得王風說的，多了就會浪費，最好還間隔一段時間來服用，等藥完全吸收，可是我哪裡還有那個間隔的時間。

兩顆藥丸不顧劑量的吃下去，如同火藥一般在我身體裡炸開，我那原本失去了魂魄，有些五感不靈又麻木的身體，一下子也感覺到了一股子炙熱直衝而來，雙眼一下子睜開，變得赤紅。

可是，再猛烈一些啊，再猛烈一些！我這種嗑藥流，怕的永遠不是藥力剛猛，而是藥力不足，不足以完成我要做的事情。

這剛猛的藥力爆發，對於合魂於傻虎的我也有了一絲極大的刺激，在那一刻，我感覺到了一絲癲狂，也或者是被小喜小毛的犧牲給刺激的！

我有些發瘋，也顧不上完全的防守，對於每一個衝過我這條防線的鬼頭，都採取了極端的「虐殺」方式！

這樣的瘋狂，刺激得那一片人當中很多人悶哼出聲，畢竟鬼頭和他們心神相連，死一隻，反噬自己是再正常不過！

我彷彿有些喪失理智了，只想殺光它們，而不讓小喜小毛的功力在這一分一秒的時間中流逝，我怕這一場大戰過後，我看見的是兩隻再與普通黃鼠狼無區別的黃鼠狼！

它們跟隨我們是來求機緣的啊，而不是失去這最重要的功力！

我如癲似狂，好在這種癲狂沒有讓防線崩潰，畢竟小喜小毛也在努力和我一起守護！

但我這種癲狂激怒了翁立，畢竟在他心中最大的「敵人」可不是我，是肖承乾那一脈，在他眼裡，我還沒有資格和他們爭的，我這樣做是在損害他們那一脈的實力！

所以，翁立怒了，他把那個口哨放在口中，然後起手掐起了手訣，那些鬼頭隨著哨音，瘋狂後退，而翁立含著口哨，含糊不清地對著旁邊的那個肖承乾一脈的老者不容拒絕地說道：「靈魂力，大量的，我要施展祕術！」

施展祕術恐怕只是其一，最重要的原因怕是我有損耗，你也得陪著損耗的意思！

我懶得管他們這些窩裡鬥，鬼頭退去，多少給了我一些喘息的時間，我也需要一點兒時間，去完成我的那個計畫！

「小喜，小毛，你撤了祕術，我來！」承心哥的聲音在我身後響起！

我回頭看著承心哥，他此時整個身體都在顫抖，而擺在他身前的三顆豔紅藥丸，開始發出不正常的顫抖，承心哥對我說道：「承一，你也後退！」

他的臉色更蒼白了一分，語氣卻不容置疑，我低聲咽唔著，緩緩朝後退去！

「快成了，醫字脈傳來的這種藥丸只有十顆，今日用了三顆，我真是心疼啊。」承心哥對我擠出了一個笑容，但我沒看出來他心疼的意思。

而在那一邊，大量的靈魂力湧向了翁立，翁立像瘋子一樣使勁拍打著自己，忽而就噴出了一口血液，那口血液的顏色暗沉，帶著一種奇異的寶石光澤。

我死死盯著，因為在那一瞬間，我就認出了那種血液，我解釋不清楚那種血液是怎麼樣培養的，但是我大概知道，那是一個邪修在培養鬼頭之際，就開始刻意培養的一種「靈血」，由於鬼頭是充滿了負面情緒的邪氣傢伙，那口血液也同樣是如此，是對鬼頭的最好滋養物，平日這口血液就藏在心頭！

數量的多少，跟邪修修為的高深有關係，今天翁立拿出來那麼一點兒，是大出血了！

可是，他要做的遠遠不只如此！

對上承心哥連我也沒有說過的神祕藥丸，又將是一種什麼樣的情形？

在那一邊，如雪閉著眼睛，依舊在「低吟淺唱」一般的呼喚，彷彿已經沉入了自己的世界。

第九十三章 逆天邪術

翁立吐出的那一口「靈血」被他用特殊的法器盛起，然後他點燃了一枝不知道是什麼製成的蠟燭，放入了法器之中，然後把那個法器放入了場中。

隨著那個法器在場中發出詭異的暗紅色輕煙，場中所有的鬼頭都聚了過去，有些貪婪的圍繞在那紅煙的周圍，只過了不到幾秒，那些鬼頭就如打了雞血一般的興奮。

可是這還不是結束，翁立看了我一眼，忽然開口對化身為虎的我開口說道：「一個小輩炫技，真是張狂，在圈子裡講究輩分不是沒道理的，你給我睜大你的狗眼好好看著。」

小輩炫技？是在說我嗎？我感覺到莫名其妙，你們要殺我，我拿出咱們老李一脈壓箱底的絕技，怎麼就叫炫技了？

可是仔細一想，也不難理解，這就是邪修一直信奉的「我」之道的偏激，一切都是我，一切皆是我，怎容「我」的世界裡有別人大出風頭，屢次壓過自己？何況還是一個小輩。

我自然不會去與翁立計較這一句話，根本就懶得爭辯，只是我知道他接下來的大術一定非同一般就對了！

承心哥行嗎？竟然讓我退下去！

我不是不相信承心哥，只因為我從來沒見過醫字脈的出手，他們絕少打鬥和鬥法，我只是擔心承心哥判斷不了戰局的準確形勢和對手的實力，從而導致偏差發生，那就危險了。

這樣想著，我擔心地望向承心哥，在他身邊，小喜小毛已經收了祕術，在休息，精神萎頓，而吳老鬼全身黑氣翻湧，那猶豫的表情更加明顯，讓我疑惑，老吳這個樣子絕對隱瞞了什麼，它到底又在猶豫什麼？

但這些都不是關心的重點，重點是承心哥！

此時，承心哥身前的藥丸顫動得更加厲害，藥丸上都密佈了層層的裂紋，就像有什麼東西要破藥丸而出一樣，這簡直是顛覆了我的思維。

可是承心哥臉色蒼白地跪在藥丸之後，卻喃喃地而又平靜地說道：「這還不夠。」什麼不夠？我還沒來得及思考，就看見承心哥取出了一根特殊的金針，又刺向了自己，還需要精血？

精血是可以這樣亂用的嗎？我著急且擔心，曾經在黑岩苗寨我就有過這種遭遇，知道精血流逝過多會是什麼樣的後果，卻不想承心哥忽然對我說道：「承一，你要做什麼，就趁現在快點做，我一個醫字脈的難道在事後還沒有辦法調理嗎？」

承心哥的當頭棒喝，喚醒了我，現在的確不是計較一時得失的時候，我快速朝著我身體的方向退去，在這之前我看了一眼翁立，一下子瞪大了眼睛！

此刻翁立已經再次吹響了他的哨子，全身顫抖，想必就算有靈魂力的補充，以他一人之力，控制這些鬼頭也是一件比較吃力的事情，只因為他是在集結一個大術，而不是簡單的智慧。

翁立掐著複雜的手訣，在努力完成這個大術，在他的行法之間，那些鬼頭竟然開始慢慢融合在了一起，這就是翁立要完成的大術，傳說中的邪修大術——集合所有鬼頭的力量，重新組合。

這個大術在傳言中，一直是理論上存在的術法，只因為要完成它耗費的靈魂力量驚人，中間也有著很多施術的難點，一般的邪修高深之人，能融合三個鬼頭就已經非常厲害了，除非是鬼頭互相吞噬，然後剩下一個厲害的鬼頭。

但那一種根本稱不上是術，吞噬的過程中，浪費掉的比消化掉的還多，翁立此刻施展的才是真正的大術！

在兩脈的人馬共同努力下完成的大術！他們竟然要用這個來速戰速決的對付我們，而翁立也打得一手好算盤，這樣做既解決了我們，也沒有耗費他們多少實力，反而對方要用更多的靈魂力來支持他們。

我沒有想那麼多了，就算擔心承心哥，我也該給他絕對的信任，此刻我有更重要的事情要做——中茅之術！

我不能和傻虎完全解開合魂的狀態，因為合魂並不是無限制的，一個月以內，最好只進行一次，並且不能超過三次，而且每次的間隔時間至少都是兩天。

這樣的規矩並不是說合魂之術的力量支撐不了它，而是怕引發一個可怕的後果，就是靈魂同化，一旦同化，那種可怕已經不是人能想像的了，那個時候會發展成我不是我，傻虎不是傻虎的一種靈魂混亂體，這於天道不符，一旦成型，面臨的結局也是魂飛魄散。

所以，現在還在戰鬥中，一旦合魂，是不能輕易解除這種狀態的。

我只能保留能夠維持合魂狀態的魂魄力量，剩下的全部回到了我自己的身體，在那個時候，我那個留有殘魂的身體，正在艱難地踏動步罡，由於魂魄殘缺，每一步都踏動得異常艱難，這還是我靈覺出色的原因，否則這一設想根本不可能完成——合魂與中茅之術同時進行。

如今，合魂狀態只是勉強維持，戰鬥力下降了不只六成，可是大半魂魄的回歸，讓我的中茅之術總算可以半正常地進行，速度是比正常狀態下慢了很多。

這時，難得我有片刻的安寧，正在施法的自己不談，而另外一部分我卻可以通過傻虎觀察周圍，這種體驗很奇妙，也就是在這個時候，我才敏感地發現，那原本跟著我戰鬥，在後面吞噬能量的三個小傢伙，嫩狐狸、賣萌蛇和二懶龜早已經不在戰鬥的最前線，而是跑到了在山谷深處的如雪旁邊。

它們靜靜地或蹲著或趴著，根本沒有朝這邊激烈的戰鬥看一眼。

難道是有什麼事情要發生嗎？我疑惑著不太清楚，可此刻的思緒卻被一聲驚天的嚎叫所打斷，那聲嚎叫是如此聲嘶力竭，就像是在炫耀力量一般迴盪在整個山谷，我想忽略都不行。

我心中有不好的預感，果然抬頭一看，發現鬼頭的合併已經全部完成，一個看起來比鬼王還厲害的存在此刻就佇立在山谷的入口處，在那個仰天長嚎的傢伙面前一米不到的地方，是依然跪著的承心哥。

在這巨大的靈體面前，承心哥的身影顯得很小，可是卻並不渺小，因為他的脊樑挺直，並沒有半分的退縮之意！

翁立終於完成了它的大術，門派精英的鬼頭集合，造就了一個比鬼王還厲害的存在，不同的是，真正的鬼王和這個傢伙比起來，遠遠沒那麼暴戾和邪氣，而且那帶著嫉妒、痛苦、焦慮、悲傷、緊張等等負面情緒也集合在了一起，那種擴散的影響，只怕會讓一個心性不堅的人發瘋！

翁立望著我們得意地大笑，他又何嘗不是在笑給肖承乾一脈的人看？他也的確是有得意的資本，只因為他的確完成了了不起的大術，造就了面前這個存在，這的確是值得他得意大笑的事情。

可是，翁立也不是一個光顧得意的傻子，下一刻他就吹響了哨子，那個原本正在瘋狂長嚎的傢伙，忽然就停止了它那發洩般的長嚎，一雙殘忍冰冷的眸子就盯住了承心哥，那眼神就像是在看一隻螞蟻。

承心哥怎麼還沒動靜啊？我收緊了虎爪，一步一步開始慢慢朝前，我對我的速度是自信的，如果真的承心哥有危險，在那一刻我會毫不猶豫的撲上前，同時召喚自己的魂魄回來合魂，就算強行終止中茅之術的代價驚人！

我的眼睛就這樣死死盯著那個傢伙，腳步不停地在朝著它靠近，可是那個傢伙在此時根本不會注意我這樣的存在，它揚起了一條腿，然後飛快踩向承心哥。

而在那一刻，我也飛奔了起來，是的，承心哥的身體是不會有痛苦，那個存在是靈體的形態，可是我毫不懷疑這一腳，承心哥的靈魂就算不被絕對的力量碾壓得破碎，也會被生生逼出身體，然後被吞噬！

可是承心哥彷彿已經沉溺於了他那三顆藥丸，根本巍然不動，我就要到了，我要用身體擋住！

在那一刻，我就要召回自己的魂魄，卻不想那一隻大腳卻被阻擋了，是小喜全身燃燒著藍色的光芒，如同一顆流星一般撞向了那隻大腳！

那個存在晃動了一下，可是下一刻就帶著殘忍的表情繼續往下踩，接著又是一顆藍色的流星飛撲上前，狠狠撞向了那隻大腳——小毛！

我憤怒了，想呼喊它們的名字，可是到了嘴邊，卻是一聲咆哮的虎吼，小喜小毛！我的心一下子被揪得生疼！

第九十四章　承心哥帶來的震撼

在那個存在龐大的身軀面前，小喜小毛的存在就真的如兩顆流星一般，是如此渺小的劃過夜空，可是怎麼也掩蓋不了它們的生命在這一刻的燦爛。

兩隻小小的黃鼠狼用祕術燃燒妖力，爆發出來的靈魂力量，竟然真的起到了作用，那隻踩向承心哥的大腳被它們用靈魂力硬撼，竟然給撞開了，那個巨大的靈體存在一下子偏移了一下，那隻大腳重新落到了地上。

此刻，小喜和小毛也如同兩顆流星一般的，最終劃過了夜空，墜落了下來，「噗通」兩聲，跌到了草坪中！

在那一刻，我簡直無法言說心中的憤怒與心痛，但更多的絕對是擔心，我第一時間跑到了小喜和小毛的面前，它們此刻躺在草坪之中，估計是摔落下來的撞擊力，讓可憐的它們口鼻都有些滲血，從靈魂力透露出來的虛弱，讓它們的雙眼無神，但好在只是萎靡，並不是那種失了靈智的混沌，它們還沒有完全消耗完妖力，變成兩隻普通的黃鼠狼。

小喜看了我一眼，想說一點兒什麼，可是到了嘴邊竟然變成了「吱吱吱」的叫聲，我的心在抽搐，終究是倒退了一大步不是嗎？

我雙眼就要噴出火花，揚起虎爪想安撫一下小喜和小毛，卻因為是靈體，根本觸碰不到它們。

面對自己的一擊失敗，那個鬼頭王臉上竟然出現了一點兒人性化的詫異和怒火，連帶的翁立也出現了同樣的表情，因為那一口靈血，他的心神是完全與那個鬼頭王相連的！

而站在谷口的人群也發出了議論的聲音，顯然是不相信我們能抵抗到如此的程度，不過，這也只是驚奇罷了，他們又怎麼會同情和他們毫無交集的兩隻黃鼠狼妖？

只是短暫的停頓，那個存在又揚起了它的手掌，這一次是狠狠拍向承心哥，小喜小毛又掙扎著站了起來，身上再度冒起瑩瑩的藍光，可是已經很黯淡了。

我一下子擋在了它們的身前，意思已經是很明顯了，絕對不會讓它們再出手了！

而我也用行動證明了該是我出手了，我相信承心哥準備了那麼久，又是師祖留下的「祕藥」，一定是一個驚天的大術，我得確保承心哥的安全。

可也就在這時，忽然一個聲音從我的頭頂上飄來：「你們都不要出手，我來，我沒本事，就偷學了一點點本事兒，沒有成為鬼修修行，卻把多年累積的怨氣壓抑在了身體中，承一，一旦爆發，我也不知道是啥後果，這本來是我留著收拾那個犢子的，你現在不要衝動，要留著力氣幫我報仇啊。」

這聲音是吳老鬼的，我抬頭一看，發現已經來不及阻止吳老鬼了，而且也沒有辦法去阻止，因為我們的機會也就是現在了，那個鬼頭王剛剛合體完成，肢體還不靈活，所以動作還比較慢，如果說徹底融合了，怕是它要撲殺承心哥，我們連阻止的機會都沒有。

吳老鬼在對著我們喊話的時候，身體就已經變了，利爪伸出，全身上下黑氣已經要化為實質，雙眼也有些通紅了，連神情也變得猙獰，以前那個幽默詼諧囉嗦的老鬼快看不見影子了，只剩下厲鬼——吳言五。

原來，這個傢伙猶豫，只是因為它在猶豫是在這個時候，奮不顧身地為我們拖住時間，還是留下自己的「爆發」留下來報仇！畢竟報仇是它纏繞了幾百年的心事啊！

它竟然選擇了我們！我的心有些濕潤，只因為我是靈體，眼眶不能濕潤。

而一些圍繞著吳老鬼的謎題也解開了，以前按照它那種死法，是十有八九會化身為厲鬼的，可是它沒有，原來這幾百年光陰，它也不是虛度而來，雖然天賦不行，有一點點偏門的預感，可是它也一直是在努力，竟然學成了那鬼修中流傳的壓制怨氣的祕法。

這個祕法說起來，只是為了讓心性不至於走上偏激的極端，然後喪失靈智，被仇恨所控制，然後在關鍵的時候又能爆發出厲鬼的能力，保住性命，是一門極難修成的祕法。

原來吳老鬼這一個幾百年的老鬼，表現得比普通靈體都好不了太多的原因，無非只是因為它的大部分能力都去壓制那股怨氣了。

而此刻，它更是一種犧牲，要知道，這種怨氣的釋放是有限制的，大多的怨氣一下子衝上來，就好比人一下子被重重砸了一下腦袋，很有可能就造成大腦的損傷，鬼也是一樣，大量的怨氣毫無節制地釋放，瞬間衝上靈魂，何嘗又不是瞬間會衝垮靈智？

吳老鬼無怨無悔地迎了上去，怨氣在節節爆發，我望著它，看著就要迎上的那一刻，吳老鬼的眼中出現了一種狠戾的神色，就要釋放全部的怨氣，我卻什麼也不能做，因為我們不都是為了守護嗎？

卻在這關鍵的時刻，承心哥終於開口了：「老吳，退下，你是我供奉的，你怎麼可以比我先死，我來吧！退下！」

承心哥的聲音不容質疑，而吳老鬼看了一眼承心哥，忽然眼中閃現出一絲驚奇，它真的退下了。

吳老鬼在高空，自然能看清楚承心哥的身前發生了什麼事，我在背後卻是什麼都不知道，吳老鬼退開到了一邊去，那隻大掌依然緩慢的，不容置疑朝著承心哥撲去。

我的心提到了嗓子眼，卻沒辦法去問吳老鬼什麼，因為此刻它已經退到了一邊，在吃力的壓制怨氣，不然它就要真的徹底成為怨鬼吳言五了。

小喜和小毛還想往前衝，我卻不停地給它們傳達著想法：「不要衝，承心已經成功了。」再一次的話，小喜和小毛不要說變回普通的黃鼠狼，就算能活著的可能都不大了。

可我依舊擔心承心哥，虎爪收緊，是隨時準備衝上去的，可就在那隻不甚靈活的大掌離承心哥還有五米左右的距離時，承心哥的身前忽然綠芒大盛，幾聲刺耳的笑聲從那紅芒裡傳來！

這是……？儘管是在緊張的戰鬥中，我還是忍不住呆立當場，不是藥丸嗎？藥丸還會笑？其實那個藥丸是隱藏版的笑臉娃娃？

我拋開了自己的胡思亂想，因為轉變很快就出現了，隨著那笑聲的響起，一堆的紅色粉末被炸開來，飄散在了空中，而那堆紅色粉末就算我再笨，也能認出那不是就是那紅色藥丸嗎？

被炸開了，難道這就是承心哥的絕招，可是那些粉末飄在空中是什麼影響也沒有啊！

可是，接下來答案終於揭曉了，三條披著長髮的慘綠色的魂魄出現了，帶著充滿了怨毒的笑聲，在下一刻，它們就毫不猶豫地纏上了鬼頭王的大手，順著鬼頭王的大手纏繞而上，所過之處，無不是留下了一片慘綠色的痕跡！

鬼頭王一下子是僵立當場，彷彿那隻大手瞬間就被凍僵了一半，那些泛著綠色的痕跡竟然開始冒出黑煙，黑煙徐徐消散在空中，鬼頭王的手臂竟然就莫名小了一圈，肉眼都能看出來的一圈。

這到底是什麼劇毒？或者是什麼存在？我覺得簡直顛覆了我的想像！

此時，承心哥才慢慢站了起來，幽幽歎息了一聲，扶了扶眼睛，從容朝著吳老鬼那個方向走去，一邊走他一邊對我們說道：「那個藥丸從來都不是關鍵，其實那藥丸是用特殊的藥材製成的魂器，真正封住的『藥』是裡面的毒魂！那些毒魂是用已失神智的厲鬼殘魂煉製而成，魂魄裡早就融入了十餘種能傷及魂魄的藥，平日裡用魂器壓住藥力的爆發，達到一個微妙的平衡，只不過這種毒魂有傷天和，所以使用也有代價，必須虔誠跪拜毒魂，再以自己的精血為引，才能開了藥丸，若裡面的毒魂不滿意，覺得你的虔誠不足以讓它為你犧牲，是不肯出來的。」

我傻了，師祖竟然留下了如此逆天的東西，而且一留就是整整十顆，我全然不知情。

承心哥此時已經走到了吳老鬼的身前，拿出了一瓶藥粉，輕輕灑在了吳老鬼的身上，然後說道：「這藥丸是留下為醫字脈保傳承的，誰讓我們沒有戰鬥力呢？」

這還叫沒有戰鬥力，如果你們玩毒，然後又躲在背後，誰敢說你們沒有戰鬥力？

第九十五章　徹底爆發之前

毒魂纏繞著那個鬼頭王，速度非常快，瞬間就已經布滿了鬼頭王的全身，整個鬼頭王都呈現了一種異常幽默的綠色，接著滾滾的黑煙就從它全身冒出。

承心哥彷彿不屑去看他釋放出來的毒魂帶來了如此的威力，一邊在吳老鬼身上灑著藥粉，一邊絮絮叨叨地念著：「這是滋補靈體的一種藥粉，人不能直接吞服，因為『陰』性太重，人吞了，就好比吞了陰毒，會全身發冷而死，對你卻是極好的啊，幫你一把，壓制怨氣吧。真是浪費啊，這些藥很珍貴的說。」

吳老鬼的神色果然輕鬆了很多，不過承心哥那惋惜的語氣，還是讓吳老鬼忍不住「幽怨」地看了承心哥一眼，承心哥才懶得理它，一邊說著可惜，一邊還是在吳老鬼的靈體之上灑落了大量的藥粉。

接著，承心哥朝著小喜和小毛走來，蹲下來看了看它們的情況，苦笑著對化身為虎的我說道：「我這裡沒有對妖物有滋補作用的靈藥，不過對人有作用的一些藥丸，也能給它們稍許服用一些，對完全恢復作用不大，不過能讓它們不再繼續衰弱下去。」

說著，承心哥掏出了一個瓶子，倒出了裡面的黃色藥丸，這不是我以前服用過的一種藥丸嗎？我還記得那是我們第一次見面，陳師叔給我的禮物，裡面有百年人參，承心哥對小喜小毛真的是捨得了，畢竟妖物的肉體比人類強悍，不會出現虛不受補的情況，在這種情況下為它們補補氣血，也是適宜的，再說承心哥不是說人參到了一定的年份，也有滋養靈魂的作用嗎？

幫助小喜和小毛吞服下藥丸，承心哥把它們抱起來，朝後走去，在那邊我的身體還在施展中茅之術，這樣一分為二也好，莫名達成了一種完全不受影響的狀態。

「不用攔著了，攔著沒用，這隻大傢伙會損耗，可是還死不了，到時候，你要不出手，還是攔不住的。」承心哥一邊走，一邊對我說著。

而我也知道，如果不能完全滅殺它，我們再攔在前方也是沒有用的，它一旦扛過了，徹底融合了，終究還是會殺過來的，儘管毒魂會損耗它一部分的戰鬥力，但還不是現在我們有的底牌能抵擋的。

「可是，師祖留下的東西就這麼點兒威力？」我也和承心哥交流著，在我的想像裡，毒魂一開始就表現出了如此大的威力，就算弄不死那個鬼頭王，也得讓它殘廢吧？」

「我帶這三個毒魂，原本是沒打算會使用的，只是為了以防萬一，倉促之下使用，並沒有發揮出全部的威力，甚至能讓毒魂更進一層的藥引，我都沒有隨身攜帶。再則，你也別把師祖神話了，畢竟不是師祖親臨，只是師祖留下的東西，能有如此威力已經不錯了，畢竟這個傢伙是集結了兩脈菁英之力才完成的大術，況且你以為他們就沒有後手。我很清醒，看得也很清楚，只是為你爭取時間而已，你是老李一脈的山字脈，要是只有這一點底牌，就不要說守護如雪入墓了。」承心哥說話間扶了扶眼鏡，果然不愧是腹黑春風男，說話帶刺兒，不帶髒字兒的。

我忍不住用虎眼瞪了承心哥一眼，承心哥立刻警惕地望著我，說道：「不要你現在是一隻老虎，我就怕了你。」

說到底，承心哥的毒魂到底給我們帶來了一絲喘息的空間，此刻，我可以從容不迫地進行中茅之術了，稍稍沉心感受了一下，剛才吞下的藥丸是發揮了作用，靈覺並沒有因為我的分魂而降低多少，此刻已經在進行溝通了。

只是稍微感覺了一下，我和承心哥就開始注意那邊的情況，顯然承心哥忽然召喚出來的毒魂，給那邊帶來了極大的麻煩。

毒魂腐蝕靈體，自然也就傷害到了構成鬼頭王的鬼頭們，那邊的悶哼聲此起彼伏，特別是翁立，連吐了幾口鮮血，這時，他怨毒的目光不是望向我的，卻是望向承心哥的。

可是，我們既然已經讓出了地方，準備大戰一場，那些停留在小路上的人也全部湧來了這片山谷，和我們對峙起來。

但也只是對峙，不能輕舉妄動，一方面是依然要用靈魂力支持翁立，另外一方面，此刻集結了他們的力量形成的鬼頭暫時不能戰鬥，五行術法又被限制，他們實在是沒有太多別的手段，如果採取人海戰術，不說承心哥依然會用毒，就算一個吳老鬼也夠他們喝一壺的。

在這裡，唯一能使用的是靈魂方面的法術，唯一能有威力延續的不是茅術，茅術畢竟是借來力量，終究還是要施展其他法術來發揮威力的，所以只能是請神術！

可是，就算在這裡的是菁英，在靈魂力支援別人的情況下，又有多少人能施展請神術呢？

那個鬼頭王依舊是在和毒魂糾纏，我就看出，它在使用壓迫性的力量，想把損耗越來越多的毒魂逼出體外，再把這些毒集中在身體的一部分之上，犧牲那些鬼頭，來徹底把毒素清理乾淨，這樣對它的影響是最小的。

鬼頭王的意志就是翁立的意志，此刻它正在努力，而在那邊的人群中好像又站出來了兩個老者，應該是兩邊人馬的高層，他們在「竊竊私語」，彷彿是在商量著什麼！

由於我此刻是傻虎的狀態存在，五感極其的敏銳，我不至於能聽清楚他們全部的話語，但是大概還是聽清楚了斷斷續續的幾句。

「嗯，既然……信任的話……暫停一部分靈魂力……請神……」

「翁立，應該能支撐……融合……」

「如若……特殊環境……小輩壓制……」

就是這麼簡短的幾句話，我大概也能拼湊出他們談話的脈絡，如果我猜得不錯，應該他們是會叫一部分人施展請神術，用請神術請來的力量，通過翁立和鬼頭王融合，解決了這一次的危局，翁立應該是有那樣的祕法吧？這樣的雙方的損耗差不多，也可以一舉滅了我們幾隻討厭的「不死蟑螂」吧。

不過他們能如此談話，自然也不會避忌我們，這就是陽謀，畢竟優勢還在他們手裡，說到底他們如果賴著讓鬼頭王自己驅毒的話，也是可行的，他們只是萬分小心，怕我再有什麼底牌。

我估計這個小心是來自肖承乾一脈的，畢竟合魂震撼了他們那一脈的核心人物，想必消息他們已經溝通過了。

在人群中，我看見了肖承乾，同時也看見了林辰，只有這兩個人的目光不一樣，肖承乾望向我的目光是有些擔心，而林辰是震撼，也沒有多少敵意在其中。

接著，那邊的人馬就開始行動了，他們由於太過在意這個神奇的仙人墓，所以行事束手束腳，而我們面對他們有什麼動作，自然也是不敢輕舉妄動的，我們畢竟勢單力薄。

所以，也只有眼睜睜地看著肖承乾那一脈的人，有一部分人停止了靈魂力的支持，吞下幾顆藥丸，開始進行請神術，而且還不只如此，畢竟他們的談話我也沒有聽全面，邪修的弟子也有所行動了，他們統一都開始施展祕術，應該是提升自己鬼頭的能力，把單個的鬼頭能力提升上一層，自然鬼頭王的能力也提升上了一層。

翁立怨毒地看向我們，大喊道：「你們這幾個討厭的小輩，你以為你們值得我們這樣做嗎?若不是為了一舉開墓，現在拚著鬼頭王手上，我也要踩死你們。」

我沒說話，只是冷冷看著他，心裡太明白，他們的確是為了用鬼頭王強大的破壞力一舉開墓，同時鬼頭王不是也暫時失去了行動能力嗎?翁立是為了面子，我有什麼好和他爭辯的?

承心哥可沒有那麼厚道，望著翁立，還是習慣性推了一下眼睛，雙手插袋，優雅朝著翁立說了一句：「不吹牛會死?」

「噗」，就是那麼簡單的一句話，翁立竟然被承心哥氣得吐出了一口鮮血。

但同時，在我們對峙的時間裡，那邊的請神術也進行了大半，邪修們提升鬼頭能力的祕術也已經完成，鬼頭王忽然長嚎了一聲，「澎」的一聲，其中一個纏繞在它身上的毒魂竟然被逼到了爆裂，然後毒素散開。

承心哥眯了眯眼睛，而我卻突然嚴肅了起來，溝通到了——師祖的力量!

第九十六章 接二連三的不可思議

中茅之術，我已經不陌生，師祖的力量我也運用了很多次，可是每一次溝通到師祖的力量時，心裡那種親切的感動總還是一樣，只不過在這一次，我多了一些緊張，我怕在這個特殊空間我溝通到的，只是帶著意志殘片的純粹力量，而不是那個「活靈活現」可以簡單溝通，甚至還能傳法的師祖。

而在那一邊，鬼頭王的力量也提升到了一個極致，我們是眼睜睜看著原本遍佈鬼頭王身體的「綠毒」被壓縮在了一個極致，停留在鬼頭王的一隻手掌。

看樣子它是準備斷裂那隻手掌，到達徹底驅毒的效果。

看著這一切，承心哥帶著僵硬的笑容對我說道：「承一，你老實給我說，你有沒有底牌，底牌是什麼？」

「什麼意思？」我不解承心哥為什麼忽然問這個。

「我的意思是如果沒有的話，或者底牌不怎麼樣的話，我們就準備跑路吧。」說這話的時候承心哥死死盯著鬼頭王，此時的鬼頭王正在咆哮，那隻手掌也慢慢開始斷裂開來，它畢竟是靈魂力量組成的存在，斷一隻手也可以憑藉力量再凝聚一隻，頂多就損失一些力量，也就是說只要力量足夠，翁立想讓它變成什麼形態都可以，哪怕是聖鬥士星矢。

所以，看著這一切，承心哥的笑容更加僵硬了。

「你看什麼玩笑，我沒記錯的話，這是在一千米以上的高空，跳樓啊？」其實，在這種情況下，我清楚知道承心哥是緊張了，可是這就是我們這一脈的性格，越是緊張的時候，越扯淡。

果然我不靠譜的回答「激怒」了承心哥，他咬牙切齒地對我說道：「那個大傢伙要殺過來了，你到底說是不說，你有啥底牌？」

也就偏偏在這時，師祖的力量異常澎湃地湧入了我的身體，那一刻，我分明感受到了一股詫異的資訊：「咦，這身體內的靈魂怎麼是殘缺的。」

接著，又感受到了那股力量的了然：「唔。」

「陳承一，你倒是說話啊？如果沒有的話，咱們就拚了，總之能讓如雪進去最好，如若不能，拚了也就沒遺憾了。」承心哥以為我忽然嚴肅，然後沉默不語的樣子，其實是沒把握，所以急了。

這時，師祖的力量莫名沉寂了下去，但我的心已經放鬆了，我幾乎可以肯定一個答案了，就是從上一次魯凡明的地下密室開始，中茅之術就不知道產生了什麼異變，請來的師祖都是「活生生」的！一次兩次我可能還會以為是巧合，可是這是第三次了，難道還不能證明。

我想給著急非常的承心哥一個笑容，無奈一張虎臉擺出來的笑容，就是齜牙咧嘴的樣子，承心哥在那邊已經顧不得優雅，跳著腳罵道：「我就問你兩句，你還要咬我？陳承一，你他媽……」

而我卻也在這時給承心哥傳達了一股意念：「有，怎麼沒有底牌，大大的底牌。」

承心哥一下子愣住了，喃喃說道：「你說有？大大的？是什麼？」他幾乎是下意識地連問了三個問題。

我故意用有氣無力的語氣回答道：「還能是什麼，咱們師祖啊？」

「啊？」承心哥一下子驚得倒退了好幾步，畢竟每一次我施展中茅之術戰鬥時，承心哥都不是親自在場，他能理解我能借用師祖的一股力量，卻不想我今天直接回答他的依靠就是師祖。

「你不要開口亂說，明明就只是一小點兒力量，你也用不了多少，你……」在震驚過後，承心哥的第一個反應竟然是不相信，也不知道為什麼偏偏在這種時候，師祖的力量沉寂了那麼久，而那邊鬼頭王的斷腕已經要完成了……

「承心嗎？立仁兒的弟子吧？咦，我的毒魂丹氣息？」我的聲音傳來，打斷了承心哥的話，他第二次愣住了，有些難以相信地艱難轉頭，看著我的本體。

立仁兒？我自己斷然是不敢那麼稱呼師叔的，帶個兒字這樣親切的稱呼，是師傅他們跟隨師祖久了，師祖對他們特有的稱呼。

能那麼叫，外加上說了一句我的毒魂丹，只能意味著一件事情，那就是師祖「親臨」了！

此刻，我的本體正在有些不習慣地活動了一下身體，然後不滿意地搖頭：「靈魂力不足以支撐，但可以容納更多。」

承心哥目瞪口呆地看著我的本體，然後難以置信地說道：「承一，你別玩了。不可能，這不可能，中茅之術怎麼可能做到如此的地步？」

我很難給承心哥解釋我並沒有玩他，因為我也不清楚師祖的意志力量怎麼會變異成如此的模樣，可是那一刻，幾聲清晰的爆裂悶響就炸開在這個山谷。

原來是那個鬼頭王已經成功斷掉了自己的那隻手，而斷掉的那隻手重新化為了鬼頭，那幾聲清晰的爆裂聲就是那些鬼頭爆裂所發出的聲音。

這個聲音當然吸引了我們的注意，也包括師祖在內，他看了一眼那個鬼頭王，說了一句：「有些意思，不過……」師祖沉吟了一下，看了一眼遠方霧氣濛濛的小路，說了一句：「快來了，我的時間倒也從容。」

什麼東西快來了，我和承心哥完全聽不懂師祖的意思是什麼，可是師祖根本沒有興趣對我們解釋，只是看著在那邊守著如雪的幾個大妖之魂，若有所思地說道：「在此地，竟然守著寶藏不會用，罷了，也不怪你們，那就開墓吧。」

這一句又是什麼意思？那邊鬼頭王已經徹底擺脫了毒魂，新的手掌正在快速凝聚，於此同時，它邁開了腳步，終於朝著我們這一邊前行……

情況真的很危急了，可是師祖依舊是一副不慌不忙，從容不迫的樣子，他對在不遠處的如雪喊了一句：「等一下，你來拖住它，開墓的事情我來罷。」

如雪的神情有些詫異，可是她對「我」是無條件信任的，所以她點了點頭。

鬼頭王的腳步一開始很慢，畢竟剛剛才擺脫毒魂，斷腕重生，身體也沒有完全磨合，可是過了幾秒鐘，它的速度就飛快提升起來，這幾百米的距離，怕是不到幾秒就會衝過來。

可是，在鬼頭王衝刺的階段，師祖也只是朝著那邊說了一句話：「欺我老李一脈無人，壓我徒孫，貪圖寶物，不擇手段，給你們一個教訓罷。來，來，來來……」

就在鬼頭王要靠近我們的瞬間，忽然就那邊的小路盡頭衝出了一大團烏雲，帶著不可思議的速度朝著鬼頭王俯衝而去！

這是……！

我還沒來得及反應，就聽見如雪發出了急促的幾聲清嘯，伴隨著蟲王那怪異的嗡鳴聲，那烏雲幾乎是席捲而來，我終於看清楚了，是那些蟲子到了！

那是如雪召喚而來的蟲子，是準備用來強行開墓的蟲子，此刻全部纏上了鬼頭王！

一瞬間，那個威風凜凜的鬼頭王，巨大的身軀上竟然布滿了蟲子，成為了一個「蟲人」，它發出了震耳欲聾的恐懼嚎叫，伴隨著的是讓人牙酸的「唰唰唰」啃噬的聲音。

這些蟲子真的逆天了，竟然在啃噬靈體。

可是，這根本不是讓人最震撼的，讓人最震撼的是現在的「我」，竟然開始掐動起我從來沒有見過的複雜手訣，那速度快到不可思議，我懷疑都快是我身體能承受的極限了……

隨著手訣的掐動，這個山谷那永恆不變的夕陽天竟然開始蕩起了層層的波紋……

第九十七章　持續的巔峰戰鬥

我沒想到這個蟲子竟然可怕到了如此的地步，鬼頭王這種集結了兩派之力的存在，竟然在蟲子啃噬了不到一分鐘，就已經以肉眼看見的速度縮小了一點點。

但是，如雪曾經說過的，她指揮這些蟲子並不能「圓融」，只能依靠蟲王進行一些壓制，和淺顯的指揮的弊端也暴露了出來，一些蟲子在啃噬了一陣子以後，竟然不肯再「紮堆」啃噬，而是在這個山谷亂飛了起來，不然就是圍繞在蟲王身邊不肯離去。

可就算如此，鬼頭王還是遭遇到了最大的危急，它沒有辦法擺脫這些東西，只能依靠靈魂的力量去「震碎」這些蟲子的精神，然後達到蟲子死亡的目的。

不過，效果卻異常的不好，這些蟲子也不知道是什麼「做」的，鬼頭王憤怒地，狂躁地去消滅蟲子，但到現在過去了幾分鐘，不過才死了十幾隻蟲子。

這是何等的可憐？

而那邊的人終於反應過來，懂了這個蟲子的逆天之處，翁立更是大喊：「請神術，還沒有好嗎？還沒有嗎？」

在這個時候，沒有別的辦法，只能絕對提升鬼頭王的實力，不顧一切地提升才是解決問題的辦法，就算現在有小半的蟲子不聽如雪的指揮亂飛，可就是這些剩下的蟲子給予一定的時間，也能把鬼頭王啃噬乾淨。

到時候，這個集結了兩派之力的鬼頭王一旦倒下，剩下的人根本沒有什麼戰鬥力！

面對翁立的著急，肖承乾那一脈的長輩顯然更加鎮定一些，其中一個長輩沒有理會翁立的氣急敗壞，只是開口說道：「請神術就快完成了，這是急不得的，到時候我們這些老傢伙出手也就是了，你們怕也要拿出你們的最強祕術了吧。」

那老者輕描淡寫，可是目光死死盯著的卻是我的本體，可能我的本體忽然掐起了一套複雜之極的手訣，竟然引起了空間的震盪，他感覺到不可思議，如臨大敵。

而我最是可憐，以往留有殘魂在身體裡，也可和師祖交流，可此時我的殘魂好像被師祖禁錮在了靈台，根本不能得知任何情況，連師祖在做什麼都不知道。

「啊……」一聲長嘯在那邊的人群中響起，終於有人請神術成功了。

而通過請神術狂漲的靈魂力自然是通過祕術毫不遲疑地傾洩到了鬼頭王的身上，隨著第一個人請神術的完成，接二連三的人都開始完成請神術……

原本蟲子啃噬的鬼頭王在不斷縮小，甚至有些虛弱，此刻得到了新的力量的注入，身體又膨脹了起來，而且攻擊也顯得凌厲了起來，如雪的蟲子瞬間就死了七、八隻。

當然這七、八隻相對於蟲子的數量，根本就不值一提，可是這些蟲子並不完全受如雪的指揮，當年連仁花也不能完全控制牠們，在感覺到了生命的危險時，更多的蟲子憑藉那強大的生存本能離開了鬼頭王，這根本就是如雪沒辦法阻止的。

如果可以阻止，仁花當年也不用想出那麼一個辦法來壓制蟲子了。

「哈哈哈，有用，有用，有用！聽我的，大家用最後的祕術。」翁立狂笑了幾聲，因為鬼頭王力量的膨脹，蟲子立刻就飛走了一半還多，啃噬的速度明顯變慢，他覺得只要再努力一下，這些蟲子就會離開，雖然原因他也不知道。

翁立是這麼說的，也是這麼做的，他施展了和何龍當時和我決鬥時一樣的祕術，心頭血！因為鬼頭王可能是他這一生最巔峰的「術」，一生可能也只有這一次機會凝聚成鬼頭王，他當然最上心，他當然太迫切地想取得勝利！

那麼多力量的注入，鬼頭王的力量越發強悍，而如雪的蟲子是真飛走得越來越多。

「轟」，在我身後，一聲驚雷之聲響起，我猛地一回頭，心裡只有一個念頭，這裡不是禁止五行術法的嗎？怎麼還有天雷？難道是師祖掐那麼複雜的手訣只是為了引雷？

可是回頭的瞬間我就錯了，那一聲轟鳴根本就不是什麼天雷，而是這片山谷的天空被撕裂了一道口子！

師祖的手訣掐動得越發快，可是雙眼已經睜開，我看見他額頭密佈著汗珠，顯然剛才是一個我不知道的了不起的術法，在此時師祖雙眼睜開，只能說明一件事情，那就是這個術法最艱難的時期已經過去。

我愣愣地看著師祖，又看看在一片柔美夕陽的晚景天空中，不和諧地開著那麼大一條一人大的口子，在口子的周圍蕩漾著層層的波紋，感覺是那麼的怪異，師祖是要做什麼？

「承一，把你的靈魂全部融入虎魂，僅留一魂守住靈台即可。」師祖看我看著他，忽然開口這樣說道。

如果是一個別的什麼修者對我這樣說，我一定會怒火衝天地和他打一架也不一定，這完全就是「奪舍」的節奏，不然就是毀滅我靈魂的節奏，但是師祖這樣說，我卻異常放心。

當下，我就開始召喚自己的靈魂，心中也隱隱有一些興奮，這是從來沒有試過的，最強合魂啊！

我自己的魂魄不斷和傻虎的魂魄融合，我感覺到一股股澎湃的靈魂力一波一波地衝擊著虎軀，我感覺到利爪又鋒銳了幾分，感覺到身旁圍繞著的是呼嘯的帶著切割攪滅的煞氣氣場！

我第一次感覺到了一種什麼叫做「強大」的氣勢！

師祖此刻已經盤坐在了地上，雙手直指心口和靈台，口中大喝了一聲：「承一，你去幫助那個丫頭，戰鬥去！」

而如此同時，一道金色的波光出現在了那個黑沉沉的口子裡，似乎是在奮力掙扎，然後終於「破殼而出」，朝著師祖飛奔而去。

在那一瞬間，我忽然有一種感覺，這道金色的波光應該是師祖的靈魂，或者是真正的師祖遺留，可是師祖不是去昆侖了嗎？這中間到底是怎麼回事兒？我的靈覺怎麼會給我這樣的提示？

那道金光衝入了我的身體，發生了什麼，我唯一遺留的一魂根本感覺不到，此刻鬼頭王已經扳回了勝利的天平，遺留在它身上的不足蟲子整數的三分之一了，而且每一分鐘都還有五、六隻的死亡。

在那邊邪修的祕術依然在進行著，顯然我們的爭鬥根本沒有達到一決生死的最後地步，雙方都還沒有拿出最強的實力！

不能再等待了，如果說鬼頭王徹底擺脫了蟲子的節制，我們會輸的，輸了就是死，也許比死更可怕，靈魂都得不到超脫，我不能依賴師祖，因為這並不是完全的師祖，何況，師祖說了必須要先開墓！

我虎吼一聲，再次投身於戰鬥，隨著身旁的風，猛地一撲，就躍到了鬼頭王的身邊，幾乎是不加思考的，爪子揚起，一抓就抓下……

「轟」，我是靈體，但也感到了大腦彷彿是被震盪了一下，我極力地和鬼頭王戰鬥，憑著本身的速度優勢，撕咬了鬼頭王好幾下，可是對比起我小小的身軀，鬼頭王是如此的巨大，我這幾下，根本無法給它帶來決定性的傷害，反倒是隨著它身體融合得越來越好，擺脫的蟲子越來越多，終於抓住機會，狠狠給我來了這麼一下，一下子就把我搧開了老遠，如果說這股力量再大一些，我的靈魂力都會被震散一些。

我重新站起來，甩了甩有些昏昏沉沉的腦袋，卻聽見師祖的聲音傳來：「承一，繼續戰鬥，只需要再支撐一會兒。」

接著，又聽見師祖對如雪說道：「小姑娘，盡妳的全力指揮這些蟲子，消耗一些對妳也是好事，只需要再支撐一會兒。」

師祖他完成術法了？就只是那麼簡簡單單的幾句話，身體還是我的，可是這時，我卻發現師祖是那麼的不一樣，氣質和氣場都不一樣，有一種讓人高山仰止的強大。

師祖，他是活過來了嗎？

第九十八章 絕望的深淵

可惜師祖身上有太多的謎題，而且更是一個不愛解釋前因後果的人，他只是那麼對我和如雪吩咐了兩句，半點沒有想要解釋什麼的意思，所以我想破腦袋也想不出來師祖現在到底是個什麼樣的狀態「存活」在這裡。

所以，我和如雪只有拚盡全力的戰！

而師祖卻到了如雪所在的位置，吩咐如雪退開去，然後倒背雙手，竟然開始踏動起步罡來，但並不是完全的步罡，在踏動的同時，他也一邊從我隨身的黃布包裡摸出一些法器，就如靈玉和銅錢什麼的布陣法器，他竟然要以陣破陣！

我內心驚奇，這種做法說白了也是一種強破之法，可是以一人之力，那布出來的陣法該有多大的威力？而且我也是第一次看見布置陣法，竟然需要踏動步罡，來引動天地之力！

不過，雖然驚奇，我卻沒有太多的時間去觀察師祖那邊到底怎麼樣了，因為阻擊這個鬼頭王的重任全部落在了我和如雪的身上！

這種阻擋於現在的我，幾乎是「終極」合魂狀態都異常的艱難，主要是我的傻虎還屬於「起步」階段，合魂這種高深的祕術如果分等級，我和傻虎還在初級等級之中！

所以我是萬萬阻擋不住鬼頭王的，而且那一邊也看出了問題的關鍵，這些「討厭」的蟲子是來自於如雪的指揮，與其與蟲子糾纏，不如一鼓作氣殺了我們，就算做些犧牲也無所謂了。

我猜測翁立的心裡在滴血吧，竟讓放棄了防禦，任由蟲子啃噬，也要全力進攻我們，這於他們這一脈是極大的損失了。

面對這樣的鬼頭王，我已經記不清楚，我是有多少次被拍飛，多少次合魂都差點被震散，還是一次次地站起來，撲向鬼頭王，生死也要攔住它的腳步……

而我在這種情況下，還能夠勉強支撐的最大動力來自於如雪，也不知道如雪是用了什麼祕術，重新又指揮了大半的蟲子，參與了攔截鬼頭王！

想想也真是可憐，我們這一脈被逼到了如此的地步，卻還是要不停戰鬥，連承心哥這個醫字脈的人也加入了，一次次讓吳老鬼幫著投毒，雖然效果甚微。

更讓人憋屈的是，就算努力到了如此的地步，我們也根本不敢奢望能夠消滅鬼頭王，只能儘量做到拖住它的腳步，如果我們這一脈也是人丁興旺的話……我搖搖頭，不敢想，只知道自己要戰鬥！

時間在一分一秒地流逝，我也不知道過了多久，十分鐘？或者是二十分鐘？只知道就算做為靈體，我的腳步也越來越慢，靈魂力流逝得也越來越快，鬼頭王身上有幾道煞氣造成的傷口，因為煞氣壓制的原因，久久不能用靈魂力來將它癒合，這就是我努力的「成果」了，於鬼頭王來說，實在不是什麼致命的傷害。

師祖那邊依然沒有動靜，可是我卻看見，邪修們早已完成了祕術，遲遲不爆發的原因，是因為邪修那一邊另外一個長者，又在開啟一門新的祕術，他竟然是要融合這些心頭血的精華力量！

不用想，我也知道這門祕術有多麼逆天，形成整體的鬼頭王，注入整體的提升力量，一絲一毫都不浪費，那個時候我還可以擋住鬼頭王嗎？

如雪身前，一道紫色的血跡亮起了微微的毫光，可如雪支撐的臉色卻是那麼蒼白，我估計她和我一樣，快撐不住了。

承心哥的臉色也變得嚴肅起來，我分明看見他已經無藥可用了，醫字脈還有頗多神奇的法門，就比如師叔施展過的靈醫術（轉移之術）等等比它還神奇的法門，但承心哥現在是施展不出來的，更何況，他剛才連失兩滴精血。

小喜小毛是確實沒有戰鬥力了，再戰功力全失就是最好的結果。

吳老鬼就算此刻拋開一切化身厲鬼，也簡直是杯水車薪，根本起不了任何的作用！

我們這一邊的情況簡直糟糕到了一個臨界點。

反觀那一邊，終極的大招還在成形中，根本還沒有最終完成！完成之後，不知道這個逆天的鬼頭王實力會攀升到一個什麼境界，如果說小鬼沒有怨氣不消，就可以無限次存在的特點，那麼我可以保證說，就算如今的鬼頭王都比小鬼還要厲害，更遑論等一下，接受了那一股力量的鬼頭王。

可就算如此，我們還是在支撐，我的虎軀在這時除了那一條條傷口（靈魂力不足，沒辦法再癒合傷口），連身軀都變得若隱若現。

的。

如雪緊緊咬著下嘴唇，一張臉已經蒼白如紙，顯然指揮這種逆天的蟲子，是極度耗費心神其他的人更沒有辦法了，可是依然站著不肯後退，就連小喜小毛也是勉強站著，躬起身子低吟著，隨時準備在最關鍵的時刻不要命的撲上前去。

吳老鬼也不曾後退，臉上竟然有一種老子隨時準備豁出去的決然。

但是在這一次撲過去的時候，我咬緊了虎牙，再一次撲了過去，如此拚命，並不是沒有結果，至少在我們的阻擋之下，那個鬼頭王才前進了不到五米的距離，這就是我們的堅持！

但是在這一次撲過去的時候，我的心一下子沉了下去，我看見那個施展祕術的老者，已經完成了祕術，一股黑色的力量沖天而起，朝著鬼頭王席捲而去。

鬼頭王長嚎了一聲，身體的靈魂力猛然一震，把我震開了去，然後全身僵立不動地站在了那裡，任由那股黑色的力量將它包裹！

我在空中翻滾了好幾個圈才勉強停住身體，可是這一次站起來，我發現我已經快要不能維持身體的穩定了，我幾乎可以預測，我要是敢再劇烈的去攻擊一次，哪怕就是一次，我的魂魄都會散掉，和傻虎一起墜入萬劫不復的境地！

要怎麼辦？在這一刻我的心亂了，如果實在要我阻擋，我是一定會去的，如雪這麼一個弱女子，都肯為了心中的守護，孤身入龍墓，我一個堂堂男兒，為什麼不敢犧牲，就如師傅常常告訴我，死不可怕，遺憾更加可怕，能做到的底線沒有做到，那是生生世世的不安。

但拖著傻虎，我卻猶豫了！從來這就是我的逆鱗，情願一切自己來承受，不想再失去身邊重要的人。

我要怎麼選擇？我心亂如麻！

傻虎畢竟和我共生，更何況是在合魂的狀態下，我的心思它當然第一時間就感覺到了，它那邊傳來了模糊的意識給我：「一起，一起，積德，抵孽債！」

傻虎的意識就那麼簡單，它曾經失去的力量太多，常常連一句完整的話都不能表達出來，只能表現心中的意識，我的心裡卻有一種悲哀的感動。

傻虎跟我那麼多年，難道也在師傅的耳濡目染之下，對人間的道有了認知？知道要還以前所造的孽？

既然如此，那就同生共死吧，如果僥倖彼此能夠有殘魂存在，下輩子就做兄弟，我在心中給傻虎傳達著這個意念！堅定而堅決！

可就算如此，我也忍不住朝著師祖那邊望了一眼，那邊竟然升起了極大的淡灰色霧氣，那是陰氣所化的霧氣，看不清楚裡面的一切。

時間在流逝，靜默著！黑色力量包裹之下的鬼頭王，在身邊形成了一個絕強的氣場，根本無法靠近，一切只能靜待著它吸收完畢那股力量！

這時，那邊的一個肖承乾一脈的老者故意歎息地說道：「這幾位後生還是相當不錯的，可以和我們兩脈精英集結之力戰鬥成這個樣子，是真的人才，不如改投在我門下吧，或者還有一條生路。」

改投你門下？你垂涎的是合魂的祕密吧？就算惜才，你們也不會惜我老李一脈的人才，因為不是一直有著宿怨嗎？

好笑！

而肖承乾卻忍不住對我們這邊大喊了一句：「承一，你們快答應吧，活下來比什麼都重要。」

「是的，你還是活著吧。」我沒想到的是林辰竟然也說話了。

答應嗎？戰鬥已經到了絕望的深淵，根本沒有路給我們前行了！

第九十九章　師傅

可是就算前方是絕望的深淵，那有如何，我此刻身為虎魂，是不可能大聲喊話的，和他們意識溝通又浪費我的靈魂力，我根本就是不屑於那個老者。

但是對於肖承乾和林辰，我卻是搖了搖頭，肖承乾頓時失望了，臉上還帶有一種絕望的著急，畢竟誰能忍心看著朋友在自己面前魂飛魄散？

至於林辰，臉上則透露出了一種對我「執迷不悟」的不解，估計他覺得我這個人不會審時度勢吧。

而這時，我的身後響起了一聲喝罵的聲音：「放屁，我老李一脈，一入門，就生死只能是這一脈的人了，大恩、大情於心中時刻都不敢忘，你要我背叛，你是在放你祖宗十八代的屁。」

罵人的是承心哥，我看了承心哥一眼，這真的是罵得痛快無比！把我想罵的都罵出來了。

但顯然，這罵人的話太過惡毒了，是激怒了那個老者，他冷冷看了我們一眼，說道：「哼，執迷不悟的嘴硬小子，那你們就痛快地去死吧。但你是跑不掉，會留活口的，好路不走，非要走破路來顯自己英雄，這就是茅坑裡的石頭，老李一脈嗎？」

要被留活口的當然是我，可是我是不會給他們這個機會的！

這個時候，纏繞在鬼頭王身上的黑色能量已經非常淡了，終於在鬼頭王又一聲長嚎之後，一個全身漆黑的鬼頭王終於出現了！

它此刻真的到了力量的極致，在徹底醒來過後，第一時間就用冷冷的雙眼打量著我這個給了它無盡阻擋與騷擾的存在，在下一刻就毫不猶豫的一掌拍向了我，速度快到了極致！

迎上去，這就是我的唯一想法，此刻除了我自己，沒人知道，我再戰很有可能就是魂飛魄散的結果，但很奇特的是，在此刻我的心中卻沒有一絲的悲哀。

有什麼好悲哀的呢？很小的時候，父母姐姐那樣的疼愛我；竹林小築，和師傅那樣安然的走過了少年時代；長大了，身邊有可以託付生命的朋友和同門；還有一段如此相愛的愛情，有那麼美好的一個女子這樣愛我……我這一生，雖然失去了那麼多，可是我真的不遺憾！

我以為我會死，可是一聲炸雷般的聲響出現在了整個山谷，緊接著就是無盡的震盪出現在了山谷，這種震盪帶起的能量是如此之大，連身為靈體的我和鬼頭王都雙雙都被這種衝擊波震盪得站立不穩，我是直接從空中跌了下來，而鬼頭王則是倒退了好幾步！

「轟」「轟」「轟」的聲音不絕於耳，此時整個山谷沒有人能夠穩穩站著，或是扶持著，或是伏倒在地，大家的神情都帶著驚恐和迷茫，到底發生了什麼？

只有我，第一時間想到了——師祖破陣！

所以，我第一時間就朝著師祖那邊張望，依舊是煙塵和濃霧籠罩，但是那轟鳴聲已經漸漸沒有了，緊接著一個聲音從煙霧中傳出來：「吳天的後人們就這麼點兒出息嗎？一邊欺負我老李一脈無人，一邊教唆我弟子叛門，難道心中就沒有一點兒道義了嗎？」

吳天？吳天是誰？我一開始沒有反應過來，後來心中卻是了然了，吳天應該就是我師祖的師弟，肖承乾那一脈的老祖宗了吧？

隨著聲音的傳出，籠罩的煙塵終於漸漸散盡，一個身影倒背著雙手從煙塵中走了出來，在他身後，有著一個令人震撼的建築，一道充滿了蠻荒氣息的長牆，滄桑而質樸，在長牆的正中，是一道沒有大門的石門框，門框裡面隱隱約約的看不清楚，只覺得在那門之後，一切的一切都有些像高溫中的視角，有些隱約和扭曲！

走出來的身影是我，也是師祖，他終於完成了以陣破陣！

可是對方的人卻不清楚具體的情況，只當是我這個囂張的小子又「回魂」了，肖承乾那一脈的人更是憤怒，紛紛喝罵，因為我作為一個小輩，竟然直呼他們老祖宗的名字，這是絕對不能容忍的！

所以，剛才那個被承心哥罵的老者直接連聲催促：「還囉嗦什麼，叫鬼頭王滅了他們。」

鬼頭王怒吼了一聲，直接撲向了我們，這一下帶著不可抗拒的威勢，我們是怎麼也擋不住了，卻不想師祖依舊瀟灑，只是凝空畫符，一道雷電竟然從剛才那個一人大的口子中落了下來，直直劈向了鬼頭王！

對於邪惡的東西，雷電自然是最有克制的作用，一劈之下，鬼頭王就嚎叫著倒退了好幾步，雷電劈過的地方，竟然留下了一道泛著黑煙的紅痕。

但這是怎麼回事兒？這裡不是抗拒五行法術的嗎？看著那道裂紋，我心中有一些清楚了，師祖剛剛施展的大術，已經把這個可能是遠古巨龍的存在營造的一個特殊存在的空間，給破了一個口子，外面的五行之力，自然就可接引而來了！

「五行之術，怎麼可能，你到底是誰？」

「怎麼回事兒，難道是老天在幫陳承一那個小子？」

「不可能，怎麼會有五行之術，不對，他竟然是凝空畫符，瞬發法術，他怎麼可能……」

只是簡單的一手，就已經讓所有的人震撼，如果在此可以接引天雷的話，這個鬼頭王反倒是真正的被克制了，因為它和小鬼不同，小鬼以怨氣為「生命力」，煞氣為「殺傷力」，雷電對它的效果絕對不是那麼絕大的。

但是鬼頭王不同，這種純粹邪惡的存在，恰恰就是被雷電所克制，這還只是普通的雷電，根本不是真正的天雷，就已經對鬼頭王造成了如此的傷害。

根本不理會那些人的議論，師祖開口了，他對我說道：「承一退下，撤掉合魂的狀態吧，這個傢伙交給我們來擋一陣子。」

我們？那還有誰？我心中疑惑，可是還是感動，承心哥的淚水已經流了下來，師門的庇護和那種孤苦無依的拚命，在此刻形成了強烈的對比！

我在第一時間撤掉了合魂，靈魂回歸了靈台，可是傻虎卻沒有跟著我回來，我在靈台是親眼看見，傻虎不由自主地和其他三大妖魂一起進入了那個充滿了滄桑的石門。

同時進去的還有如雪！如雪……我心中的悲傷一下子又湧了出來。

「既是無緣，也就不要強求。惜緣，惜的是緣分，而不是執意於心中的想要擁有的執念，癡兒，還不放？」察覺到了我的情緒，忽然一段師祖的意念就傳達給了我。

我一下子愣愣的，師祖這一句簡單的話，在我心中反覆咀嚼，心中的哀傷竟然淡漠了一些，可是這一次的師祖未免太過「活靈活現」了吧？

我還沒來得及琢磨什麼，卻又感受到了另外一道意念。

「這裡可借用的五行之力終究是有限的，滅殺這個存在，不足夠！不過，在我掐算的時間內，為你們擋住也就夠了，到時候，自有機緣為你們化解危機。這一次，就讓我們老李一脈的師長來庇護你們吧，讓我和我徒兒，共組天雷陣！」

我一時沒有反應過來，心中所想的，只是那一年，我們在黑岩苗寨的山谷，幾十個道士共踏步罡，共組天雷之陣，對付惡魔蟲的那一幕！

我只是下意識地想到，當時師傅主陣，借助了那麼多人的力量，但換成師祖和師傅共同來組陣，那麼一個簡易版的天雷之陣也未嘗不是不可以組成！

而這時，我終於反應過來了，師傅，師祖要和師傅組陣？但是師傅他在哪裡？

在這邊，師祖已經開始踏動步罡，面對鬼頭王的衝擊，和上次在密室中一樣，師祖竟然可以分心二用，凝空聚符，然後一道雷電加以阻擋，這是何等的瀟灑風姿？

但這一切，都不能吸引我了，因為我在靈台中，是分明看見那道古樸的石門之後，在一陣水波樣的波紋蕩漾開以後，一個身影，同樣是背著雙手走了出來！

依然是亂七八糟的頭髮，未經打理的鬍子，髒兮兮的衣服，帶著一些很不正經的輕鬆，所以顯得猥褻的身影，那麼熟悉，那麼親切——師傅！

真的是師傅從石門之後走了出來，再次看見他，心中的哀傷彷彿是來自靈魂的深處，我的雙眼竟然流出了眼淚，根本不由控制！

要知道，這個身體，是我師祖此刻在用啊。

「癡兒，立淳兒教出來的徒弟，竟然同他一般執著。」師祖的意念傳來，伴隨著的竟然是師祖的一聲歎息。

第一百章　迷惑

什麼戰場，什麼仙人墓，什麼委屈，什麼憤怒，什麼不解，包括此刻師祖的一聲歎息，全部被我拋在腦後了，所有的情緒都化作了一腔思念，和孩童般的依賴在我心中翻騰。

我想過無數次和師傅再見時的情景，每一次想到的開始都不是流淚，而是要「質問」師傅一句：「為什麼無聲無息的就走？」

可是再見時，我才發現真的什麼都問不出來，有的只是止不住的眼淚。

走出來的師傅表情很淡然，眼神中卻始終有一絲化解不開的哀傷，他沒有說話，很沉默，甚至沒有朝我們，朝戰場看一眼，而是閉目，默默開始踏起步罡，這又算一個什麼樣的情況？

瞬間的情緒上湧過後，我勉強能鎮定下來思考了，可卻發現情況不對勁，沒道理師傅看見我連話都不說一句，就開始踏動步罡的。

而師祖的那一手本事，萬萬是現在的我不可能做到的，師傅只要仔細一想，就知道，我多半是動用了中茅之術，那麼，不在意也就罷了，難道他也不在意師祖嗎？

我一下子就疑惑了，再仔細看去，才發現師傅的整個身體都不對勁，我不知道該怎麼樣去形容這種感覺，那就是身體確實是實在的，不像靈體看上去缺乏一種很「厚實」的感覺，可是那種不對勁在當時沒有辦法找出一個準確的感覺來定義，但現在大概可以找到一個對比來定義這種感覺，只是大概！

就如同現在的某些風景畫面，用高超的PS技術，生生的把一個人PS上去的感覺，就是如此！只不過要真實得多！難道……

我疑惑的心情顯然被師祖感受到了，他的意念傳來，大概就是讓我現在別想那麼多，等一下自然有答案。

我的心一下子涼了半截，也就是說，我現在看見的實實在在的師傅，他也不是師傅，我剛才只是白高興了一場，但這種情形仔細想來未免太過詭異了。

但又怎麼不是師傅呢？我的目光還是緊緊追隨著師傅的身影，一舉一動，踏步罡的姿態，每一個細節，都是師傅啊！

五年了，好吧，就算此刻我看見的不是真的師傅，但總算五年，我的思念也找到了一些慰藉。

師傅踏動的步罡和師祖呼應著，漸漸的，我以為是永恆夕陽的空間就起風了，漸漸的，開始烏雲密佈了，這就是陣法即將成形的預兆……

我努力地不去想一件事情，那就是為什麼師傅踏動步罡，一直都刻意地控制在一個小範圍內，就是那道古樸大門之前的小範圍，以至於步罡也只能踏動「簡化」的版本，威力大減。

是不是說這樣的原因，師祖才說不能夠一舉滅了鬼頭王呢？

自然師祖或者那個師傅都不能夠給我一個答案，只留下我一個人苦苦思索，再看承心哥他不停招呼著我師傅，喊著師叔，無奈我師傅也根本不加理會，弄得承心哥的臉上也出現了黯然的表情。

而震驚的遠遠不只我們，在那邊多少有人是認得我師傅的，我師傅的現身惹得那些人也如同炸開了鍋一般，再也穩不住情緒，如果我們幾個小輩詭異的實力只是惹得他們震驚，那麼師傅的出現就是百分之百讓他們驚恐了，先不說師傅詭異地出現在這裡，是多麼的不合理。

就說我們這邊忽然添了一個如此「生猛」的生力軍，勝利的天平就已經不再完全傾斜於他們了。

師祖的凝空聚符之術，生生擋住了鬼頭王，而隨著時間的流逝，師祖和師傅的步罡幾乎同時踏動完畢！

「嘩」的一聲，聚集的烏雲似乎是到了一個極限，隨著師傅和師祖的步罡踏動完畢，傾盆的大雨開始落下，那邊的盡頭是絕美的夕陽，這邊的戰場是傾盆的大雨，然後一道閃電撕破了天空，一道雷電落下……

這種奇特的景象，我怕是一生都沒有幾次機會能夠看見，竟然有一種強烈的對比之美！

同時我也嘲笑自己，剛才還緊張得要拚命的自己，竟然有心情來欣賞這等景色了，果然這就是來自師門的庇護讓自己安心嗎？

隨著陣法的展開，落雷滾滾而下，全部都朝著鬼頭王狠狠劈去，而雷電的確就是鬼頭王的剋星，每一道落雷都能給這個力量膨脹到極限的傢伙一道黑煙滾滾的傷痕。

而我心中卻是極為震驚，這才是我老李一脈的實力嗎？我不認為現在的師祖是「完整」的師祖，也認識清楚了存在於我眼前的師傅恐怕也不是真正的師傅。

但就是這樣的兩人，僅憑著兩人之力，就完成了一個十方萬雷陣的簡化版本，看著那邊目瞪口呆的人們，我心中有一種想仰天長笑的痛快！

這樣想著，就看見一道真正的天雷落下！這個簡化版的十方萬雷陣竟然連天雷都引下，是何等的威風八面啊？

而隨著那道天雷的落下，鬼頭王發出了它出現以來最淒慘的嘶吼，接著我就看見它幾乎半邊身子都冒起了濃重的黑煙。

翁立噴出了一口鮮血，死死瞪著我們，如果眼神能夠殺人，恐怕我們已經死了成千上百次。

可惜的是眼神是不能殺人的，而鬼頭王面對這滾滾落雷，根本沒有一絲反抗之力，不說鬼頭王，就算那兩脈一百多人的精英都沒有任何一點兒辦法！只能眼睜睜看著。

師祖和師傅來了，無疑就是整場戰鬥以來，我最痛快的時間，可惜的是，是不是一場繁華過後，我終究還是要一個人哀傷，只因為這一次，我恐怕連如雪都要失去……

鬼頭王的全身冒著裊裊的黑煙，剛才幾乎是實質的身體，到此刻已經變得虛化了，而且那黑煙彷彿也「蒸發」了它的體積，比剛才那個巔峰的時刻幾乎小了三分之一！

這就是持續了十分鐘的十方萬雷陣的威力，可惜也只有十分鐘！

隨著最後一道落雷的落下，戰場變得安靜了，雨停了，剛才那聚集的烏雲如同風一般很快就消散在了整個天空，那絕美的夕陽又再次布滿了整個山谷。

只是因為戰鬥，原本如同世外桃源的一般的山谷被破壞了一小半，本是繁花似錦的大地，由於雷電的肆虐，留下了大塊大塊的翻起黑土的土地，看去滿目瘡痍，就如同一個個傷口。

我眼中只看見師傅忽然跪下了，朝著這邊的大方向磕了一個頭，然後抬起頭來，竟然是滿面的淚水，嘴唇抖動，想說些什麼，終究只是吐露了兩個字：「師傅……」

原來，他是知道師祖的存在嗎？還是……我一時間有些想不通到底是怎麼回事兒，如果知道師祖存在，怎麼磕頭的時候，目光並不是望著這邊呢？

接著，師傅就站了起來，忽然開口說道：「承一，如果你看見我，那就是你來了，你來的時候，我恐怕已經離開你了，不要怪我！可是不痛快嗎？生平憾事，就是我們老李一脈不能三代並肩，如今怕是已經實現。承一，我不能預知後事，如果你一定要問我一個答案，我卻只能告訴你一句話『好好生活，放下我』，緣分已盡，只如流水。」

說完，師傅長歎了一聲，再次倒背著雙手，慢慢走入了那個神祕的大門，身形就這樣的消失不見！

師傅！剛才已經平息了的憤怒突然又冒了出來，我想邁步去追師傅，無奈是師祖控制的身體，根本我就行動不了。

「罷了，宿命而已。」師祖忽然就感歎了一句，然後再次給我傳達了一個意念：「答案就在墓中。」

然後詭異的師祖的力量，竟然就莫名抽離了，剩下我們，和受傷的鬼頭王留在這片空間。

就這麼走了嗎？

第一百零一章　四大妖魂

相比於師傅這麼雲淡風輕地走掉，師祖的走就顯得絢爛很多，這一次他的力量抽離，竟然是讓所有人都看見，一道金色的迷濛霧氣抽離了我的身體，然後以極快的速度消失在了那條黑色的口子之中。

而那條黑色的口子也在慢慢消失……

「這絕對不是中茅之術吧？」承心哥呆呆地看著這一切，喃喃地說道，每一年都要用中茅之術請一次師長，在承心哥的理解裡中茅之術絕對不會是這個樣子的。

那到底是什麼？我也不清楚，此時更是沒辦法思考，只是在身體能夠自由活動的那一刻，下意識地就朝著墓地的大門走去！

師傅在裡面，如雪在裡面，這就是我心裡唯一的念頭……

「小子，你敢……」

「陳承一，你想死嗎？」

也就在我邁動腳步的時候，從那邊傳來了一陣陣喝罵的聲音，在他們看來，戰鬥還沒結束，我竟然敢趁亂走進仙人墓去大佔便宜，是異常大逆不道的，當然導火索並不是我，而是剛才他們也分明看見我師傅走進了仙人墓！

在這些罵聲當中，還夾雜著一個刺耳的笑聲：「哈哈哈哈，小子，你還有別的招嗎？如果沒有的話，那你就去死吧！」

我只能麻木地聽出這是翁立的聲音，卻全然想不起鬼頭王並未消滅，師祖師傅已經離開，我們已經處在了最危險的境地。

我的心裡，我的腦子裡想的只是我要找師傅，我還要找到如雪，我再抱抱她！我連眼神都變得執著而瘋狂，我木然轉頭，在那一瞬間，周圍的一切都像變成了一齣默劇。

翁立瘋癲地大笑，全然不理會旁邊那位老者的呼喊，那個老者是在喊要留住我的命嗎？我不知道！

而承心哥也在大聲朝我喊著什麼，他的雙眼竟然急出了眼淚，在急什麼？所以，我看向了吳老鬼和小喜小毛，小喜小毛掙扎著站起來，朝我嘶鳴，吳老鬼以最快的速度朝著我飛來，是又要化身厲鬼了嗎？

最後，我看見一件事物在我的眼前無限放大，那澎湃的能量帶起的風聲，終於刮響在我剛才因為內心的劇痛而暫時失聰的雙耳，那一件事物是鬼頭王的拳頭！

在那個時候，我竟然還能微笑，這傢伙剛才被師祖和師傅揍，積壓的憤怒是要發洩在我身上了嗎？對吧，是要死了，如雪，看來不是我失去妳，是妳要先失去我啊……

也好，妳不會看見這一幕，心是不是就不會那麼疼？

我閉上了雙眼，我以為如果是死得其所，我會笑，可是還是有兩行淚掛在了臉上，太多的遺憾，師傅終究是沒有問到他為什麼要不聲不響的離開，如雪最終是沒能再一次擁抱她，父母不能為他們養老，朋友不能再一次陪他們喝一次酒……

我等待著自己靈魂破碎的那一刻，可以預見那麼絕大的能量撞擊在我的靈魂上只會是這樣的結果，我想起了小鬼點點被渡化的那一幕，漫天的光點飛舞……

可是，我沒有等到那即將預見的劇痛，只因為我聽到了一聲震耳欲聾的虎吼一聲，然後一陣颶風撲面，我差點站立不穩，接著就是那種來自於靈體碰撞蕩漾開來的波紋，連我的靈魂都在顫抖！

是發生了什麼？虎吼，是傻虎出來了嗎？

我還沒來得及睜開雙眼，就聽見整個山谷「沸騰」了，這種沸騰是上百人整齊劃一的驚呼震驚之聲，這場大戰打到如今，不知道這種震驚來了多少次，但從來沒有一次像這次一般，是如此的整齊。

我的雙眼在這時也睜開了，首先映入眼簾的就是吳老鬼那一張震撼無比的臉，它到底是在剛才「飄」來了我的身邊，接著我眼神一轉，我看見了，很沒出息的也發出了一樣的驚呼聲！

四大妖魂——齊現！

接著，我感覺到了一股蒼茫的氣息一下子席捲了整個山谷，這股氣息帶著不同於修者「靈氣」的另外一種強大氣息，讓人感覺到沸騰，但人只是沸騰而已，可小喜小毛忽然就變得精神了起來！

我再傻，此刻也明白了，龍之墓已開，這蒼茫的氣息，是死去了多年的巨龍的氣息散發了出來，對於妖物那就是絕大的補益！

那就好比把修者扔在一個全是靈氣的地方，在那樣的地方，你都不用刻意去行功，一呼一吸都是靈氣，這是如何理想的狀態啊！

所以，我看見在空中長達十米，銀色皮毛，黑金一般條紋，獠牙返祖上古劍齒虎，此刻正在對著鬼頭王齜牙咧嘴的傻虎……

看見了長達七、八米，優雅蹲坐在天上，一身白色皮毛如同白金，帶著魅惑的碧綠雙眼，懶洋洋俯瞰著下方，甩動著三條尾巴的碧眼狐狸。

看了不知道有多長，只是盤踞在上空就顯得巨大無比，一身流光溢彩的黑色鱗片如同墨玉，雙眼狹長冷漠，蛇信不停吐露，散發著極度危險氣息的大妖腹蛇。

也看見了，那厚重如山，整個身體比傻虎還大，幾乎佔據了半邊天空，身體覆蓋著琉璃質黃色龜殼，同樣是懶洋洋，卻有一種不動如山，難以突破之感的大妖——玄龜！

是的，那背上原本刻著的懶龜一隻，竟然變成了玄龜二字！

是的，四大妖魂——齊聚，而且是完整的四大妖魂狀態！這股蒼茫的龍之氣息，最是補益的當然是靈魂，這股氣息的環繞，讓傻虎它們四個妖魂，紛紛呈現了當年巔峰時期的狀態！

還有什麼比這個更讓人驚異的事情出現？所以那整齊劃一的驚歎聲來得不是誇張！

怪不得師祖要說，時間掐算還是來得及的，怪不得師祖一出現，就會若有所思的看著四大妖魂，說我們守著寶藏也不會用，原來在此地只要開墓，就有龍之氣息為四大妖魂加持，我們本就處於不敗之地啊！

當年那條龍也是這麼算的吧？四大妖為自己守墓，再不濟開墓之後，自己死後的妖氣會為四大妖加持，那樣就等於再給自己的墓加了一層保險！

可惜，世事難料，四大妖已經死去了，被逆天邪蟲害死，而妖魂卻輾轉到了我老李一脈手裡……

可就算如此，望著天空中那威風凜凜，氣勢驚人的四大妖魂，我還是忍不住開始嚮往，嚮往那個時代，這一片老林子，四隻妖物睥睨天下，何等的神奇威風？

想得更遠一些，那個修者盡出，崑崙傳道，華夏文明傳承還能保持完整的最後燦爛時代——大明！

如今的我們，只能盡力，再盡力，讓這華夏的篝火不要熄滅，讓我華夏的古老文明和傳承有一天再現輝煌，那是我們，每一個華夏人，流動著華夏之血的每一個靈魂，真正要繼承，不能忘記的東西。

在澎湃中，我想遠了，可是總是忍不住在腦海中要出現這一句話——薪盡火傳，生生不息！

「吼」是傻虎在天空中的一聲嘶吼，伴隨它的是碧眼狐狸的嘶鳴，大妖腹蛇的嘶嘶聲，大妖玄龜的搖頭晃腦，那傢伙懶得叫吧！

這一吼是傻虎王者的宣告，只是一聲吼聲，那個鬼頭王就生生退了好幾步，拳頭上，還有幾條生生的爪印，不用說，那是傻虎留下的，剛才是傻虎救了我。

「噗通」一聲，翁立坐在了地上，眼神恍惚，神情驚恐，嘴上卻喃喃地說道：「完了，完了……沒有辦法了。」

沒人反駁他，因為這就是事實！不要說四大妖魂齊聚，就算這其中的一個妖魂，那個鬼頭王都不是對手了，畢竟在他們眼前的是活了不知道多少歲月的大妖，而且是一條傳說中的龍的「弟子」！

「承一，入墓，我來守護你。」一股意念傳達到了我的靈魂，是傻虎，我感動而驚奇的抬起頭來，驚奇是因為這是傻虎最清晰的一次表達，而感動是因為傻虎的那一句守護我。

冷冷看了那邊的人一眼，對肖承乾點了點頭，我走過去抱起了小喜和小毛，叫上了承心哥，對吳老鬼說道：「傻虎一定會幫你報仇的，你要跟我們進去嗎？」

「等一下進去，我要看著那個傢伙被滅，我能感覺到它就在那一群當中。」吳老鬼是如此回答我的。

我點點頭，心中已經迫不及待地要進墓，就對吳老鬼說了一句：「那你等一下進來！」然後就朝著那邊的大門走去。

這一次沒有人敢罵我半句，因為注意力全被空中的那場戰鬥，不，是一邊倒的虐殺給吸引住了，四大妖魂齊齊出手，光是那氣息就壓迫得鬼頭王不敢彈動分毫。

反抗還是會有的，但是沒有絲毫的作用，我微笑著看了天空一眼，看見只是四個傢伙在痛快吞噬鬼頭王！

「以為這樣就算了嗎？就算了嗎？你們進不去！」忽然，已經是絕望的翁立大喊了一聲，接著，他瘋狂地掐動了兩個手訣。

原本是凝聚為一體的鬼頭王忽然散開了！

第一百零二章　吳老鬼的危機

合在一起的威力都不能阻止逆天的四大妖魂，更何況分開？我有些不解翁立的意思！

就是因為不解，所以我忍不住腳步停了一下，望向天空，那不可一世的鬼頭王在世間存在了沒多少時間，就在翁立的手訣之下，轟然散開，化作了一個個的鬼頭！

「他是瘋了吧？」承心哥扶了扶眼鏡，顯然他也不解。

可是我們卻不想計較這個，師傅的驚鴻一現，才是我們最關心的問題，我們急著進墓，有四大妖魂在那裡，翁立再做什麼也是無用！

但是，我們估計錯了，那些分解開來的鬼頭，根本就不和四大妖魂戰鬥，而是鋪天蓋地的朝著我們飛撲而來！

於此同時，那邊的人瘋了一般地朝這邊跑來！

原來如此，我一下子就明白了，四大妖魂雖然厲害，但是面對鋪天蓋地的鬼頭，難免有一兩隻漏網之魚，只要纏住了我們的腳步，這些衝過來的人就有機會趁亂衝入這個仙人墓。

好精明的算計！

不過，我們也只是慌亂了一秒鐘，就釋然了，他們太低估了四大妖魂的能力，傻虎的速度原本就很出色，何況此刻是在巔峰狀態！

我們都還沒有看清楚的瞬間，就看見那些衝在前面的鬼頭被傻虎攔截了，等我們看清楚的時候，傻虎已經叼著兩個鬼頭，神色輕鬆地正在吞咽！

這還不只，那些衝過來的人忽然有一些開始變得迷茫了起來，接著就開始又哭又笑，看見這場景，承心哥摸著下巴說道：「這隻狐狸，和我一樣啊，精神天賦不錯。」

我仔細一看，那不是碧眼狐狸弄的嗎？在天空中的它，一雙碧眼忽然變得流光溢彩，我只是盯著看了一下，腦子就「嗡」的一聲空白了一下，好厲害！

好在它不是針對我來的，而那些人也真的倒楣，在鬥法消耗如此劇烈的情況下，又怎麼敵得過碧眼狐狸的魅惑？

碧眼狐狸攔住了一批人，而另外一批人則被大妖蝮蛇攔住了，那條大蛇就這麼懶洋洋地盤踞在他們面前，但是只要敢逾越雷池一步的人，都會一條從大蛇身上分解出來的「小蛇魂」纏住，然後蹲下來就大呼頭疼！

這傢伙，變為妖魂也如同師祖留下的毒魂一般帶毒嗎？

最喜感的是玄龜，它直接就飛躍到了我和承心哥的身後，然後落下來，身子無限膨脹，接著就有如一堵牆一般的擋在了我和承心哥的身後！

不過，我還是感覺到它幽幽的歎息，大概的感受！

「只要這些傢伙就可以攔住這些人了，我橫在這裡有啥用？啥用？」

這怨氣之大，這感覺之強烈，我和承心哥都感受到了，只能無奈一笑，四大妖魂的巔峰狀態實在是太過厲害！

於是，我們轉身，放心朝著那扇大門走去，這下該沒有什麼阻攔了吧？

卻不想，在我們身後傳來了吳老鬼憤怒的呼喊之聲，它喊道：「你竟然想渾水摸魚，老子記你的味道都記了幾百年，你別想過去了。」

是怎麼一回事兒？在如此嚴防死守的情況下，吳老鬼的仇人也過來了嗎？

我和承心哥幾乎同時回頭，看見的卻是吳老鬼狀似瘋魔，在一瞬間就已經完全厲鬼化了，氣勢還在攀升，死死纏住了一個全身上下都包裹在黑衣內的靈體！

當然黑衣只是幻化，並非真正的實體，這些細枝末節都不重要，重要的是我們一瞬間就明白了它是誰，它就是吳老鬼的仇人那個鬼修！

「找死！」那個鬼修冷哼了一聲，下一刻忽然整個人就化成了一個鬼頭，狠狠朝著吳老鬼吞噬而去！

這就是邪修門派的祕術嗎？我來不及細想，大喊了一聲「傻虎」！

可是來不及了，只是短短的一瞬間，那個鬼修幻化的鬼頭，竟然就把吳老鬼一口吞了進去！我的臉色一下子就變了，吳老鬼它……

而承心哥則是倒退了一步，嘴上喊著：「不，這不可能！」

表面上看起來，承心哥和吳老鬼是互相看不順眼，可是他們相處的時間最長，承心哥對吳老鬼是有深厚感情的。

不說承心哥，此刻就包括我，也不願意接受這個事實，吳老鬼怎麼能就這麼輕而易舉的消失？那個膽小卻義氣，囉嗦卻幽默，精明也糊塗的老鬼就這麼沒了？

我們完全沒有注意到那個鬼頭的臉上呈現一種痛苦的異樣，傻虎剛撲滅一個鬼頭，此時就著急的飛撲過來！

「我要你死！為我死不瞑目的哥哥們。」就在我們絕望的時候，忽然就傳來了吳老鬼的意念，可我和承心哥還來不及驚喜，就看見無聲的，那個鬼頭開始蕩漾了起來！

我一下子反應了過來，吳老鬼是在把怨氣累積在一起「爆炸」了，是這麼形容吧，真實的情況就是吳老鬼壓縮了怨氣，然後用怨氣燃燒了自己的靈魂力，要和它的仇人魚死網破！

靈魂的爆炸是無聲的！

「不，老吳，是我們幫你報仇啊！」我大喊了一聲，可是一切已經無法阻止，我們眼睜睜的看著那個鬼頭在一股黑色能量的衝擊下，四分五裂開來，然後一個殘破的身影跌了出來。

那鬼頭又聚合在了一起，變為了一個人形有氣無力的飄在了空中，口中怨毒地說道：「沒想到，當年那個笨蛋傻子兄弟，竟然找我尋仇！我竟然斬草不除根啊！」

可是，已經容不得它囉嗦了，飛撲過來的傻虎一爪子就徹底抓碎了那個靈體，毫不留情地吞噬了！

我沒有一點唏噓，雖然這個剛才死得那麼快的存在，在曾經也算是修者圈子裡的「大能」，更是以殘魂當了幾百年的鬼修，到最後它的死法也和普通的鬼頭沒有區別。

一報還一報，雖然是傻虎最終滅了它，但真正的關鍵還是吳老鬼，它手刃了自己的仇人，報了那積蓄了幾百年的仇恨。

幾乎是同時的，我和承心哥衝向了吳老鬼！

此刻的吳老鬼也同樣是有氣無力地躺在地上，情況比它的仇人還糟糕得多，只因為它顯得「破破爛爛」的，身軀淡薄，靈魂的狀態連完整的人形都維持不了了，看起來飄忽且殘缺。

「它……它個犢子……還……還想……隱身……渾水摸魚地……地進去，老子……一下子……就……就發現它了！能……能讓它過去……嗎？不……不能夠啊。我……我瞑目……」吳老鬼斷斷續續地說道。

不知道為什麼，我的鼻子開始發酸，一下子打斷吳老鬼的話，大聲喊道：「你瞑啥瞑？你沒事兒的！不准說話，省點兒力氣，我們救你。」

吳老鬼用充滿渴望的眼睛看著我和承心哥，顯然它是不想魂飛魄散的，承心哥表情嚴肅，也不說話，從背包裡拿出好幾個瓶瓶罐罐的，倒出好些粉末灑在吳老鬼身上。

也點燃了一些粉末，用那些輕煙，熏在吳老鬼的靈體上！

吳老鬼總算沒有繼續虛弱下去，而是穩住了狀態，承心哥不讓它說話，而是在養魂罐裡倒入了一些藥粉，然後把吳老鬼收了進去。

我看著嚴肅的承心哥，問道：「有救嗎？」

承心哥終於苦笑了一聲，說道：「現在暫時不會魂飛魄散，可是救回來，我沒那個把握，手上也沒有那些藥材。」

難道吳老鬼就這樣了嗎？不！

我望著那處充滿著蠻荒氣息的大門，忽然開口說道：「走吧，我們進去，說不定就有辦法了。」

師傅,他還在裡面嗎?而師祖說答案在墓裡!我們終究是要進去了!

第一百零三章　爭執

不遠處的戰鬥再激烈也和我們沒關係了，我們沿著那充滿著洪荒氣息的城牆一步一步走向那個神祕的未知大門，感受著才歷經歲月沉澱下來的氣息，內心竟然有一種莫名的安靜。

我和承心哥一人抱著小喜，一人抱著小毛，終於來到了那大門的前面，站在大門前面，我們才隱隱看見了裡面的情景，竟然是一個異常茂盛小樹林，只是那些植物生長得有些奇怪，奇怪在哪裡，我卻也說不出來！

我看得很奇怪，但也很平靜，可是承心哥卻異常激動，下意識就拉了我一把，急著往裡衝，嘴上嚷著：「藥，好多藥材！這裡是天堂嗎？」

我是被承心哥一把扯進這個大門之內的，可明明只是一個不到一米距離的大門，進來那一瞬間的感覺卻異常奇怪，就像是穿越了一個什麼東西一般，那一瞬間的心態就如同歷經了滄桑。

在穿過大門之後，我還沒從那種奇怪的狀態中回神過來，看見承心哥也呆呆的，顯然他也是同樣的感受的。

我們對視了一眼，可是懷裡的小喜和小毛卻一下子掙開我們，莫名朝著遠處跑去，我和承心哥這才回過神來，剛想問小喜什麼，卻發現這門內的世界和我們在門外看見的完全不一樣。

在門外，我們看見的一小片樹林，進入了門內，才發現大門之外不知道是什麼限制了我們的視覺，這裡面哪裡是什麼一小片樹林，分明是一大片樹林，遠處還一座若隱若現的小山脈。

更讓我們震驚的是，樹林的深處，還有那片小山脈上隱隱的還有建築物的痕跡，建築物的痕跡，那也就表示這裡面有人？

一入龍墓棄凡塵，難道意思就是長期在這裡面苦修嗎？

我有些不解，這個仙人墓給我帶來的震撼不亞於我去參加祕密鬼市，進入那個神祕的空間帶來震撼！

我看見的，承心哥自然也看見了，可是我們卻不能對這裡產生一點點危機感，只因為這裡一切都是那麼繁茂而生機勃勃的樣子，遠處看不見的，傳來的鳥鳴獸吼，也充滿了一種時間的味道，讓人彷彿是回到了那個神祕的「洪荒」時代！

就在我和承心哥出神的時候，我們的身後忽然響起了一陣水波蕩漾的聲音，然後就轟然一聲，像什麼閉合了的聲音，我們再回頭一看，又一次震驚了，大門呢？那道古樸滄桑的石牆呢？全部都不見了！而我們的周圍竟然全部成為了樹林的樣子，我們身處的地方，是一小片空地。

「我說覺得這個地方奇怪，承心哥，你發現沒有，在這片樹林裡，有好多處這樣的空地，什麼都不長，它們的存在是什麼意義？是陣法的陣眼？還是別的什麼？」我微微皺著眉頭說道。

我沒說出來的是，進來以後，我沒看見師傅的身影，連如雪我也沒看見，心裡一下子就火燒火燎的著急，師祖明明說過答案就在這墓地裡面的啊。

「我在想，我們要怎麼出去啊？門沒了，四個傢伙也還在外面呢。」承心哥的臉色也不怎麼好看。

我深吸了一口氣，說道：「我們還是先別想這個了，把小喜小毛找到再說吧，我看它們朝著那邊跑了。」

是的，多想無益，我說完這句話，轉身就朝著小喜小毛剛才跑過去的方向走去，卻不想承心哥聲音異常嚴肅地叫住了我。

「承一。」

「嗯？」我轉身不解的看著承心哥，不明白他為什麼忽然這樣嚴肅起來。

「你實話告訴我，你是不是想待在這裡不出去了？」承心哥的神色沒有因為我的詫異，有絲毫的改變，反而越加嚴肅起來。

「什麼意思？我不懂！」我的確是不懂，承心哥為什麼忽然會問我這樣的問題。

「這裡有建築物，也就意味著有人，即使是猜測，有人在這裡苦修的可能性也非常的大！你不要忘記，如雪曾經給你說過，這裡是有人進入的，然後莫名其妙的加固了陣法，那麼這些建築裡是不是就是住的那些人，而且，如雪也說過一入龍墓……」承心哥淡淡分析著，可是眼神卻越來越嚴肅。

我心裡莫名有些煩躁，直接說道：「你說重點，可以？」

「重點就是如雪要留在這裡了，你會不會心裡也是想留下了？我一直知道你是個黏黏糊糊，感情用事的傢伙，如果你說要留下，我是可以理解的。」說到這裡，承心哥的神色忽然就變了，有些冷淡，也有些失落。

我一下子就怒了，快步走到承心哥的面前，說道：「你是要打架嗎？你什麼意思？你憑什麼這樣說？」

「你總是那麼幼稚，一被激怒，就不會冷靜。剛才門消失了，我看不出來你有多著急，問你我們要怎麼出去，你就刻意逃避我的問題！我不管你是怎麼想的，反正我是要出去的，師兄師妹們還在等著我，我們要一起去找蓬萊，找到師傅，找到事情的最終答案，擺脫我們老李一脈的宿命，只有達到了，才能放下心中的執著！你就留在這裡吧，我不是說過我可以理解嗎？你剛才不是見到了師叔嗎？如雪又在這裡？」承心哥的臉上帶上了一絲冷笑，一字一句都像砸在我的心裡。

我一下子怒火沖天，走過去一把逮住了承心哥的衣領，吼道：「你這是什麼意思？不就是出言諷刺我，有了師傅和如雪，就不顧師弟師妹們，不顧門派，不顧大家的努力，想留在這裡嗎？我從來就沒有這個想法，如雪的犧牲是她自己要選擇的，我只能尊重她，不能強求她，她說我們的緣分盡了，只要記得彼此的感情也就夠了，我也不會死皮賴臉的守著，這是理解她。再說，我見到了師傅又怎麼樣，那不是真的師傅，不是！」

承心哥的臉色一下子就變了，問道：「你說什麼？不是真的師叔？」

我放開了承心哥的衣領，有些頹廢地說道：「你覺得我師傅如果在這裡，師叔們不會在嗎？慧大爺，凌青奶奶不會在嗎？你別忘了，我說過有一盤光碟的，雖然你還沒有看過，我也沒有看完，那光碟才是真正記錄了師傅他們的一些行程。太多奇怪的地方了，而且你不覺得我師傅跪拜的時候，對我說話的時候，眼神根本沒有看著我們，也沒有焦距的樣子，就像是在自說自話完成一件事嗎？」

「那就說明，師叔他也許只是來過這裡，人根本不在這裡。」承心哥沒有我看得分明，但他是聰明人，我一說，他就抓住了問題的關鍵。

我轉身，說道：「是這樣的吧，而且就算師傅和如雪都在這裡又如何？我是山字脈的弟子，老李一脈的大師兄，大家共同要完成的事情，我不會因為自己的私人感情就放棄！對大家棄之不顧，師傅也會把我逐出師門的吧？從來沒有想過放棄師門的一切。」

說完，我就朝前走，這一次承心哥再一次叫住了我：「承一。」

「嗯？」這一次我沒有回頭。

「我是真的怕你會放棄，你知道的，從師傅走了以後，你就是我們的主心骨。原諒我也會疑神疑鬼的自私，這麼些年，找到師傅，找到昆侖，已經是我一生中放不下的執念了，你要放棄留下這裡，我真的不知道該這麼辦了。因為我太怕你放不下對如雪的感情，而忘記了一切。」承心哥的聲音在我的身後響起。

「沒有拿起，也就沒有放下。用世間之火，錘煉自己的一顆心，這有多痛苦，師傅曾經說過，我在被火燒，可是我什麼時候說過陳承一會倒下，就此認命？從小到大，離別多得讓我都麻木了，不是嗎？」我頓了一下，然後對承心哥說道：「不管是大江大河，還是大海，我都會和大家一起去的。」

「承一，對不起！」承心哥忽然說道。

「我們之間不說那個，走吧。」我也平靜地說道。

然後承心哥追上了我，和我一起朝著小喜小毛跑開的方向追去，全然不知，接下來我們會遇到怎麼樣的震撼！

第一百零四章　面具之人

我和承心哥走在這片樹林裡，原本以為會遇見什麼危險，卻發現一切都平靜得很，倒是承心哥越走越興奮，只因為這片林子裡有很多上了年份的藥材，儘管有些很普通，但是到了一定的年份，就是尋也尋不到的東西，藥效也很好，更別提還有一些珍貴的藥材，儘管我也不是很清楚那到底是什麼。

承心哥是忍了好久，才忍住馬上在這裡採藥的衝動，只因為我們進入這裡，還有很多正事兒要辦，當務之急，自然是找到莫名其妙跑掉的小喜和小毛。

這片林子裡原本就沒有什麼路，所以小喜小毛跑過的痕跡是清晰可見，我們順著這個痕跡一路走，在走了不久以後，自然也就看見了小喜小毛。

原本看見它們的第一反應，我們就是想馬上叫住它們的，可是下一刻卻愣住了，只因為小喜小毛此刻的狀態竟然是人立而起，朝著某個方向虔誠跪拜，那姿勢就跟傳說中的黃鼠狼拜月一模一樣，它們全神貫注，連我和承心哥到了都不知道。

由於有幾棵樹擋住了我們的視角，我們也弄不清楚小喜小毛到底是在拜什麼，也為了不打擾它們，所以我和承心哥輕手輕腳地走了過去，經過了一個拐角，我們終於看清楚了小喜小毛在跪拜什麼，它們竟然是在跪拜——龍之墓！

這裡就是龍之墓嗎？我和承心哥簡直不敢相信自己的眼睛，因為在我們的想像中，龍之墓一定是氣勢恢宏的，華麗的，充滿了大器的樣子，卻不想眼前這一個荒草萋萋，藤蔓纏繞得有些淒涼的地方就是龍之墓！

確切的說，這只是一片連著一個異常矮小的山坡的荒地，在那個小山坡的山腳下，有一座荒涼的石門，石門上沒有任何的裝飾和雕刻，反而長滿了綠苔的痕跡，還有一些藤蔓植物，在石門的上方，有三個已經掉色的，被風化得差點認不出來的字——龍之墓。

所以，看到這一切，我和承心哥才難以相信，我們一路走來，連番大戰，連外面的山谷都那麼華麗的地方，真正的墓地竟然是這個模樣。

而且，墓已經到了，墓門卻緊閉，如雪又到哪裡去了？

我們站在離小喜小毛五米遠的背後，默默地，無言地看著這個龍之墓，卻為了不打擾小喜和小毛，什麼都忍住沒有說，只是在我心裡一直有一種怪異的被盯著的感覺，好幾次回頭去看，看見的卻是寂靜的樹林，裡面什麼都沒有，除了遠處傳來的鳥鳴聲，和風吹樹葉嘩嘩的聲音，更沒有什麼動靜。

看我不正常的反應，承心哥忍不住小聲問我：「承一，你在幹嘛呢？」

我也說不出來一個所以然，更不想承心哥緊張，於是說道：「沒事兒，就是覺得太安靜了。」

承心哥沒有多問了，而是蹲下去翻弄著一些泥巴，這下換成我不解了，問他：「你再無聊也不至於玩泥巴吧？這裡好歹是龍之墓，放尊重點兒唄。」

「我玩個屁的泥巴，你看……」說話間，承心哥站了起來，遞了一塊泥巴在我眼前。

我實在看不出來這塊泥巴有什麼新穎的，於是奇怪地望著承心哥，說道：「你如果想釣魚，這裡面也沒有蚯蚓啊，啥意思？」

「我是讓你看這個？我是讓你看，這泥巴和外面老林子的泥巴沒啥區別，都是典型的東北這種肥得流油的黑土地，你還沒明白？其實我們所在的地方說不定……」承心哥眉頭緊皺，隨手把泥巴扔了，拍了拍手，或許這種猜想有些和我們的經歷對不上號，所以他說不出口。

而我卻震驚了，我對泥巴什麼的沒有研究，可是承心哥做為一個醫字脈的傳人，自然是要接觸很多草藥知識的，就比如說適合生長的土地和環境，就和一個老農一樣，看一眼這田地裡的泥巴，就知道這田地裡能不能長出好莊稼一樣，他如此對我說，其實就是在告訴我，我們其實就是在老林子的土地上，或者老林子的某一處，這怎麼能不讓人震驚？

要知道，我們可是爬了一個一千米的柱子山上來的啊！

莫非，這龍生生地弄了一片山脈上天？亦或者，一開始出現的只是一個巨大的幻陣，我們身在陣法中不自知？一切的一切，都不是我能猜測的，望著這淒涼的龍墓，我忽然發現，天地是如此神奇，修者中的謎題是如此神祕，我以為我看清楚了一切，才發現一切都不是我能揣測。

承心哥也和我是一個想法，搖搖頭說道：「我們也是井底之蛙啊，就如人這個大群體，每一次的進步都以為自己看清楚了這個世界，掌握了這個世界，是絕對的真理，到了以後，再邁出一步的時候，又嘲笑自己停留在了某種固化思維中幾百上千年是多麼可笑，有時，我也在想，做為我們這種身份，知道的已經比普通人多了，可我們又該以怎樣的目光來看待這個世界？」

是啊？我也愣愣出神，就比如浩瀚宇宙，我們的神究竟是來自於哪裡，我們死後的那個世界又是怎麼樣？總是想起小時候為餓鬼超渡的那隻小船兒，詭異地消失在河面的場景，莫非還真有重疊的空間——餓鬼界？

站在龍墓之前，我的思緒紛亂，卻不想小喜和小毛在這個時候，終於跪拜完畢了，轉身看著我和承心哥。

「謝謝你們帶我們來了這裡。」小喜忽然又可以清晰地和我們對話了。

承心哥一下子驚喜的問道：「你們恢復了？」

「說不上來恢復，可是比起剛才是好了很多了，真的謝謝你們。」小喜說話間，竟然和小毛一起朝著我們鞠躬了，弄得我和承心哥很不好意思，說道：「你們一路上是在幫我們，怎麼是我們帶你們來了這裡了，這是你們自己……」

小喜打斷了我們，說道：「你們就不要客氣了，當初我們的選擇是對的，進來了這裡，我們就不打算離去了，以後就待在這裡了，是應該對你們說聲謝謝的。」

這就要和小喜小毛分別了嗎？它們不是來尋找機緣的嗎？怎麼就突然決定留在這裡了呢？我的心裡頓時有些傷感，卻也不想小喜小毛察覺到我的難過，既然它們這樣決定了，就應該讓它們高高興興的，我在這種時候難過算什麼？

於是我趕緊轉移話題，問道：「你們剛才怎麼就突然跑了？你們怎麼找到這裡的？」

「我們一進入這裡，就感覺到了這裡有一股很親切的氣息，心裡就壓抑不住地想要追尋它，就莫名來到了這裡，而且，你們過來感覺一下吧。」小喜對我們說道。

它說的過去，是讓我們站到它們所在的位置，我和承心哥都很疑惑，難道有什麼不同嗎？如此想著，我們還是朝前邁動了幾步，站到了小喜小毛所在的位置。

然後一股沁涼的，讓人整個靈魂都舒暢的，但卻又不冰冷溫和的氣息一下子就包裹了我和承心哥！

我和承心哥驚奇地對望了一眼，幾乎是同時說出了四個字：「極品聚陰之地！」

是的，這世間純淨的陰氣難尋，我認為幾乎是不存在的東西了，卻在四個大妖之墓裡，感受到了聚陰之地的存在，雖然已經接近乾涸。

卻沒想到，在這裡竟然有一個極品的聚陰之地，所謂極品，並不是說越陰冷越好，一來就要把人的靈魂凍僵那種，那種說起來反而連上品都算不上。

真正的極品之地，陰氣溫和、純淨、生生不息，根本不會帶有那麼激進的傷害，就算人在裡面待個十天半月也沒有任何問題，只是時間久了，陰氣累積，才會影響肉身。

但妖物就不同，一般的聚陰之地，它們也要修煉起來，也要用一定的辦法去平和一下這種陰氣，畢竟它們的肉身雖然比我們強悍得多，承受能力也是有限的，極品的地方，它們長年累月的修行也沒任何問題。

因為這陰氣就和月華一樣柔和！

如此說來，小喜小毛要留在這裡也就不奇怪了，有什麼機緣還大過一個極品的聚陰之地呢？我們不應該傷感，應該為小喜小毛而高興才是啊！

「但你們看見如雪了嗎？一來這裡就是大門緊閉嗎？」我開口問道，師傅的問題，師祖說有答案，只要仔細找，就一定能找到，師祖不會騙我。

可是如雪呢？這真的讓我不安。

小喜小毛無辜地搖搖頭，小喜更是殷勤地說道：「沒見到雪姑娘，這裡我們一來就是這個樣子的啊？」

承心哥推了推眼鏡，說道：「問有什麼用，乾脆開墓來看看吧。」

如今也只有這個辦法了，如雪說了要去龍之墓鎮住蟲子，總是會去的，那還真的不如開墓來看看了。

可就在這時，樹林裡終於傳來了奇異的聲響，朝著我們急速靠近，我一下子想起那種被窺視的感覺，猛的一回頭，接著就真的被震驚得再也動不了了！

面具之人！壁畫裡的面具之人！

第一百零五章　一觸即發

根據承心哥的判斷，我們還是身處在老林子當中的，只是因為事情發生的年代已經久遠不可考了，所以，只能粗略判斷這片老林子被隱藏了起來。

但我萬萬想不到，壁畫裡的面具之人竟然會出現在這片老林子，而且不只一個，是一群，大概二、三十個的樣子，此刻已經把我們包圍。

我完全不知道他們是怎麼出現的，或者是怎麼隱藏自己行跡的，連我的靈覺如此出色，都只感覺到有人窺視的感覺，沒想到已經來了二、三十個將我們包圍。

承心哥和我一樣震驚，可是在震驚以後，我們倆同時選擇的只能是苦笑，這一趟尋墓之旅，難道就註定是那麼的不能平安嗎？

別看我倆現在好好的，可是經過了外面那一場大戰，我們自問若要再戰，恐怕也發揮不出來幾分戰鬥力了。

面具之人手上拿著的是看起來異常原始的木棍，只是木棍的一頭削得很是尖銳，在沒有熱兵器的情況下，我毫不懷疑這些木棍可以「戳」死我和承心哥。

這些面具人戴著那詭異的面具，全身包裹在樣式奇特，看起來卻很粗糙的布料裡，我們看不清他們的表情，也不能從肌肉的動作來判斷他們是否對我們充滿了攻擊的意識。

可就算如此，我和承心哥還是隱隱感覺到了他們的敵意，這敵意從何而來卻不得而知。

氣氛有些僵持，我和承心哥打可能沒辦法打贏，誰知道這些面具人有沒有很特別的能力，跑也跑不掉，我看除了天上，他們是四面八方都把我們包圍了，唯一能奔的方向就是龍墓那邊，但我和承心哥可不敢保證在我們把那看起來很是厚重的石門推開之前，能不被他們逮到。

在這種情況下，小喜和小毛竄到了我們身前，竟然對著面具人連連作揖，我看得無奈，說道：「小喜，小毛，別求他們，大不了拚個魚死網破。」

開玩笑，我老李一脈可以站著死，但絕對不跪著活！

卻不想小喜回頭對我說道：「承一，我覺得他們很親切，也許可以談談。」

小喜這話讓我和承心哥原本緊繃的肌肉稍微放鬆了一點兒，或者真的是小喜小毛的作揖起到了作用，也或者是因為別的什麼原因。

那些面具怪人中有一個異常高大的人走了出來，聲音沉悶的從面具下傳來：「汝等可是覬覦龍墓？」

這話說得可真夠古人的，而且那聲音說不出來的怪異，不是難聽，其實他的聲音還滿是渾厚的，但就是怪異，就如同一隻貓學狗叫，即便是牠「汪汪」地叫出來了，但你能不覺得怪異嗎？

我和承心哥都有這種古怪的感覺，但是說我們覬覦龍墓，這話從何說起，承心哥站了出來，再一次掛起了春風般的笑容，說道：「你們誤會了，我們絕對不是覬覦龍墓，說到底我們是人，龍墓裡有什麼值得我們覬覦的？倒是這裡的藥材我很感興趣。」

面對承心哥的說辭，那個面具人不置可否地笑了幾聲，就如同龍墓真的有值得我們覬覦的地方一般，只是懶得和我們說。

他把手裡的木棍重重往地上一跺，然後終於不說那文謅謅的古話，而是用比較現代的話對我們說道：「你們不能靠近龍墓，這裡就是禁地！藥材可以採摘，但不能動到根鬚，需要動根鬚的藥材，只能動少部分，有靈之物不能碰。來了，就不能離開，你們去住那裡吧。」說完，那個怪異的面具人手一揮，意思也就是沒得談了，他的話絕對不會更改，也不容更改。

不能離開？難道一入龍墓棄凡塵的意思就是會被這些面具人軟禁起來？我皺著眉頭，顯然不能接受他說的這些，於是我站出來說道：「我們絕對沒有惡意的，可是我們現在必須要在這龍墓等待，因為要等待我們的一個朋友。而且藥材我們可以不動，但是我們是一定要離開的，只是我們現在不知道離開的辦法。」

我的話很直接，我有感覺面對這些面具之人，最好不要去做那虛與委蛇之事，直來直去或者會得罪他們，但絕對比虛偽地「哄」住他們結果要好得多！

面對我的直接，那個高大的面具之人先是呆了一下，「嗯」了一聲，接著就重重哼了一聲！他有些發怒了！

在他的怒火之下，其餘的面具人齊齊吼了一聲，然後朝著我們走近了幾步，大有一言不合就要動手的意思！

不知道怎麼的，面對上百人，還是精英修者我都沒有慌亂過，更談不上心理壓力，可是面對這些面具之人的包圍，我的心理壓力很大，不自覺地就拳頭捏緊，另外一隻手不由自主地摸到了我隨身背的黃布包之上。

小喜小毛大急，小毛在連連作揖，而小喜則是著急地勸解我和承心哥：「你們先依了他們吧，不要和他們起衝突啊。」

「如果是先依了他們，以後恐怕真的不能離開了，何況我們沒找到如雪，怎麼可以放心？」在這種時候，一般懶得解釋的是我，所以開口的是承心哥。

「哼」，那個高大的面具之人又重重哼了一聲，而在這時，一個尖細而蒼老的聲音插了進來，又是一個面具人，只不過和那個高大的面具人對比起來，他顯得瘦小許多，脾氣也稍顯溫和一些。

「我們早已接受了約定，不願意多造殺孽再傷人。能到這裡來的，應該都不是普通人，那麼你們也應該知道這個地方是多麼的難得，藥材豐富，環境清幽，不受俗世打擾，而且在那邊山脈上也是一個靈氣無比豐富的地方，這世間已經再難尋到靈氣充足的地方了。」

「什麼意思？」問問題的是承心哥。

「意思就是，你們是修者，在這個世界，能讓人避世修行的真正好地方已經越來越少了，你們要是意識到了這裡的好處，就算我們趕你們離開，你們只怕也不願意離開了，當然，除了這裡，你們不能靠近。我們這是好意，你們難道不能意識到？」依然是那個聲音尖細的老者在回答我們的問題。

不得不承認，他的話真的很有說服力，而且處處是為我們著想，彷彿我們要在此時離開，就是傻×加不識好歹，還不容我們開口，那個先前的大個子又聲音不善地說道：「你們這些人類就是虛偽，一開始尋到這裡，就是為了所謂的寶物，之後不說是我們不要你們走，而是就算趕你們，一個個也是趕也趕不走的！你以為我們願意留你們在我們聖地？你們……」

那大個子像沒什麼心眼似的，說話透露的資訊之多，惹得那個矮小的面具之人連連咳嗽打斷他的話，可是我和承心哥已經聽出來了，什麼叫我們人類？難道你們戴著個面具就不是人類了？

「怎麼樣？考慮好了嗎？跟我們走吧，這片林子裡藥材豐富，你們偶爾要來採藥也是可以的。就是不能靠近龍墓而已。」那個矮小的面具之人似乎也不願意多說了。

我肯定不會答應，沒見到如雪之前，我是說什麼也不會離開這一片範圍的，我不可能就這樣放下如雪的。

我剛要開口，就被承心哥拉住了，他微微瞇了瞇眼睛，忽然問道：「照你們的意思，你們是這裡的原住民了？而且——你們不是人，對嗎？」

如果你面對一群戴著面具的人，說他們不是人，這應該已經是非常厲害的罵人之話了，一般人都會怒氣衝天，可是面對承心哥的問題，這些面具之人異常沉默，更沒有發怒的意思。

只是那個聲音尖細的面具之人說道：「如果你們一定要問，我也可以告訴你們！但是知道了這個祕密之後，你們更加不能離開了，你們可是想清楚了？」

他的話剛說完，那個高大的面具之人就冷聲說道：「人類？我們高攀不起！我們更不願認作我們是人，你以後最好少說少問我們是不是人這種話，那是侮辱我們，再有下次，我撕了你們。」

他倒是痛快地說完這段話了，可我心裡卻是怒火沖天，老李一脈的男兒可以容忍，不與人計較，可是被人這樣威脅？所以，我「呵呵」笑了一聲，臉色一下子沉了下來。

而那大個子也向前跨了一步，說道：「你要怎樣？」

第一百零六章　他們是？

我要怎麼樣？我能告訴你老子已經怒火沖天了嗎？當然不會，除非陳承一今年不是三十出頭，而是二十出頭，我也許真會這樣做。

既然如此，我很光棍地站了出來，對那個大個子說道：「你敢單挑嗎？贏了，我們就留在這裡等朋友，然後我們找到辦法，可以自由離開，你敢不敢？」

那個大個子好像很愛哼哼似的，又哼了一聲，然後說道：「輸了，我就把你們倆撕了，可好？你們人類仗著上天的恩寵，是萬物之靈，殺你們就是殺孽，你們食動物之肉，喝動物之血，可就不是殺孽？今天你們要輸了，我偏偏就要撕了你們。」

這大個子說話什麼意思？我能感覺到他對人類強烈的恨意！以及他站的角度，難道是妖物？

「你是妖修？」承心哥眉頭微皺，他當然知道我不是衝動，而是藉著怒火，故意激怒那個大個子，為我們爭取一絲機會，但未免大個子說話太過奇怪。

但是，如果他是妖物，已經化形到了這般地步，怕是比四大妖魂都要厲害很多，我們又怎麼感覺不到那股氣場？

「想要知道?我撕了你們以後,就會告訴你們的。」那個大個子步步向前,衝著我而來。

「有把握嗎?能不能像在鬼市扛別人一樣,扛他一把?」面對步步緊逼的大個子,承心哥在我耳邊小聲地問我。

我小聲說道:「不知道,因為不知道這些傢伙到底有啥本事?但是沒有辦法,這是我們唯一的機會了。」

眼看著這一架是必然要打起來了,小喜小毛痛苦地掙扎了一下,不再給那群面具之人作揖了,而是堅決地選擇了站在我們身後。

這倒讓我有些感動,就如我一開始理解的那樣,人和動物(妖物的感情也是由動物的感情為基礎)一旦建立起了感情,那它們真的是對人一心一意的,就好比你真心的對待你們貓狗,它們同樣會拿出不變的真情回報你,甚至更多。

現在想想,那個大個子面具之人未嘗也說得不對,人類從來都是自私的,永遠把自身的利益,自身的心情放在第一位,不珍惜萬物的,甚至踐踏它們感情的,永遠都是人類,這個應該慚愧!

我胡思亂想著,承心哥不做聲了,如果是一個機會擺在眼前,怎麼也該拚著試一試,如果不成功,到時候再想辦法吧,老李一脈的光棍,就是有不計後果拚命的精神。

「力熊,回來,我們不造殺孽,這是約定,也是對我們有好處的事情。警告過你多少次,你為什麼要一次次上人類的當?」可就在這時,那個一直不作聲的矮小面具之人,忽然開口了。

我和承心哥一聽,就如兩個泄了氣的皮球,心裡的第一個念頭都是完了,被看穿了。

那個矮小的面具之人真是精明，連一點點機會都不留給我們，那個大個子有一種天不怕地不怕的二貨精神，卻不想聽那個老者的呵斥，竟然停住了腳步，轉身說道：「長老，我……」

「回來！」那個矮小的面具之人根本不給他解釋的機會，大聲呵斥了他一句，然後說道：「把他們帶走，他們如果反抗，你強行帶走。」

我和承心哥的臉色一下子就變了，這個老者看起來還真的是個智者，快刀斬亂麻，一點機會都不給我們，軟的說服不行，就直接帶走，這才是真正的不容置疑的權威。

可是我和承心哥會任由他們帶走嗎？顯然不會，我們也準備拚了，而我們不願意被帶走的原因，就是因為我們沒有等到如雪，而我們更不可能留在這裡一輩子！

「智狐長老，他們是我的朋友。」就在真正一觸即發的時候，一個清淡的聲音插了進來，我的神情一下子就變了，因為這個聲音，是如雪的聲音。

可是，如雪怎麼會認識這群面具之人的？我詫異地望著如雪，同時也有壓抑不住的哀傷，我知道在這裡見面，也就意味著我和如雪真正分別的時刻已經快到了。

不管我是在想什麼，但是如雪的話對那個老者顯然是有用的，他看了如雪一眼，對著如雪行了一個奇怪的禮節，然後大喊道：「住手！」

那些圍繞過來的面具之人立刻停下了腳步，我一下子衝到了如雪的面前，想也不想地就握住了如雪的手，有千言萬語想問，卻一時間什麼也問不出來。

「智狐長老，他們不僅是我的朋友，而且還是那個人的門人，也可以說是後人。而且……」如雪任由我握著，卻在給那個智狐長老解釋著，一邊解釋，她一邊從我的脖子上扯出了那個一直掛著的虎爪，說道：「而且，你能否認得這個？他是它的共生之主！」

「什麼？」智狐長老倒退了好幾步，接著他做了一個我想也想不到的動作，那就是忽然給我跪下了，然後開始行一個奇怪的禮節。

智狐長老這麼做，那些面具之人自然也跟著跪下了，對開始對我行著奇怪的禮節。

我完全不瞭解這是怎麼一回事兒，明明就是一開始就是對我們充滿了敵意的，為什麼到此刻卻偏偏要給我們跪下呢？

我這個人就是這樣，別人要是對我充滿敵意與惡意，我不介意更粗暴地對待他，但要是別人對我尊重加善意，我是怎麼也不忍心再去計較什麼，於是他們的這一系列舉動反倒弄得我不好意思了，只能結結巴巴地說道：「你……你們別……別跪啊！這……」

我剛一說完，智狐長老馬上就站了起來，說道：「您說不跪，那我們豈敢再跪，你是虎大人的共生之主，也就是我們的一個小主人，您說什麼就是什麼。」

我目瞪口呆，我家傻虎這麼厲害？那我要是說，我們一脈的師兄妹將和嫩狐狸、賣萌蛇、二懶龜成為共生之魂，他們會不會瘋掉？

如雪看著我傻乎乎的樣子，只是笑，接著她就說道：「其實說起來，你們的四位小主，都將成為他們這一脈的共生之魂，他們畢竟是那個人的門人，那個人是他們的師祖，一共有五個師兄妹呢，他就是他的師兄，應該會成為碧眼狐狸大人的共生之人。」

如雪說的是承心哥，結果，她的話剛一說完，那些面具之人咋咋呼呼地就要跪承心哥，承心哥難得那麼厚的臉皮都能紅臉，連連擺手說道：「別，別，我最不習慣別人給我跪下了。」

結果，同樣是得到一句小主人說什麼就是什麼的答案。

這到底是怎麼一回事兒啊？我的腦子亂麻麻的，承心哥同樣也是一副思考無能的樣子，連小喜小毛都呆住了！

沉默了一會兒，承心哥忽然弱弱地開口了：「你們到底是什麼人？為什麼那語氣就像在說自己不是人？」

這一次，面對承心哥這個問題，這些面具之人就果斷了，特別是那個一開始對我們充滿敵意的大個子是最乾脆的一個，他很是直接地就摘下了面具。

接著，那些面具之人紛紛摘下了面具！

看著這面具之下的一張張臉，我和承心哥就算再見多識廣，都忍不住驚呼了一聲，這弄得我和承心哥都不好意思了，承心哥連忙解釋：「我們沒別的意思，只是這個……」

「我知道！」智狐長老重新戴上了面具，然後說道：「任何人見了我們都怕是這個反應吧，就包括我們曾經有著親密的血脈關係，最是親近之人。誰能接受我們這個樣子？呵呵，一個好好的人，竟然長著一張類似於野獸的臉，或者帶著明顯的野獸特徵，誰能接受？」

我和承心哥沉默了。

第一百零七章　他們的存在

可顯然龍墓之前，並不是談話的地方，所以我們被邀請去了這些怪異的人所住的地方。

在路上我問起如雪這是怎麼一回事兒，如雪倒是一五一十地告訴了我。

原來她一進來就遇見了這些怪異的面具之人，他們一見到她，就驚呼等了很多年的龍墓之主終於來了，當時如雪還覺得奇怪也震驚，畢竟她也是在壁畫上看見過這些面具之人的，那他們為什麼叫她龍墓之主？

這個問題，這些面具之人也沒有很清楚地回答如雪，只是說看見蟲子和如雪一起進來，就已經確定了如雪是龍墓之主，他們說這是先祖留下的預示，也有大能之人來過這裡，清楚說明了，如果有一天，一位姑娘帶著蟲子入墓，那麼她也是可進龍墓之人。

說到這裡的時候，如雪忽然開口對我說道：「你猜那位大能之人是誰？」

這個有什麼好猜的，我只會想到一個人，就立刻說道：「不就是我師祖嗎？」

「是啊，就是你師祖，後來，我就被接到了他們的住處，說是龍墓很不穩定，在三天以後，才可以開墓入墓，把這些蟲子鎮在龍的身旁。」如雪給我說著後來的事情。

「那我師傅呢？」我有些急切地問道，畢竟我是親眼看見我師傅也進了這裡，怎麼會不在？

「姜爺？」如雪歉疚地看了我一眼。

我的心一下子就提起來了，這個眼神是什麼意思？難道我師傅遭遇了不測？不可能啊！我明明認定那個根本就不是我師傅本人啊！

接著如雪說道：「抱歉，承一，你也跨進過那扇大門吧？那扇大門給人的感覺很是怪異，我有些恍惚，可是我感覺姜爺根本沒有跨過那扇大門，而我也從始至終沒有看見過他出現在這裡過。」

隨著如雪的訴說，我的手心已經出了一手的冷汗，我深怕師傅有什麼不測，聽完如雪的訴說後，鬆了一口氣，覺得還好！

本來師傅的出現就讓我覺得詭異，甚至判斷應該不是師傅本人，如雪的訴說倒也合乎我的猜測。

只是如雪一直被我牽著手，自然也是感覺到了我手心的冷汗，她忍不住停下來，細心掏出手絹，溫柔地幫我擦乾淨了手心和額頭冒出來的一些冷汗，輕聲地說：「看你這樣子，我後來有幫你向這些人打聽這件事，他們告訴我，這樣的人應該是能入龍墓之人，龍墓裡面自然就有答案。所以，你也別急，你是李爺爺的後人，你和承心哥自然也是有機會進入龍墓的，那時候不就有答案了嗎？」

如雪做這一切的時候很自然，可是我的心卻隨著她柔和的動作和話語一陣一陣抽痛，她多麼溫柔，她應該是我的妻子啊，可是我們卻不得不忍住內心的疼痛，這樣去分離。

是我太俗氣，總是要追求人間煙火和相守的寧靜，沒有一顆真正的道心，還是說我年紀不夠，一顆心裡泛起的「泥沙」還不能夠沉澱，沉澱出至清看破之心境，所以才覺得如此放不下？

我沒有答案，只記得師傅曾經說過的一句話：「俗世的人心，就那一杯黃河水，不是嗎？一個玻璃杯子去盛起一杯黃河水，那總是渾濁的，那些渾濁是惡，是私，是糾纏與不甘，是不放與執著，修心是煉，忍受各種割斷與不甘的煉、痛。但修心也是沉，沉澱下來那些繁複於內心的最深處，再慢慢煉化！就好比一杯渾濁之水經過沉澱，也就成了清水，已經和泥沙分離了！緩緩倒出來，泥沙就可以拋卻了。」

煉與沉，師傅，我是真的在體會！可是，為什麼我沒有答案，還是覺得痛？太痛！

我的手微微有些顫抖，如雪察覺到了，敏感地問我：「承一，你怎麼了？」

我勉強擠出一個笑容，說道：「沒事兒，就是想起妳要留在這裡了，有些難過。」

如雪黯然，然後就是平靜，牽著我繼續朝前走，只是一句話輕輕飄進了我的耳朵：「不是已經說好了麼？何必再去想，不若就這麼安靜了歲月，回憶總是不會變的。」

我不知道如何回答，只是輕輕的「嗯」了一聲。

面具之人所住的地方是在樹林邊緣的山脈，或者說是我們看見的那個若隱若現的山脈的其中一小段，我不懷疑他們能有能力去建造房子，但他們所選擇的卻是住在洞裡。

因為要等著龍墓的開墓時間，我們在這裡等了三天，這三天，應該就是我和如雪相守的最後三天，或許是因為不再是那一年，那麼年輕的歲月，我們也不像當年，就如世界末日到了一般的去相守那半年，反而是選擇的一種寧靜自然的相處。

煉與沉，這是需要沉澱的時候，我們何嘗又不是在做？

這三天裡，我也發現了面具之人們的脆弱，因為有我們的存在，他們幾乎在自己所住的地方也不會摘下面具，吃飯也是儘量避忌著我們，他們對人類的恨何嘗不是來自於一種渴望與自卑？

面具之人一共有兩百多個，據說這就是他們全部的族人了，而他們的身份，經過這三天的相處，我也已經知道了，他們竟然是「混血兒」！

確切的說，應該是妖物和人類的孩子！這的確是一個太過於匪夷所思的答案了。現代的生物學早已經證明，人類不可能和動物的基因結合，但是妖物呢？恐怕科學會推翻妖物存在這一說法，也就不存在有這樣的研究領域。

我原本也不願意相信，可是事實就擺在眼前，我沒辦法去說服自己這一切都是假的！

其實他們那種混血的血脈已經很稀薄了，智狐長老就是一個人與狐妖結合的後人，他告訴我在巔峰的時期，他們的族人有兩千多人，到如今也只剩下了二百多人，就因為他們的血脈是亂的，生產是異常的困難，而如今族裡每添一個小孩，人類的特徵已經越來越明顯，獸化的特徵卻越來越弱。

「我們若不是滅絕，那麼就是最終會成為真正的人類吧，這也未嘗不是好事？不用躲在這片林子裡，一直到我們毀滅。」這是智狐長老對他們一族最後的評論。

關於他們這一族的歷史，為什麼會到這裡來，追隨一條龍，智狐長老始終不肯告訴我，他只是說了這麼一句話：「相比於動物，人絕對是更無情的，愧對他們做為萬物之靈的地位，為什麼做為最頂端的存在，不能多一些包容，多一些善良和仁慈？不如已意，不與已同時，就要選擇無情的傷害？不管是言語還是肢體上的，總是給予傷害，總是把自私赤裸裸地展現給世間萬物看見，你給非我族類的存在看笑話嗎？看你們如何對萬物無情，看你們如何內鬥？如果有一天，動物學會了思考，第一個該笑話的就是你們人類。」

智狐長老沒有給我答案，卻又像給了我答案，他的話讓我久久無言，久久沉默。

我在想，如果有一天，人類走向了宇宙，是不是也是給宇宙的存在看笑話呢？會不會指著我們說，看他們，一個星球上就分了一百多個國家，好好笑啊！

彼此「齜牙咧嘴」的搶奪資源，嚴格的金字塔形勢劃分同類的等級。

他們都忘記了他們是一個星球上的存在嗎？

或者，是我想多了！

不過，這段經歷卻是讓我難忘的，儘管只有三天，一切如夢似幻，我竟然存在於我以為這個世界上不會存在的「人種」之中。

在多年以後，有一個熱愛探祕的朋友找到我，嚴肅地對我說：「西遊記是真的，這是有考據的！人們憑什麼認為異樣的生命體不會存在？在古時候，東西方的交流幾乎是不存在的時代，在華夏的傳說裡有妖怪，西方有獸人，你難道說這是人類的共同想像力的巧合嗎？天，這不可能，你要知道東西方的文化差異是多麼巨大。」

我很淡定地反問：「或者，這也許是巧合呢？東西方不也有太多的巧合？我是指在神話傳說上。」

「不，這絕對不是的，或者是因為現代的環境，或者是發生了一些我們不知道的事情，你也知道人類的歷史上有空白，說不定……」那位朋友的眼神狂熱。

而我很冷靜地問他：「那麼假定獸人存在，什麼狐狸人，熊人之類的，你覺得會存在於現代社會當中嗎？」

「不，這不可能，你是關於狼孩的故事看多了吧？就算道士也不能證明他們存在過。」朋友的眼中顯出了戲謔。

「或者你會怎麼對待他們？」我追問了一句。

「開玩笑，我的態度重要嗎？恐怕早已經被人們圍觀，然後指指點點了吧？最後羞憤而已，不然就是沒自由！」朋友喝了一杯酒。

然後我只能笑著無言，我是狼孩的故事看多了嗎？

第一百零八章 龍墓之謎(一)

三天的時間過得很快，但也平靜而安寧，和如雪相守，聽聽智狐長老的那充滿了智慧的談話，覺得這裡真的是一個一入便能棄凡塵的地方，但這裡畢竟不是真的龍墓，真的龍墓到底是有什麼我還猜測不出來。

我唯一遺憾的地方就在於，我在這裡住了三天，傳說中在這裡修行的修者我始終沒看見一個。

或者，他們的境界已經高到了能真正入定，忘卻時間的境界了吧。

而承一哥遺憾的地方卻在於，不能在這裡多待些日子，讓他漫山遍野地採來更多的好藥，當然他是遵守這裡的規矩的，只敢取一點點，絕不敢斷絕這些藥的「生機」，這也是採藥人對自然的一種慈悲，這裡嚴格地遵循著這種慈悲。

參精我沒有見到，但是承心哥見到了，得到了一條不算小的根鬚，讓承心哥奉若珍寶，我隱約得知如果不是這些面具之人領著，我們或許根本接觸不到參精一點點，那次吳老鬼看見怕也只是巧合。

智狐長老告訴我，這參精也算是這片天地中有靈之物的一種了，原本是絕不准觸碰的，這次例外！

我聽到這裡惡狠狠地看了一眼承心哥，在我心裡參精如若到了有靈的境界，應該就是一個白呼呼的胖娃娃了吧？他弄到了一條根鬚，不是把胖娃娃的四肢給扯斷了嗎？

承心哥好像看透了我的心思，白了我一眼，說道：「說出來會讓你震驚的，參精不是你想像的那個樣子，這條根鬚不會把它怎麼樣的。」

既然承心哥這樣說了，我也就不再追問什麼了，其實我對那些藥材什麼的，真的不是太感興趣。

還有值得欣喜的事情，就是吳老鬼終於好轉了，畢竟這裡有極品聚陰之地的存在，所以生長了很多「異樣」的植物，這些東西可能人類不會拿來入藥，甚至對人類有害，卻對吳老鬼有大大的補益，加上這裡有一個極品的聚陰之地，吳老鬼的恢復指日可待。

而吳老鬼也決定留在這裡了，做為一個完全失去了投胎可能性的老鬼，這裡對它來說真的是一個不錯的地方，它很輕鬆地對我們說：「讓如雪姑娘一個留在這裡，不能夠啊，我得陪著。你們兩犢子，早就看你們不順眼了，快點走吧。」

其實我很好奇投胎是怎麼一回事兒，吳老鬼很茫然，就說這是靈魂本能的東西，覺得應該這樣做，但是錯過了就錯過了，具體的它也說不清楚。

「那有地府嗎？」其實我也不是什麼都知道，一樣有我好奇的地方存在。

吳老鬼脖子一梗，對我說道：「我咋知道？」

然後，我就想抽它了！

而它決定留下來的話，是在送我們入龍墓的時候說的，話很不客氣，但是聽來我卻還是忍不住傷感，有時也歎自己的命，明明在心裡是在抓住每一個對我重要的人，對他們好，和他們平靜的相處，可實際上，我卻在歲月中不停失去著，如果失去也是一種修煉，那麼，好吧！

我傷感，承心哥卻不客氣，對著吳老鬼吼道：「看我不順眼，是不？也好，你決定留下了，我也不用供奉你了，老子現在就抽你一頓，我也早就看你不順眼了。」

吳老鬼一下子縮起了脖子，大喊道：「其實我捨不得你們，別抽我。」

承心哥一笑，不可能真的抽它，我們怎麼可能與它計較，所以刻意與它打鬧一下，也就轉身走了。

只是走了沒幾步，吳老鬼的聲音忽然大聲從背後傳來：「我是真的捨不得你們，可我一個孤魂野鬼還是在這裡養老好了。」

我和承心哥幾乎同時腳步一停，然後回頭，看見小喜小毛也竄了出來，一雙清亮的眼睛裡透出的是對我們的不捨，終究還是要告別的，我們對著它們揮了揮手，一切就盡在不言中吧。

「這入了龍墓就能出去，還真是奇怪。」承心哥沒話找話，但他的眼眶有些紅。

我緊緊牽住如雪的手，沒有答話，其實我也並不知道該說一些什麼，龍墓就是我們這一次老林子之行的終點，在中間，我即將要失去了，我也得到了，可是這段歲月是真的過去了。

我原本以為開龍墓，對於這些面具之人來說，一定有一個神聖的儀式什麼的，然後才能開龍墓，卻不想他們只是雲淡風輕地讓我們三人前去就好了，並告訴我們開門的機關就在藤蔓遮住的一旁，很好找的。

「我以為那些面具之人很兇惡的，畢竟壁畫上他們還獻祭人心給嫩狐狸，沒想到也不是這樣啊？」我沒接承心哥的話，而是隨便找了一個話題扯淡。

如雪卻說：「也許就如力熊說的吧，既然人覺得吃動物沒有什麼不對，那動物吃人，獻心，他們也不會覺得有什麼不對。只不過人類是萬物之靈，上天的恩寵，萬物殺人過多，是會沾染上極大的惡因的，他們心中或許也有不甘的疑問吧，畢竟那麼多年在這裡固守，按照智狐長老的說法，是在還孽，卻也歎息，人類根本不珍惜這份恩寵，熱衷於自相殘殺。」

我們都沉默，因為這個問題並不是我們幾個能討論出一個結果的，這需要歲月讓人類的心性進步吧。

而不知不覺之間龍墓也已經到了。

還是這樣一個淒涼的地方，我們又再一次來到了這扇石門之前，不同的是這一次我們能進去，進去以後，我和承心哥離開，如雪留下！

在門前，如雪在召喚蟲子，而我和承心哥則找到了那個機關，真的就在那些藤蔓之下，很顯眼也很簡單的一個旋轉似的機關，然後就靜靜等待如雪。

在如雪的召喚之下，蟲子很快就聚集在了一起，就像一大片鋪天蓋地的烏雲。

我默然無語地扭動了那個機關，並不吃力，很震驚那麼多年以來，這個機關依舊靈活！

「轟隆隆」，隨著機關的扭動，那石門發出了沉悶的響聲，然後緩緩洞開了，一股子煙塵的味道撲鼻而來，一眼望去，裡面黑洞洞的，什麼也看不清楚！

「進去嗎？」承心哥忽然有些猶豫的望著我，莫名其妙地問了一句。

「進去吧。」我緊緊牽著如雪的手,平靜回答道,既然已經走到了這一步,也就沒有回頭的可能了,我知道承心哥在擔心什麼,可是儘管心疼,但不後悔,就是我現在唯一的態度。

我記得老張那一句話,不能挽留,就祝福,讓女孩子心裡不再有負擔。

所以,我在回答了之後,很是乾脆地就牽著如雪進入了那個看起來黑沉沉的入口。

和我想像的進入之後應該是一個絕大的黑暗大廳不同,藉著外面的眼光,我看見入口之處就是一個不到十平方米的小廳,沒有任何的裝飾,只有一排古樸的繁體字:「迎天下有能之士。」

這是什麼意思?我們三個都呆住了,因為在我們固執的思維裡,誰死後都是希望能夠長眠,而長眠之地不受打擾的吧?怎麼還有歡迎的意思?而且是歡迎入墓?這未免太扯淡了吧?可是整個小廳除了這一排字,就沒有任何的線索了,只剩下一個入口就在字的下方,同樣也是黑沉沉的。

我們三個沒有說話,還是我牽著如雪,首先進入了那個黑沉沉的入口,承心哥緊隨其後,接著那一片蟲雲也跟著湧入了龍墓!

在蟲雲的嗡嗡聲中,我們已經進入了那個入口,卻發現這是一道向下的階梯,就只是簡簡單單的階梯,兩旁的石牆之上,也沒有任何的留字和雕刻。

在黑暗中有些看不清楚,我們只能小心地,沉默地往下走著,可是這石梯好像很長很長,在絕對的黑暗裡,我們也沒有什麼時間的概念,只是本能的覺得向下走了很久很久,大概有二十多分鐘吧,這石梯好像還是沒有盡頭似的。

承心哥忽然開口說道：「承一，我不知道是不是我的錯覺，走這石梯，我有好幾次都有那種感覺，就是我們才來到這裡時那種穿門而過的感覺。」

「你沒有感覺錯。我也是！」我儘量平靜地回答，都已經走到了這一步，除了接受與平靜，我們又還能做什麼呢？

石梯給我的感覺是垂直向下的，雖說儘量平靜，我還是忍不住朝上看了一眼，既然是垂直向下，總還是看得見入口，畢竟我們打開了龍墓，陽光照進那個小廳，入口處應該是有光的。

可是我發現哪裡有什麼入口，只有黑沉沉的一片！

我想，我們所在的地方怕是又來了一次詭異的「轉移」了吧？

第一百零九章　龍墓之謎（二）

我注意到了這一幕，如雪和承心哥自然也注意到了這一幕，說不上是什麼心情，竟然有一種自己存在的這個個體，已經身不由己的感覺。

但那些蟲子依舊飛舞得很歡快，不太會思考也有不太會思考的好處，不是嗎？

「走吧。」在逼仄狹長的空間裡，我的聲音在迴盪，但確實也只有繼續前行。

又不知道在黑暗中走了多久，完全沒有時間的概念，或者是走了四十分鐘，或者是走了一個小時？那種透骨的不安感讓蟲子的嗡鳴聲都變得悅耳了起來，我們還沒有走到盡頭。

「這是要走到天荒地老嗎？」承心哥嘟囔了一句。

「如果不是那詭異的穿越感，我會覺得我們會一直沿著這條路走到地心去的。」我也回了承心哥一句。

如雪一直都很安靜，直到這時，她才忽然開口說道：「我有感覺，快到了，因為蟲子的反應很大，那種強大的氣息是會吸引蟲子的。」

「是嗎？」承心哥不置可否地接了一句，可下一刻他就說道：「真的快到了吧？」

在黑暗中走了那麼久，我們的眼睛多多少少也有一些適應黑暗了，承心哥說這句話的時候，我也看見了，前面兩階階梯之後，就有一個拐角！

走了這麼久，我們一直都在垂直向下，有個拐角那就意味著真的快到了！

我們幾乎是迫不及待地走入了那個拐角，只是走入的一瞬間，我們都不由自主遮住了眼睛，因為終於有光了，而且很亮！

適應了好一會兒，我們才睜開了眼睛，看著眼前的一切，我們同時發出了一聲驚歎，這就是真正進入了龍墓嗎？

我曾經見過華麗的嫩狐狸老巢，也見過魯凡明的金箔地下室，可這兩地方加起來也不如眼前這一條走廊華麗。

每隔兩米，就有一盞純金打造的長明燈，地上整齊鑲嵌的竟然是一塊塊打磨得很好的翡翠。

而牆的兩邊，也是用翡翠鑲嵌，上面有華麗的浮雕，浮雕的關鍵位置都是用金銀，寶石來表達顏色。

「承心哥，帝王墓算什麼，我們如果有心帶走這裡的一些東西，我想我們就發財了吧？也不用去努力賺前往蓬萊的錢了，對不對？」面對眼前的華麗，我幾乎是木然地說道。

財帛動人心，我自問對錢財沒有太大的追求，可是面對如今的「珠光寶氣」，我骨子裡還是本能的心動，這是刻進人類靈魂的東西，要擺脫還是比較困難的。

承心哥幽幽地說道：「這個怕是沒有辦法的，你看。」承心哥指著我們所在的位置，也就是入口處的牆壁。

上面有一段文字的浮雕，內容是用文言文書寫，其中第一句就有著具體的說明，翻譯過來大概就是這裡面的東西屬於主人的私人愛好，想必到這裡的人，對這些俗世之物也不感興趣了，當然可以拿走，但是後果自負。

我們顯然不是盜墓賊，我們還有很有信仰和顧忌的，絕不以為主人寫上這麼一句是危言聳聽，所以看到的時候，我們心裡就決定了，絕對不帶走這裡的任何金銀財寶，哪怕是一顆小小的寶石。

可那一段話，我還是接著看下去了，越看就越覺得心驚而激動，到最後，我已經是心跳加速，口乾舌燥，處於一種難以相信的狀態了。

不僅是我，承心哥也同樣，他有個一激動就喜歡抓人肩膀和手臂的習慣，我感覺承心哥的手在我的肩膀上是越收越緊，可是我們因為心情的激蕩，我是感覺不到疼痛，承心哥也感覺不到用力，直到事後，我才看見，我的肩膀都被抓得一片瘀青了。

這片文字不長，用文言文書寫，大概也就幾百字，可是裡面有我們最想知道的資訊，還有很多謎題都迎刃而解！

我們仔細看著每一句，並且把每一句都精確翻譯了，這段文字是在說一條龍的生前身後事。

這墓的主人的確是一條龍，確切地說是一條來自昆侖之龍，在其中一小段，有它對昆侖的回憶！

我激動地看著那裡的每一個字，在它的描述裡，昆侖是一個永遠處在柔和陽光和濛濛霧氣的地方，那裡的空間是和這裡不一樣的，不是那麼具化（這一句我不能理解），所以可以說那裡是無限大的。

那裡很美，美到什麼程度在文字裡並沒有具體的形容，只是我努力去理解那一句話，大概就是任萬物有靈地去裝扮自然，山綠水清，一切都是本有的色彩，充滿了生機和原始之美，而這一切都包裹在充足、清新、甜美的氣（空氣，亦或者靈氣）當中。

在那裡生活著的一切都是高等的生命體，其中有的存在，會思考的存在，他們的思想貼近自然，不排斥鬥爭的天道，卻有平和的心態去接受結果，繼而向上（我對這句話理解似是而非），那種存在的思想散發著光輝，約束著那裡的持續，對下方充滿著憐憫，也有失望。

總之，這一條龍懷念著那裡，一直懷念著。

這一段回憶過後，又是一段敘述，而這一段敘述，和如雪一開始給我講的傳說，和我後來知道的線索印證了起來——昆侖傳道。

那一段回憶具體的由來，那一條龍並不是很清楚，它的敘述裡只是說，在某一天，在那裡的一些存在，決定用特殊的手法洞開「昆侖之門」，接收一些下方的人，來到昆侖「習道」。

而凡事是有因皆有果的，這件事情從本質上來講是逆天的，而昆侖同樣在天道的掌握之下，這種逆天就是破壞了下方自由前進的腳步，從一定程度上去改變了一些事情的走向，這是極其嚴重的。

看到這裡的時候，我的一滴冷汗也忍不住流了下來，很簡單，我從小從師傅那裡得知的就是逆天改命是極大的因果，這種因果是很難去償還的，禍及自己的幾生幾世不說，甚至連累家人。

一個人逆天改命都是如此大的因果孽債，更何況按照這篇文章的記述，是那裡的一些存在幾乎是在改變一個族群的前進腳步！那是何等可怕？

所以，我忍不住流冷汗，不敢想像這種結果是要如何承擔。

我繼續看下去，上面清楚記述著，這樣的事情不被允許，也很快被阻止，沒有讓它擴大化，但是事情已經發生了，已經開始了一段因，自然也要留下果。

洞開「昆侖」之門這種事情是逆天的，就算某些厲害的存在也不能很好的去穩定每一個「昆侖之門」，所以昆侖的某一些存在已經遺留在了下界，惡果已經種下，什麼時候帶來災難，那也就不知道了。

所以，這就是因果！也是上天刻意帶來的懲罰！

讀到這裡，我的心跳再次加快，我還能想到什麼？那肯定就是——昆侖之禍！我想我也見過它們了，紫色的植物、紫色的惡魔蟲，是的，它們原本就是不該存在於這個世界的。

它們已經帶來了災難，或者正在帶來災難，或者還隱藏著，這個惡果可大可小，大的話就是整個世界就蔓延開去，小的話就是及時被阻止。

再或者一些已經造成影響了的，被生生壓了下去！

我忽然有些明白，為什麼師祖如此瀟灑之人，會遍遊天下，去阻止一些事情，師傅也積極的參與一些事情，那是因為師祖如今幾乎已經可以肯定，是得到過昆侖傳道，他這樣做，會不會就是為自己的「師傅」來消弭一些惡果呢？

畢竟他也得到了昆侖傳道，他也是因的一個，由因解果，再正常不過！

而這條龍也是無辜的，它是生活在昆侖之龍族群裡的一條龍而已，因為洞開昆侖之門，空間不定，它是莫名其妙掉落在了下方！

第一百一十章 龍墓之謎（三）

再接下來一段，就是講這條龍在下方的一些事情，講得很簡單，說來也不過就是幾件事，初來下方的不適應，後來找到了一個勉強氣（靈氣）充足，可以讓自己生存，躲藏的地方。

爾後，為了打發歲月，收服了四大妖魂，刻意結交一些修者，當終究也是想回到家鄉。

不過，現實總是讓人失望的，它達不到回到家鄉的條件（這裡我不太能理解條件是什麼），或者它認為自己也算入了「惡果」中的一節，可是它深信因果，也知道上天對人類的恩寵，所以約束著自己的行為，一直安然度過歲月，也不停在找尋方法回去。

但最後，它是嘗試了很多辦法，它也只能駐留在這裡。

慢慢的，到後來，它感覺到了自己生命的盡頭，畢竟下方和它的故鄉是不同的，在這裡它沒有那麼悠長的壽命！

於是，它準備在生命盡頭的時候，孤注一擲，想破開一些障壁，回到昆侖！

但是，那「驚天」的行動卻還是失敗了，它凝聚了自己全部能力的一抓，不僅失敗了，而且令到高等的法則產生了微小的錯亂（時間，空間），它註定葬身於此了。

可對故鄉的眷念怎麼可以停止？所以它在這裡修建了龍墓，這個龍墓就建在這個世間少有的「靈秀」之地，並用大陣聚集著靈氣，開闢了數間修室，只期待那時的昆侖傳道者，能來到這裡，在它真正的埋骨之地，那錯亂的地方，再次破開障壁，把它的屍身帶回昆侖！

這一片文言文，記述到這裡就完全結束了，可是我和承心哥起碼足足呆立了五分鐘，才恢復了正常的思考能力。

「承一，你看見了嗎？」承心哥一開口，竟然問我的是如此傻的問題。

「嗯，我看見了。」我也傻傻回答道。

「這裡真的是龍之墓，是來自昆侖的龍，所以說它是仙人墓也沒錯，你的想法是什麼？」承心哥問道。

「我想師祖和師傅都來過這裡吧，往裡走，我們就會得到答案吧。」我說道，只是在回答的同時，我還是心思在翻騰，那是如何威勢的一擊，想要打破障壁，時間和空間一直是道裡的最高法則，竟然能引起微小的錯亂，太過逆天了。

可是，世界真的不存在這樣錯亂的地方嗎？也不存在這樣的事情嗎？

我想應該這裡不是唯一，被掩蓋下來的事情不說，就是一些已經流傳開來的事情，比如說失蹤的客機、失蹤的人、忽然重疊的街道，看見的另外一個空間，那些一次次的闢謠，是假的嗎？我只能說不知道！

因為我原本以為那些和我的生活沒有關係，就算我是一個修者，但是也不是世界之謎的探索者，除了我華夏的道，我連那傳得神乎其神的亞特蘭蒂斯文明都不曾有過半分興趣。

但到如今，看見了這篇震撼的文章，我不知道該說什麼了，我總不能說是一條龍在吹牛吧？

帶著這樣的心情，我們繼續前行，這一條長長的走廊，除了珠光寶氣，和入口的那一篇文章，也沒有任何值得探究的地方。

那些壁畫雕刻得猶如大師的手筆，但大多也是簡略記述了龍的一些事情，比如授業於妖物和收服四大妖什麼的。

這一切，在我讀過了那篇關於昆侖的文章之後，已經沒有任何的吸引力了。

在這一條走廊走完以後，我們進入了另外一條走廊，也不由得感慨，比起那些機關百出的王侯將相之墓，這龍墓簡直簡單得令人髮指！

入目的這一條走廊就更加簡單，連珠光寶氣和富麗堂皇都已經消失了，只是青石堆砌而成，簡單得沒有任何裝飾，除了那依舊華麗的長明燈，另外就是這走廊的兩邊，對應著一間間的房間！

房間有多少，我們不知道，因為這裡的長明燈到後面莫名其妙就沒有了，盡頭是一片模糊的黑暗，我們也看不清楚，只能前行。

而到這裡，我也莫名能明白入墓之時的那一句話大概是歡迎天下有能之士的話了，原來，這條龍只是想要它的屍骨能回故鄉。

我不明白昆侖到底發生了什麼，或者下方又該有怎麼樣的劫難，讓昆侖的有能之士不惜逆天洞開昆侖之門，我也明白空間和時間是多麼至高的法則，所以，我只能歎息，那一次的事件，確實讓很多昆侖的存在也算是承受了惡果。

我甚至想起了那紫色的蟲子，在補花的記述中，不是也想著要回到家鄉嗎？

一路走著，那些房間我們自然是不能錯過，而房間的門沒有上鎖，只是普通的銅門，推開了去，裡面也沒有多餘的陳設，一石床、一蒲團、一石桌而已。

可是一進入房間，我就感覺到了那澎湃的修者需要的靈氣，那條龍果然是開闢了這樣的修室，並且把靈氣集中在了這裡，以供以後有崑侖得道者，或者是有關於崑侖的人在這裡苦修吧。

按說這樣的靜室應該沒有任何的發現，可是在牆上的一排留字，卻又是那麼明顯。

我們走過去，仔細看了，上面的留字異常簡單：「崑侖得道者蘇正留字，在此十年有餘，未得寸功，黯然離去，若他日有解決之道，定回，帶遺骸歸去。」

就是如此簡單的留字，也讓我們深吸了一口氣，說明真的有崑侖人來到了這裡，可惜沒有任何的辦法，只能黯然離去了，至於以後，我們猜測，可能也是最終沒有辦法的，否則龍墓不會繼續存在。

怎麼說，這也算我道家的前輩，我和承心哥恭敬地拜了拜，然後靜靜離開這間靜室。

接著，我們繼續前行，而每間靜室，我們都會去一一查探，有少數沒有留字，但大多數都有留字，大概意思都是沒能成功，黯然離去，當然也不是每一個留字都那麼簡單，也有叮囑後人如果來到這裡的，要如何如何，有什麼吩咐，看這些是大不敬的，所以只要與我們無關，我們也不敢多看，只能恭敬離去。

走過了有十二、三間靜室，我們發現了一個問題，留字的幾乎都是崑侖得道之人，而且沒有人重複使用同一間靜室，這樣讓我感慨，那一個時代的崑侖授業，其實真的沒有擴大多少的影響，因為被阻止了，從靜室裡的留字，就可以得出這樣的結論！

默默地前行，前方隨著我們的前行，也能清楚看見了，竟然是一道類似於古代房屋屋前的一道影壁擋在了那裡。

影壁上面雕刻著一條活靈活現的五爪之龍！

這時，我們也才看見，房間只剩餘了七間，原來這裡只有二十間靜室！

如雪靜靜盯著那一道影壁，神情讓我有一些看不懂，而我心裡卻隱隱有一些著急，因為師祖說過一切的答案都在龍墓之中，從進來到現在我並沒有得到任何的答案。

只能繼續前行，連接走過四間靜室，我們都沒有看見任何的留字，反而判斷那四間靜室是不像有人來過的地方，畢竟人活動過的房間，和沒有人來過的是絕對不一樣的，就從房間的灰塵都可以判斷。

只剩下三間靜室了，我難以按捺住自己急切的心情，很乾脆地對承心哥說道：「我們乾脆反著來看吧，你知道師祖是很厲害的，萬一他就想用最靠裡的一間呢？」

「你這是什麼理論？最厲害和最靠裡的，有什麼必然的關係嗎？」承心哥莫名其妙地看著我。

我也不知道我為何說出這一句話，但是我也不想去想原因，而是很乾脆地就走到了最後一間密室！

除了一開始的那一間，和最後的這一間，其他的密室都是兩兩相對的，我也懶得去管為什麼龍墓會這樣修建，只是帶著有些急切的心情推開了最後一間靜室的大門。

一進入這間靜室的大門，我就感受到了一股靈氣上沖的氣勢，這股氣勢來得太過猛烈，讓我立刻抱元守一，不敢絲毫讓那股子靈氣衝入我的體內！

原因很簡單，我承受不起！而於此同時，我終於看見了兩篇留字，一下子，一顆心都重新落回了胸膛，師祖說的答案應該就在這裡！

第一百二十一章　師祖師傅的解謎（一）

這裡有兩篇留字，字跡我都是那樣的熟悉，一篇是師祖的字跡，而另外一篇竟然是我的師傅！

師傅也來過這裡！

我幾乎是飛奔到了字跡的跟前，緊緊跟著我的是承心哥，在這間靜室裡暴漲的靈氣，讓我們有些難受，就如同人必須要吃飯，一碗飯看著不怎麼樣，但把你埋在飯堆裡，讓你吃，你敢吃嗎？你不難受嗎？

可是忍著這種難受，我們還是不肯錯過這裡的每一個字。

我先看的是師祖的留字，同樣是文言文書寫，但中間竟然充滿了很多我們不能理解的地方。

確切地說師祖的留字分為兩篇。

第一篇應該是在很久遠以前了，說的大概是他遊歷天下，早就得聞龍墓的傳說，如今還真的就到了這裡！到了這裡之後，我師祖思考的竟然不是如何回到昆侖，帶著龍的遺骸一起，而是說他長久以來的一個疑惑，終於得到了解答，答案就是原來發生在大明的昆侖授業應該是最後一次，可是也並不是最後一次，那是因為時間和空間並不是我們想像的呈直線流逝狀態，而可以理解為一個圓，一個並行的存在！總之那一次的昆侖授業應該是和某些時代平行的，可也算是事情結束之前的最後，他終是明白了，這條遠古之龍的存在就是證明，外面那存在久遠的四大妖也是證明，而那段記述不詳，看似燦爛，實則空白無法考慮的歷史也是證明。

在這裡，師祖特意留了幾個帶著問號的字，夏？商？交替之戰？

我和承心哥面面相覷，我們承認我們絕對看不懂，什麼直線，圓形，並行的？又什麼最後不是最後的？或者說，師祖得到，已經觸摸到了那一層的法則，自然就是我們不能夠理解的。

但是，我們唯一能看懂的就是，師祖那時的每一個字都帶著興奮的感覺，還有一些自傲！瀟灑對天下，只求道的感覺！我們第一時間就判斷出來了，這恐怕是師祖很早之前的留字，那個時候，怕還不存在老李一脈，只存在老李！

這一段我們看不懂，也悟不透，只有繼續的看下去，而在下一段，師祖依然用那種瀟灑不羈的語氣說道，冒險靠近了巨龍遺骸（為什麼是冒險，如雪有危險嗎？看到這裡，我忍不住看了一眼如雪，如雪卻很平靜），發現所有人的想法其實都是錯誤的，而且他還發現了一件有趣的事情，那就是龍也有橫骨，橫骨中藏有殘魂。

這不是和嫩狐狸如出一轍？但這如何？

我和承心哥像是進入了一個巨大的猜謎遊戲，迫不及待地往下看，接著師祖記述道，他要帶著那個殘魂，用另外一種方式把它帶回昆侖，或者這才是可行！這比帶回遺骸有百倍的意義！不該存於這世間的就不要存於這世間，另外他也算因中的一個環節，龍是果中的一個環節，帶回去也是再自然不過的事情。

最後，師祖記述道，龍的存在其實都不神奇，世間有世間之龍，昆侖有昆侖之龍，另外的地方也存在著另外地方的龍，偶有交錯，或者是命運，不必執著才好！

這都是什麼啊？若他不是我們的師祖，我和承心哥多半以為這是一個瘋子留下的言論，怎麼龍還分三六九等嗎？可惜，我們站的高度和師祖不一樣，看見的世界也絕對不一樣。

我們敬畏，也尊重，所以就算不以肯定的態度來看世界，也情願用懷疑的態度來看世界，但絕對不以否定的態度來看世界，這是我們入門以來，最先就學習的一個心態！

所以，我們再震驚，就算不理解，也試著接受師祖的這一篇留字，在這裡沒有得到什麼答案，但我和承心哥至少肯定了一件事情，合魂戰鬥法確實是老李一脈獨有的，也不排除師祖是在這裡創造的。

因為，我們觸摸到了一個事實——師祖帶著一條龍之魂！

第一篇的記述到這裡就已經全部結束了，我和承心哥稍微平靜了一下，又看向了下一篇。

下一篇一看之下，我們就有些不適應，畢竟一開始師祖是用文言文記述的一切，而下一篇卻變成了一篇白話文，這師祖倒是……

我們也找不出來形容詞，但心裡也明白著，這篇留字大概才是近期發生的事情，包含著一些答案，我們也是急切地看了下去。

這篇的大概意思是這樣的，在世間遊歷了很久，中間也回去過（回去過？我和承心哥呆住了，師祖到底做到了什麼？但是師祖只是那麼簡單提到了一句，就沒有再提），這時才恍然發現心中存留有一個遺憾，那就是授業於人，不然就辜負了，也看清了這個世間是真的走到了無數分岔口，未來的走向他也不敢妄自去揣測，去推算！可是他真的是體會到了那一次逆天的慈悲，他要收徒！於是，他也收徒了，卻發現了一個驚人的事實，可惜他無法再做到什麼了，匆忙來到此地，為後人留下了妖魂，取與不取，應該輪到哪一代去取，卻不是他能控制了，一切皆看緣分。

師祖這一段記述的又是什麼？什麼驚人的事實？難道他喜歡讓我們猜謎？我和承心哥再次面面相覷時，彼此的眼中都已經是無奈的神情了，的確很無奈，師祖這個人從來都是這樣，只說結果，中間原因一向不愛與人解釋，這不苦了我們這一些後輩嗎？

可是，師祖不願意提的，我們終歸是沒有辦法，只能耐著性子繼續看了下去。

接下來的段落，師祖是在敘述幾件事，第一件事情是，龍的果，他已經解開，雖然不是完美，遺骸不能帶回，但他相信是更好的結果，如今他要在這裡待一段時間，彌補自身，然後用大術留下一點點契機與庇佑！

契機與庇佑，這是什麼東西？庇佑就是我們入墓前的那一次嗎？契機又是什麼？如果是庇佑是入墓前的那一場戰鬥，為什麼是師祖用到大術，這絕對不符合常理。

我們接著看下去，發現這第一件事情，師祖有敘述，但中間的一段竟然被毀去了，是誰幹的？我心中滿腔怒火，可是很快我就得到了答案，反而不敢發火了，因為是我師傅幹的。

因為，接著毀去那一段的話，下一段話是這樣的意思，契機只能動用一次，想必承契機我的徒弟已經順利進入了龍墓，可是這裡還是封閉起來，不要再有多的人來打擾了吧，打擾這個族群的安寧，打擾龍的安眠。他推算過，龍墓的大陣有缺陷，幾百年會洞開一次，他們昆侖來人一次次加固，隨著時間的流逝，後來者會以為那個陣法已經越來越弱，其實是他們故意留的一個陣點，造成的這種假像，這一片天地不會再開幾次了，會最終真正的隱藏起來，而這一切也並不是完全無意義的，因為他算到必然有人能打擾到這裡，這是必須阻止的！

讀到這裡，我和承心哥在心中喊了一聲僥倖，恐怕不用中茅之術請來師祖，這個地方我們根本進不來，而讓如雪用蟲子「暴力」開墓，勢必會破壞這裡的一些東西，反倒達不到師祖的意思了。

那能打擾到這裡的是誰？要那麼多昆侖大能之人去加固這裡？我和承心哥再次不解，也只能不解！

至於庇佑，要毀去，是不想後人明白了之後，就太過依賴，這個師祖倒是講得異常簡單！但我和承心哥就是忍不住猜測，只可惜想破腦袋也想不明白，師祖講的到底是什麼！

所以，我們只能接著看下去，因為心中還有很多謎題未解，就如師傅為什麼會突然出現？

第一百一十二章　師祖師傅的解謎（二）

但在看之前，我也整理了一下師祖的話，因為中間留有太多的原因，師祖不愛解釋，一時間要去理解，是真的很難的。

接連之前一段，大概講的是師祖發現了昆侖授業的一個祕密，牽連到了上古，甚至神話開始流傳的時代（大夏），但祕密具體是什麼，恐怕只有師祖知道了。

在這發現祕密的中間，師祖用我老李一脈的祕法取走了龍魂，點出了龍的遺骸周圍危險（具體什麼危險未知），接著他回去過，或者就是因為這個回去，他送回了龍魂，所以他才會留字說，已經解了龍的果。

當然，這也只是根據師祖語焉不詳的留字猜測的！

接著，他發現了一件驚天的事情，是在收徒以後，估計是有什麼羈絆，讓他匆匆忙忙的什麼都不能做了，只能留下了四大妖魂（其中虎魂是由師祖斬殺）給後人，同時留下了一個契機（應該是指入墓的契機）和一個庇佑（對後人的庇佑，但不能透漏，怕後人過多依賴）。

契機應該是被師傅用了，所以師傅能在龍墓的陣法出現弱點之時進入，但為了這個契機不被後人一再利用進入，打擾他覺得要守護的安寧，所以師傅來到這裡以後，他特意留言讓師傅毀去了契機和庇佑的具體內容，算是一個結束！

我真的很佩服師祖想到哪裡寫到哪裡的隨意，也同時有點兒小委屈，這師祖說一不二，說要毀去就要毀去，不是為難我和承心哥嗎？

可是懊惱無用，我們只能接著再看下去。

而下一件事，他記述的是龍墓的一個情況和他的開卦得到的一個答案，龍墓由於那條龍臨死之前的一擊，所以時間和空間都產生了微小的錯亂，但這種錯亂比起這世間某些地方，算是很輕很輕，甚至可以控制的了。

原本這個情況，他是不注意的，所以，知道也不在意。

可是到後來，情況有了改變，就是他已經不能再做什麼了，到臨頭才發現原本以為的自己瀟灑，可還是有那麼多放不下的事情，其中一件就是後輩的事情，他知道算卦不算親近之人，得到的結果不會準確，但萬事也不是絕對，如果付出一些代價，未嘗不可算到一些精準的事情，所以他開了卦。

然後，師祖就得到了一件「小事」的提示，就是他的後人會來龍墓，其中一次是趁他留下的「契機」而來的，那一次有大危險，若不作為，後人將有性命之憂！

這個卦的結論，讓師祖憂心不已，畢竟卦相提到的是很久以後的事情，他那時也不能做什麼了？

也同時感慨，靠近龍墓，算到的竟然都是龍墓之事，卻不想也算到了後人一難。

可是就這麼甘心了？師祖記述，老李順命寬心，卻從來不是認命之人，就算安天命，也要盡人事，所以他想到了一個辦法，結合一些事情，或者可解後人的危機。

那就是利用這裡錯亂的一些時間空間之點！讓師傅封存一個大術在這裡，然後配合，一起解了我們的危機，至於能不能成，看天意！

接下來，就是師祖畫出的一些點，我仔細地看著這些點，忽然就有了一絲靈感，再仔細一想，我一下子就震驚了，因為某些點，我見過，最開始的那個大點，不就是我們從那個平臺進入小路的點嗎？那裡留下了我們自己！我還敏感發現，在那裡，我的表情有微微變化！

這個……！對，我還見過，那林子裡詭異地不長任何植物的一些地方，看起來有些扭曲，那些面具之人帶我們回去的時候，也刻意避開那些地方，還好心提醒我們別靠近，有怪事發生，有時甚至能致命，當時我雖然疑惑，但是他們沒願意多講，我也就沒有一直追問，原本這些是餘力造成的「破壞」！

那麼師傅……我很承心哥都震驚了，繼續看下去，是師祖畫出那些點，然後又串連了一些點，在後面就開始為師傅講解如何利用這些點，封存法術！

那些講解被師傅毀去了，只因為後面有師祖的注明，這樣的術法不完整，他也沒有完全掌握，也只是取巧利用，但是也不是這個世間能留存的東西，揠苗助長的事情也是逆天之事，讓師傅學會施展以後就毀去！

這下事情就完全解開了，原來師傅出現不是真的出現，是利用這裡的特殊，加上師祖留下了一個取巧的術法，封存了一個和師祖配合的法術而已！

為的只是為了解決我們要面對的生死危機。

師祖，師傅！我的眼眶一下子就紅了，這樣處心積慮，這樣運籌帷幄，原來都是為了我們，我們不是孤軍作戰，也不是勢單力薄，他們其實一直都在庇佑著我們！

承心哥的眼眶也紅紅的，顯然這樣的事情，他也感同身受，怪不得師祖出現，是如此的信心十足，大戰中每一件事情都是準確的定時間在前面，一環扣一環，恰恰就保住了我們！看似巧合，其實早在很久以前，他就已經付出代價，在為我們這場危機焦心了。

面對這樣的師門，我們還能說什麼？就算三拜九叩，也不能還上一點點的恩情，所以我們怎麼可以放棄去尋找師傅，怎麼可以連他們是生是死都不管，不焦心，就按照他們的要求安然的過自己的生活，這是做不到，也是放不下啊！

想必，師傅，師叔們對師祖如此之執著，也是和我們同樣的心情吧。

特別是師傅，他要完成師祖的一個大術，想必應該是非常吃力的一件事情，卻還是不忘記要跪拜師祖，叮囑我，這該是有多深的牽掛啊。

我們紅著眼眶，深吸了一口氣，繼續往下看去，卻發現這記錄的最後一件事情，竟然是和如雪有關。

記述是這樣說的，在師祖第一次來到龍墓，遇見了仁花，那個時候的仁花已經是走火入魔，生命也在極危機的時候了，可是她還是對龍墓如此執著，執意破墓，被師祖阻止了，當時阻止師祖並沒有多想什麼，只因為他看出了仁花培育的那種蟲子的逆天之處！如若放任以後必將成為災難！

而且他從那個蟲子身上發現了「昆侖」的影子，同時也知道了仁花也是昆侖得道者！

看到這裡，如雪也震驚了，她沒有想到，她們寨子裡古老的天才——仁花，也竟然是一個昆侖得道者！

如果是這樣，仁花的天才倒是可以解釋清楚了，可是昆侖究竟是一個什麼樣的存在？它包含的不只是道，甚至連蟲術也可以傳承嗎？

要是這樣，我們三個的臉上都情不自禁泛起了一絲神往的神色，是的，要是這樣，誰不嚮往昆侖？那真的是修者的天堂！

師祖繼續記述著，以上的原因，加上他和仁花如此巧合的相遇，讓他在後來就想了太多，仁花造就的蟲子是不是天道對昆侖授業的懲罰，而他遇見是不是也是要他這個因，去解仁花這個果？

可是，術業有專攻，面對這樣逆天的蟲子，他也解不開，只能和清醒過來的仁花勉強配合，用特殊的辦法「封印」了蟲子！

再後來，仁花告訴他，用龍的遺骸可以真正解決這件事情，只可惜她已時日無多，不能親自去完成這件事情了，而師祖對蟲術的瞭解有限，更不可能指揮得動這些蟲子，更別提繼續封印了，事情陷入了一籌莫展之際。

在這個時候，仁花卻說，她在寨子裡其實留下了個人意志的種子，可以傳達她最後的意志，只不過她要明確的「指點」後人應該做什麼，還要師祖的幫忙。

於是，就有了魅心石，如雪的一切的一切！聯合起如雪的記憶，這一切的謎題總算是完全解開了。

原來那一個神祕人物真的是師祖！

師祖說，如果有後人來幫忙封印這個蟲子，這件事情就算是徹底解決了，這第二次來到龍墓，是決定要為這個仁花的後人留下一點庇護的，也同時消除最後的隱患。

看到這裡，我的心都提到嗓子眼了，難道如雪不安全？

我接著看下去，師祖在這裡終於提到了龍遺骸存在之處的真正危險，那就是在那一片空間中，是時間和空間錯亂最多的地方，一般的情況下，或者只是會留下一個封存的自己，慢慢地消散，但不排除會被扭曲的時間和空間「吞噬」，這個吞噬或者不是常人能理解的，但後果也異常可怕。

其實穩定的空間，和穩定的時間流速之地，是有自我癒合能力的，師祖很肯定地說到這一點，但是這需要時間去慢慢自我修復，這一點顯然是不夠的，可能一些扭曲錯亂的地方已經消弭了，但很多應該還是存在的！

他當年冒險進入過龍墓，對這些有一個大概的掌握，所以他留存了一段意志在龍真正的葬身之處，如雪帶著蟲子進去後，自然就能感應到，避開這些潛在的危險，或者也可以利用它們。

還利用它們？我很難想像這是怎麼一個利用！只是擔心地看著如雪，如雪卻異常平靜，對我說道：「師祖爺爺，手段通天，這總是沒錯的，我每隔一段時日，總要用祕法讓這些蟲子繼續沉睡，是要來回進入龍墓的。」

可是，龍墓的陣法已經日漸趨於穩定，如雪還怎麼再出來？我和她……一下子，我整個人都像是被重槌搥了一下，然後心一破碎，滿心的悲傷就一下子布滿了我的整個身體！

第一百一十三章　師傅的話

「如雪，妳是不可以再從這裡出來了嗎？妳以後就會一直一直待在這片林子當中了嗎？」

我儘量想讓自己的語氣平靜一些，可是連傻子都能聽出我的聲音根本壓抑不住地在顫抖。

師祖的留言我不是太明白，特別是涉及到時間和空間的，畢竟那離我的世界和我的認知太過遙遠，就連師傅是動用怎麼樣的契機入墓，是什麼時候入墓（畢竟這個龍墓大陣的弱點只是幾百年才會出現一次），由於被毀去了一些痕跡，我也不太清楚。可是我清楚了一件事，那就是如雪入墓就算有師祖的庇佑，多少也有危險，而龍墓大陣在以後的日子裡就會穩定，那或許是幾百年也不會再出現一次了。

就算還會，那我等得了幾百年嗎？

所以，我再也克制不住地問出了這個問題，這樣的生離和死別到底又有什麼區別呢？

如雪看著我，眼中也有一絲悲傷，然後她閉上雙眼，像是想起了什麼，沉默了很久，才忽然對我說道：「承一，或許我還可以出來見到你，你或許也還有機會進來見到我，一切都看緣分吧。」

「妳是在安慰我嗎？」在說出這句話的時候，我的拳頭捏得很緊，指甲刺得我掌心的肉生疼。

「不是，承一，你知道我對你會隱瞞，但不欺騙。」如雪的眼神很認真。

或者，如雪知道什麼？可是我也瞭解如雪，就算知道什麼，不是百分之百把握的事情，她也是不願意說的，所以只告訴我隨緣，那就隨緣吧。

生命就是如此，豈能盡如人意，但求無愧於心，不能如意的相守，但我無愧的愛過她。

深吸了一口氣，師祖那兩篇充滿了疑問的留言是看完了，剩下那張狂肆意，字骨卻充滿了力量與厚重的熟悉字跡就是我師傅留下的了。

只是看見第一句話，我就開始心酸了。

這樣我想起了那一年，師傅執意要離開三年，我回到北京大院兒，看見師傅一封留信的往事。

那封留信，至今我仍鄭重保存著，不敢隨著攜帶，只因為信紙已經發黃，反覆看了多次，折痕之處已經非常脆弱，我怕有一天，這封信就破了，我連一個念想都沒了。

而這刻在石壁上的留言，開頭第一句話卻和那封留信一模一樣。

竟然直接稱呼的是承一！

承一：

荒村一別，一晃兩年，沒想到在此得到了師傅的資訊，也得到了你的資訊。

師祖留言，掐算後人在此會遭遇一劫，要我和他共同為後人化劫，我不用想這一劫多半應在你小子身上，所以這也算得到了你的資訊，對吧？

真是不省心啊，童子命，我咋就收了你這小子當徒弟呢？

看到這裡，我笑了，彷彿是可以看見師傅就站在我面前，指手畫腳地奚落我，吹鬍子瞪眼的「嫌棄」我，可是當我有難，他還是義無反顧……

只可惜如今師傅早已經離去，別說一晃兩年，在思念和不解中，我已經度過了五年，所以這一笑有多心酸，只有我自己明白。

而看到這裡，承心哥忽然開口了：「承一，我算是有一點兒明白了，原來師叔這段留言竟然來自於七年前啊？那個時候，他還沒有離開，不是嗎？」

「是啊，那個時候，他不是說要出外三年，具體要做什麼他沒和我說，回來以後，也半個字沒提起，原來他在那個時候就來過龍墓！依靠師祖留下的一個契機，在龍墓陣法未定未開之前，就已經來過這裡。」我說出了我的判斷，如果是這樣，一切的事情倒也就正常的聯繫起來了。

承心哥沉吟了一陣兒，沒有說話，而是說道：「繼續看下去吧。」

我點頭，然後繼續看了下去。

承一，雖說你是一個不省心的小子，但終究我還是牽掛你的，就如我知道我一定會離開你，讓你自己成長，自己面對這世間的一切。

我想，你發現這段留字的時候，應該是我已經離開的時候了吧？我不敢去想像我離開你的心情，就如我一直沒有決定我該用什麼樣的方式去離開你。

但只希望你記得，無論你選擇什麼樣的生活方式，師傅都支持你，只願你不要踏上師傅的老路，別來尋我，心中有太深的執念，不見得是一件好事。

這篇留字我相信你看得見，就如我一看師傅的留言，就知道這一劫應在你身上，既然如此，你沒有看不見的理由，我倒是不信了，我和師傅出手還不能保下你這個小子，你也算是幸運，師傅留下的庇護，應在了你小子的身上。

該說點兒什麼呢？發現沒有離別的心情，也沒有太多話可說，因為再有一年，我又能見到你，現在算不得分別。

可是，想起一件事，我心中又有一些忐忑，如果劫難是應在你身上，那麼你為什麼會來這裡？該不會是你也踏上了我的老路，開始追尋上一代的足跡了吧？

罷了，罷了，承一，其實我是希望你安靜生活的，明白嗎？小子！

這篇留字，其實也只是我要告訴你，我與你情同父子，拋開傳承一說，我也視你如子，所以，在我心中，你是不是代表我老李一脈山字脈的傳承已經不重要了，重要的只是老子怎麼希望兒子的日子顛沛流離，老子怕只是希望兒子安靜而幸福的生活吧？

我老了，你長大了，你還會不會如小時候一樣聽話，我也沒有把握，盡人事，安天命，一切還是按照命運安排的來吧。

這間靜室的蒲團被我掏空了，臭小子，別跟我說你不懂什麼意思啊？

言盡於此，對了，慧覺說，如果你能看見，那就幫他帶一句話給慧根兒，他也覺得蛋糕比雞蛋好吃，不過，他是一個窮「禿驢」，沒太多的錢買蛋糕，很多時候，買了蛋糕，都想搶慧根兒的來著。

在師傅的這篇留字後面，還有一排歪歪斜斜，刻得不怎麼樣的字，上面寫著，偷跑回來，特意說明，我的原話是說窮大和尚，我那大侄子不懂得尊老愛幼，就知道他會寫個窮禿驢，我要說的話說完了。

承心哥畢竟沒有和我師傅一起生活過，看得滿頭冷汗，有些難以置信地看著我，說道：「這後面的字誰寫的？慧爺？師叔和慧大爺這也太扯淡了吧？」

我目光有些渙散地傻看著這面牆，嘴角帶著微笑地說道：「你沒有和他們真正一起生活過，其實他們實際上就是這個樣子的，這才是我一直想念的師傅，還有慧大爺他們。你能看出來，師傅對我無奈？他是反對我去找他的，就如他所說，他是希望我安靜生活，可是他有覺得恐怕不能阻止，為了儘量避免這種事情發生，所以，在離別那一刻，他選擇了那麼扯淡的方式，弄到現在我一聽到『妹妹，妳大膽的往前走』這歌就想哭，而他還是牽掛著我，怕真的任何辦法都不能阻止，所以他應該在掏空的蒲團裡給我留了東西。」

「你真瞭解師叔啊。」承心哥感歎地說了一句。

「難道你不瞭解我二師叔嗎？」我反問了一句。

承心哥的臉色一下子變得黯然，整個人也有些呆愣，過了很久才說道：「怎麼可能？那老頭兒，這世界上如果還能有幾個瞭解他的人，我絕對是其中一個。我，很想他。」

氣氛變得有些哀傷，我本能地把手放在那一篇留字上，來回撫摸著字跡，說道：「其實，我還很瞭解慧大爺，他那麼扯淡，其實也只是在表達想慧根兒了。慧大爺沒什麼錢，他很饞慧根兒的蛋糕，可是沒錢也買給慧根兒吃，就慧根兒一個人吃。只是慧大爺不知道的是，他離開後，慧根兒已經不吃蛋糕了。」

「承一，你當年的問題，在這篇留字裡，不就得到解答了嗎？師叔當年這樣離開，是因為不想留下任何線索給你，也不想你踏上這條老路，情願你恨他，也不想你過顛沛流離的日子，你還想去找他嗎？」承心哥幽幽地說道。

「沒有辦法不去找了，就算我知道了答案，我也想說，老子失蹤了，行跡不明，安危不知，有什麼理由兒子不去找？何況，那盤碟片……」我沒有說下去了，愣神，老是想起在湖邊，師傅的那個手勢，反覆地做起，絕對不是巧合！

「是的，你的想法和我一樣。」承心哥也接了一句。

事情到此，謎題算是粗略揭開了，整理一個時間線，那就是師祖早年未收徒之前，曾經來過龍墓，收走了龍魂，並解開了心中一點兒關於時間和空間的謎題！多年以後，為了四大妖魂，故地重遊，當然還有別的原因再來這裡，但是師祖語焉不詳，我們也只能猜測出給如雪留下一段意念，和留下一個契機還有庇佑給我們。

很多年以後，師傅在荒村一戰後，離開了我三年，那三年，其中一站就是這龍墓，那一年龍墓並沒有因為陣法不穩定，而顯露行跡，師傅是依靠師祖在早年留下的一個契機，進入了龍墓，看到了留字，從而按照師祖教授的方法，封存了一個法術，配合師祖，解了我的危機。

迷霧到現在散開，當然只是表面的一層，中間有很多謎題未解，就如師祖留下的契機和庇護是什麼？為什麼要這樣做？庇護還好解釋，契機又是為何？為何要讓自己的後人再入龍墓？而師傅得到的契機又是什麼？他在這裡又得到了什麼提示？

可惜，這一切，並不是現在的我們能解開的，只能在以後的歲月中，走一步行一步，慢慢接近真相了。

師傅，原諒我，這一次，你的話我是不會聽的，老李一脈的宿命也好，痛苦也罷，我終究是不會回頭了。

第一百一十四章　老林子給予的結局

對未來方向的決定，是平息現有哀傷的最好辦法。

就如此刻，我依然思念著師傅，可我知道在未來我會去追尋師傅，有了這個目標，哀傷就不是那麼明顯了，可以讓我熬過很多歲月。

又比如，對如雪，在未來我們已經決定好了彼此祝福，愛過不悔的決定，那麼傷痛也會隨著坦然慢慢的淡去，因為我們在心靈上沒有遺憾。

也正如很久以前慧大爺和師傅聊天，無意中說過的一句：「人生是活一個過程，老天讓你看見的結局當然不是死，而是到死時你的心境是否能夠達到某一種境界，說明白點兒，人生的過程就是一種歷練。」

所以，最後能否找到師傅和見到如雪，都不是事情的關鍵，而是我的人生又有了一個方向，到我閉上雙眼的那一刻，我經歷過，我內心寧靜。

這也才是真正的盡人事，安天命吧。

我看著師傅的字跡，發了一陣子呆，收好了心酸，換上了平靜，然後朝著屋中那個蒲團走去，我自然不會不懂師傅留字的意思，我當然明白。

拿起那個蒲團，扯掉蒲團外套著的黃布，我就看見了，中間的確是被掏空的，在蒲團裡放著一個拂塵，這個拂塵我很熟悉，這是師祖留給師傅的法器，拂塵中鑲嵌有特殊的金屬鏈，配合拂塵三十六式使用，是一件異常厲害的法器，也是師傅最趁手最得意的一件法器，如今他竟然把它藏在蒲團中，留給了我。

我原本已經平靜了，看著這個拂塵，心裡又泛起了一種難過的情緒，就和我想的一樣，師傅到底是牽掛我的，好比一個父親面對著執著地不按自己意見辦事的兒子，就算心中憤怒，無奈，但到底是心疼兒子的，會在兒子遠行的行李中悄悄的塞進一疊錢，用這種方式來默默表達著，我不贊成你，可爸爸永遠支持你，牽掛你。

默默收起了拂塵，我深吸了一口氣，入口冷冽的空氣，恰好能撫平心中的一些情緒，至少我明白，我的內心得到了安慰，師傅那時一言不發的拋下我的憤怒，已經被這個拂塵給輕輕拂去了。

淡定地放下拂塵，我轉身牽住了如雪的手，說道：「走吧，我再送妳一程。」

如雪貼我近了一些，任由我牽著，輕輕嗯了一聲。

而承心哥歎息了一聲，沉默著什麼也沒說，愛情的悲劇亦或是喜劇，都是旁人來看的，其中真正的滋味，是如人飲水，冷暖自知。

你覺得遺憾的，別人未必覺得遺憾，你覺得快樂的，別人未必覺得快樂。

承心哥懂得這個，一聲歎息，不加評論，也就是最好的態度。

我們三人默默走出這一間靜室，剩下的路不過三、五米的距離，我只是把如雪的手越牽越緊，她也同樣的回應著我。

道理都是懂的，可傷心還是需要一些時間，感性與理性，任何一個人都不能做到完全的平衡，只要他（她）動了情。

在這裡已經沒有長明燈了，黑暗中，我們的腳步聲迴盪在這條走廊，很快就來到了影壁之前，我們沒有停留，默默繞過了影壁，繼續前行。

在影壁背後，又是一條走廊，卻不過十米的距離，只孤獨地亮著一盞長明燈，讓整個走廊昏昏暗暗，有一種不真實的迷幻。

而這一點燈光，已經不影響我們看到走廊的盡頭，那一道青銅大門死死關閉著。

蟲子在如雪的身後飛舞著，就如同我們三人的身後有一大片的烏雲，但就算是真的烏雲，它化落成雨，卻也不能和我心中的哀傷合奏，那是說不盡的，也就只好忍著不說了。

牽手走在這條走廊上，我儘量平靜地開口對如雪說道：「這是不是此生中我和妳能夠並肩走的最後一段路？」

「或許是，也或許不是。剛才有話沒有對你說，如今心裡放不下，還是忍不住再叮囑你一句，如果真的忘不了，就放在心底，可你依然能夠平靜幸福安然的生活，這是我給你的祝福。」如雪輕聲地說道。

我握著如雪的手又用力了幾分，沒有看如雪，只是盯著那道越來越近的青銅大門，說道：「我知道的，我也相信一句話，就算有一天天崩地陷了，也改變不了我愛妳，深深愛過妳的事實，它留在了時間裡，我不怨，也不恨，這樣就夠了，我人生中好多年給了妳，在那些年裡，我心中只有一個叫如雪的女孩子。」

「真好。」如雪安靜地說道，但轉眼我們已經到了青銅大門之前。

如雪看著我，嘴角帶著微笑，我看著如雪，亦同樣地笑著，既然是要分別，為什麼不能給對方一個笑容，哪怕是心酸的微笑。

「我要走了。」如雪開口對我說道。

「妳曾經說我們能有什麼結局呢？我說人的一生從出生開始就是死亡，如果不能同年同月同日同時死去，那麼結局不是生離，就是死別，所以在一起的時光就是結局。如雪，我們現在是有結局了，對嗎？」我看著如雪說道，儘管是笑著的，我的喉頭一陣陣地酸澀。

「嗯，是結局了，有好多年，你愛著我，我愛著你，彼此是唯一。不同的是我們沒在那個時候死去，世人看了，就以為這不是結局，可是，那有什麼重要，這於我們兩個來說，是結局就夠了，而且很開心，沒有遺憾。」說這話的時候，如雪的手輕輕撫上了我的臉。

我握著如雪的手，終於一把把她拉進了懷裡，緊緊擁抱著她，低聲說道：「其實總是不甘的，我捨不得妳。」

「難道還要等你捨得的時候嗎？」如雪難得調皮地說了一句，靜靜任由我抱著，好一會兒才離開了我的懷抱，看著我很認真地說道：「承一，我要走了。」

「嗯。」終於，我的淚水還是湧上了眼眶，如雪亦是同樣。

「你們沿著原路回去，爬完那個階梯，就會走出這個地方，剛才我在靜室就已經得到了這樣的資訊。」如雪輕聲對我說道。

我點頭，望著天花板，拚命忍著眼淚。

「承一，我有一個要求。」如雪繼續說道。

「嗯？」

「等一下，推開這扇大門以後，就轉身就走，不要回頭。」

「為什麼？」就算是拚命忍著，我的淚水還是從眼眶滑落，這一刻的傷心就像一片大海，而我是一個溺水的人，只能任由它鋪天蓋地把我包圍，而我只能沉淪其中。

「在之前，你和承心哥曾經唱過幾段歌詞，你很傷心，你是不願意看見我的背影的，所以，到最後，我也不想留下一個背影給你，你就記得現在的我吧。」如雪說這段話的時候，眼淚滴落的無聲，聲音卻一如既往的平靜。

我沒有回答，我不知道我能不能狠心的不回頭。

可如雪已經不願意再等待，輕聲對我說了一句：「開門吧。」

說完她就已經開始推動那扇大門，我死死咬著牙齒，任由自己的眼淚鼻涕流了一臉，低著頭，和承心哥一起幫著如雪推動那扇大門。

我以為很厚重的大門，沒有我們想像的重，其實是我不願意推開它，所以恨不得它再重一些。

打開這一扇門，就如同打開了我和如雪人生中的一扇大門，門裡門外，我們已經不能再是一對可以任由自己「昏昏沉沉」愛下去的情侶了，我們要各自上路了。

「轟……」終究，青銅大門帶著沉悶的聲音，被我們推開了，那一瞬間，我聞到了一股說不上來，應該屬於滄桑的味道，我們身後的蟲雲迫不及待地飛了進來。

而我抬頭一看，卻被大門的背後所震撼，那就是「宇宙」嗎？或者不是，因為沒有星辰，只有厚重的黑暗，帶著一種說不分明的扭曲和神祕，就這樣出現在了我的眼前，藉著身後的燈光，我竟然也看不透這黑暗，不知道裡面是一個什麼樣的存在，有多大，有多寬廣。

我只能看見一個震撼的存在，漂浮在其中——龍的骸骨！真正的，中國神話中的龍的骸骨！

我沒法形容這一刻的感覺，就如同我自己站在了一片虛無中，和我相對的只有那巨大的骸骨，它彷彿帶著一種巨大的威壓在和我面對，卻沒有一絲一毫逼迫我的感覺，平和卻浩大！

「承一，你走吧。」如雪輕聲地說道，同時放開了，我剛才牽住她的手。

我木然，我移不動步子！

「承心哥。」如雪輕聲喊道。

承心哥卻聽懂了，一把拉過我，扯著我就往回走，他緊緊勒著我的脖子，扳著我的頭，扯著我走，對我說：「承一，你不要回頭，你聽如雪的，不然你難過，她也難過，你別回頭。」

我不回頭嗎？我不回頭嗎？我的眼淚彷彿是不要錢一樣的一大顆一大顆地在臉上滑落。

我聽見身後的腳步聲響起，我全身，我的心彷彿都隨著那腳步聲被越拉越遠！

「不！」我大喊了一聲，然後一拳狠狠打向無辜的承心哥，一下子掙脫了他，猛然回頭了。

在我回頭的目光裡，我看見她的身影，已經慢慢消失在那扇大門後的黑暗裡，又彷彿是黑暗把她吞噬，青銅大門內就如同有人一般的，兩扇大門正在緩緩關閉。

不，不要！我一下子覺得呼吸都困難，發瘋般地朝著那扇大門跑去，我要拉著如雪，或者我要同她一起，我那麼愛她！

承心哥死死抱著我，聲音帶著哭腔地從我背後響起：「承一，不要讓她不安心！當她在我背上越來越沉，再也沒有動靜的時候，你相信我，我的難過不比你少。」

「如雪啊！」我撕心裂肺地大喊，一下子跪倒在地上，終於那片悲傷的大海已經讓我溺亡，我再也沒有力量在此時忍住哭泣。

(林深藏秘(下)完)

高寶書版集團
gobooks.com.tw

DN 173
我當道士那些年 II（卷六・林深藏秘(下)）
作　　者　仐三
編　　輯　蘇芳毓
排　　版　趙小芳
美術編輯　宇宙小鹿
出　　版　英屬維京群島商高寶國際有限公司台灣分公司
Global Group Holdings, Ltd.
地　　址　台北市內湖區洲子街88號3樓
網　　址　gobooks.com.tw
電　　話　(02) 27992788
電　　郵　readers@gobooks.com.tw（讀者服務部）
pr@gobooks.com.tw（公關諮詢部）
傳　　真　出版部　(02) 27990909　行銷部 (02) 27993088
郵政劃撥　19394552
戶　　名　英屬維京群島商高寶國際有限公司台灣分公司
發　　行　希代多媒體書版股份有限公司/Printed in Taiwan
初版日期　2014年3月

國家圖書館出版品預行編目(CIP)資料

我當道士那些年 II（卷六・林深藏秘(下)）／仐三著
-- 初版. -- 臺北市 :高寶國際出版 :
希代多媒體發行, 2014.3
面；　公分. -- (戲非戲173)

ISBN 978-986-185-987-3(卷六：平裝)

857.7　　102027160